求索过程中的无畏精神
正如同一盏明灯，
给予我们昂扬的力量，
照亮迷途的窘境。
属于个人的独到智慧，
是决定这路途或短或长的试金石，
它伴随着每一滴汗水泪水熠熠闪光。

一路晨光

YILUCHENGUANG

段路晨 著

西安出版社

目录

●不做花瓶

●28岁危机

●画眼观天

●附录

●后记

清晨的笑声在这儿

陈长吟

段路晨爱笑。听到有趣的事儿，瞅见好玩的画面，谈起开心的话题，她就会笑起来。先是不自觉地笑颜绽开，突然意识到淑女应该优雅，便自觉地伸起手来，遮住嘴巴，但手小，大家仍然看到了如花笑靥。

段路晨天真。别人的真诚她接受，别人的欢乐她分享，别人的忧伤她同情。但是，有时别人说个幽默玩笑的事儿，她也当真。她心想口出，有话就说，说过之后，大家笑了，她还莫名其妙。那点儿憨直，说明她受到世俗的污染较少。其实，文学家就应该有点直率，有点本真，假若过于精明，那就别搞文学了。

段路晨爱女红。有空时她会自己动手插一个花篮，绣一个窗帘，炒一道别有味道的香菜。勤快精细，懂得调剂，知道营造一份生活的温馨。现在的年轻人呐，多是饭来张口，衣来伸手的少爷，段路晨这身手就显得难能可贵了。究其原因，有自爱成份，更与从小接受家庭的熏陶教养有关。

段路晨爱文学。中学时是小作家，大学时是校园作家，工作后是青年作家。读本科时，她就有自已的文集面世，就参加社会上的文学活动。现在，她是西安市碑林区作协会员部主任，是陕西省散文学会青年委员，小官不少了，能者多劳嘛。尽管权都不大，但也是文道上的活跃份子。

常常，在场面上看见了段路晨，我们就看到了文学的年轻，文学的美好。

小段将她的散文集定名为《一路晨光》，这很切合她的年龄、心态、文字风格。

至于书中的具体作品，我这里就不说了。因为此前，有齐雅丽老师等的精彩点评，以后，还会有刁雅丽、高雅男等等专家的读说。饶舌讨厌，我就偷个懒吧。

小孩儿偷懒要挨打，中年人偷懒不成事，老年人偷懒吗，大家不会责怪的。

冬日的暖阳下，在院子里支张躺椅，享受阳光的抚摸，是一种惬意。但小学生要进学堂念书，无法享受；青年父母要去谋事挣钱，不能享受；只有老年人有这甜蜜的专利。

我偷懒还有一个理由，就是小段在她的微信中，晒了那么多美食，亮了那么多锦绣，可从来没有请我吃过一顿饭，或者送过一件小棉袄。所以我偷懒，她没话说。

读到这当儿，我知道段路晨又会笑起来。

清晨的笑声在这儿，你们听，你们看吧。

2016 年 1 月 17 日腊八节写于西安迎春巷

（陈长吟，中国散文学会副秘书长，中国散文网总编辑，陕西省散文学会会长，陕西社科院文学研究员，西北大学现代学院文学院院长、教授）

踏歌行

文化

微风拂过，一路隐约相随的古筝琵琶曲陡然骤响，大珠小珠落玉盘的动情音律，在峰亦怀抱的山谷中回旋。

不畏蜀道难

“蜀道之难，难于上青天。”唐代诗人李白用层层递进的笔触将蜀道山川之险之难描绘得荡气回肠。时隔千余年后的今天，剑门蜀道的遗迹仍在。这个由先秦延续至清末民初的主要通道，从蜀都成都北上通往中原腹地，沿途开辟于悬崖绝壁，纵贯川陕交通干线，曲折绵延450公里。

第五届中国西部散文家论坛暨“剑门蜀道行”笔会于2015年5月下旬在四川广元举办，我跟随陕西省散文学会代表团从西安驱车五个多小时即到广元，而在过去，则需要走几天几夜的蜀道方能到达。这是我第一次踏上四川省的土地。

广元是一代女皇武则天的故里，早前听说过该地区民间一直流传着纪念武则天生日的习俗，还有个特别的“广元女儿节”。于我而言，广元是我的福地。一年前，我替一位老师参加陕西省作协主办的散文会议，并用其事先写好的讲稿代为发言，曾暗自希望有朝一日能够代表自己发声。没想到，仅仅时隔一年，愿望便实现了。

本次论坛中，我作为年纪最小的发言者讲述了对于散文写作的追求理念，获得了不少前辈的善意鼓励。大家在安排及其紧凑的蜀道行中深入交流，广元人的幽默风趣和热情款待更为行程增色不少。

古人沿着崎岖的山路凿山造桥，选址地势往往一面是湍急的江水，一面是悬崖峭壁，为的是减少工程耗费和方便进退。蜀人以其坚韧的品性与大自然博弈着，建造出令世人为之惊叹的栈道胜迹。明月峡的栈道之上，今人利用现代技术破石凿洞修了条能够通车的水泥路，相较于陡峭山崖之外架起木桩的古道，正是同一维度出现的两条平行线，俨然一幅穿越时空对话的画面。

不论古与今，修路绝非易事，这是该时代先进科学技术的汇聚，也是考验能工巧匠的实际项目，它牵系着行人的生死安危，也决定着战争时期兵戎队伍的进退得失。蜀道修建纵然困难，然而作为关乎民生社稷和国家存亡的大事，历代统治者都想方设法将这条路修葺完善得以延续其价值。

剑门关下，李白发出“危乎高哉”的感叹。这条沧桑古道曾是中原通往西南的咽喉要道，而处于剑门蜀道中心的剑门关，乃“一夫当关，万夫莫开”的兵家必争之地，凡有志于蜀中称王者，必先攻下如此天险，正所谓“打下剑门关，犹如得四川”。大自然的鬼斧神工造就了天然的防御屏障，曾是内海的四川盆地由于地壳运动海底石隆起而形成坚硬的砾岩山体，这山体有 72 峰，峰峰似剑，依次排开，形似一扇门，故得名剑门。从狭窄门缝中蜿蜒穿过的剑门蜀道，经历了数不清的血雨腥风。

今日的剑门关景区有很多历史人物造像，其中有个将军和三个士兵的雕塑十分耐人寻味。三个士兵拿着大刀盾牌累得东倒西歪，而将军的目光始终坚毅地凝视前方，这描绘的是三国时期姜维镇守剑门关的故事。蜀汉大将军姜维以三万人马对峙曹魏邓艾十万大军，力量悬殊之下若要守住关卡，则需动用智慧的力量。逆境下开拓进取的魄力给予蜀人以勇气，他们不惧强大，最终以仅有的兵力拒魏军于剑门关外，由此代代相延，流传千古。

返回西安途中，车辆行驶在平坦的高速公路上，与昔日蜿蜒曲折的蜀道渐行渐远。穿过一个个隧道，明暗交替间，回忆那绵亘在湍急水流之上、倚靠陡崖峭壁而建的蜀道，不由觉得每个人的创作不也是在类似环境下独辟蹊径么？

在北京现代文学馆里有道长长的台阶，从一楼到四楼径直而上，每一层没有转折。登上几十级台阶便到了上一层，而前提必定是气喘吁吁。追求文学梦的道路似乎也正如此，孤独地走上一层就会豁然开朗，然而头顶上层层叠叠的压迫感也会同时袭来，此刻，必须埋头再继续走，直到攀至顶端，回头朝下望去，方能够看到走过的路，也能从身后努力攀登的人影中看到曾经卖力攀爬的自己。而每个人，还是有各自不同的行进轨道。

广元，这座由川入陕的北大门，见证过无数人从蜀道经过：有贸易往来的商贾，有戍关征战的将士，有走亲访友的百姓，还有游历山河的雅士……昔日熙熙攘攘、战火纷飞的古栈道早已被历史封存，取而代之的是宽阔笔直坦途。

蜀道虽难，却终究抵不过人类的智慧。何以修葺而成，何以保卫边关，何以平稳守护，何以颠覆重建？其中总有关键的推动者扭转历史，将不可能的想象化为可能的现实，他们是不畏蜀道难的中坚力量——顺着陡峭的地势架起天堑，以不对等的兵力戍守关塞，在风化损毁中不断维护，利用先进技术再修新路。不同历史时期的英雄们将自己的智慧奉献给了这条蜀道，他们敢想敢为的无畏精神深深扎根于这方热土，感染着每一位到访者。

无数人踏上了这条没有门槛的文学路，求索过程中的无畏精神正如同一盏明灯，给予我们昂扬的力量，照亮迷途的窘境。蜀道固然崎岖艰险，只要不畏，方能遇见美丽风景；追梦即使不易，唯有不畏，才可支撑我们义无反顾。属于个人的独到智慧，是决定这路途或短或长的试金石，它伴随着每一滴汗水泪水熠熠闪光。

木塔寨

木塔寨是隋唐木塔寺遗址的所在之地。隋文帝开皇二年在大兴城西南角的禅定寺修建了一座高三百三十尺的木塔，与相邻大总持寺中的木塔高度相当而形成双塔，由此命名木塔寺，所处的寨子便取名木塔寨。木塔寺一度是全国最辉煌巨大的寺院，在中国佛教史上拥有着重要地位。历经唐末战乱、宋元重建、元末浩劫，屹立了七八百年的木塔最终焚毁。如今的木塔寨位于西安市高新区，却是一个不折不扣的城中村。与很多商业繁华的城中村不同，这里居住的几乎都是外来底层务工人员，也就是我们常说的农民工。

寨子的南边、东边出口处都有题名“木塔寨”的牌楼，很古朴，透着被历史浸润的沧桑感。与周围鳞次栉比的高楼大厦相比，这些低矮的建筑与大环境格格不入，亦如在都市快节奏中生活的农民工一样。

我大学毕业后进入国有企业工作，住在单位的宿舍里，与木塔寨毗邻。每天上下班，都会与这些农民工相遇。一样在天刚亮的时候出发去工作，天黑的时候回到住所，冬天用“披星戴月”形容也不为过。等车的时候，他们会上下打量着我，我也会同样观望着他们：衣着款式、发型配饰、面容气质，无不透出异乡打工者的感觉。他们总是三五成群，高声谈论着见闻琐事，完全不避讳旁人。总有工头在上车前大声告诫道：

"我只负责把你们带去，干好干不好，人家看上看不上，把谁辞了不要来找我！"

我又何尝不是和他们一样，同是离开家在大城市独自打拼的打工者。只是文化背景和工作性质的不同，让我能够与他们明显区别开来，但又同样寄居于这个陌生的城市，整日为立身的目标奔走忙碌，日复一日，早出晚归。

虽然离木塔寨很近，我却很少进去，偶尔与同屋的王姐去木塔寨吃饭。寨子外面常有摆地摊卖旧衣物和卖膏药的，道路两旁都是小商铺，超市、饭馆、水果摊、菜市场、服装店、鞋店等等一应俱全。与日益增长的物价相比，那儿的东西很便宜，有的甚至低于城中价钱的一半，量大份足，但是卫生条件差些。王姐安慰我："其实餐饮行业都一样，装修好的其实也就外面看着干净。"我们去过的饭馆只有几家，还是选择相对干净的门面。至于木塔寨究竟有多大，依然无从知晓。

主干路上常有乞讨者，这些人没有编出在商业街乞讨的同行们催人泪下的故事，而是靠吹拉弹唱的手艺挣钱。夏日晚间的木塔寨更像是农村的集市，忙碌一天的农民工们回到这里，把原本不宽的道路挤得紧紧实实。我们走在里面，穿着、气质同寨子的人们大不相符，我拉着王姐，生怕走散。

我们聊到这些乞讨者为何会来木塔寨，住在这里的人又没什么钱。王姐说："谁说的，他们工资是日结的，一天上百块呢，比咱们有钱多了。"我想，这些乞讨者来这儿，或许更看重他们的同情心。

前不久有人在微博上晒出了农民工的工资单，月薪少则 5000，多则上万。很多人发出“后悔当年好好学习，没能当农民工”的感慨。可是，谁又能受得了每日繁重的体力活和随时担心没有着落的生活呢？

木塔寨所有店铺都没有卖牛奶的，有的只是一元一包的酸酸乳。清早的公交车上，我见过个别民工只拿着一袋酸酸乳喝，权当作早餐。我多想告诉他，这奶饮料根本没什么营养，早上喝还会引起胃酸，反而不好。但我没法开口。

因为和他们作息一致，公交车常常因为成群结队一拥而上的他们变得特别拥挤。一次上班途中，我临近的座位有人要下车，我侧身让路，一个民工凑了过去。原以为他是要和我抢座的，可是没有，他笑着对我说：“你坐！”坐了没几站我下车，特意叫他来坐。瞬间一个中年女人迫不及待地抢了座位。我有点不舒服，他却朴实地笑着。40来岁的他脸上满是沟壑，墨绿色衣服的肩膀磨得泛白，一根长把铁锤在手里杵着。

从此，下班碰到回家的民工，我从不和他们抢座位，希望他们坐着，因为这些人比我累得多，或许正饿着肚子回木塔寨，只为那顿便宜于市价的饱餐。

工作生活里，我常常因为事与愿违而产生强烈的心理落差。这种落差感与离家打拼的孤独感、前途未知的躁动感杂糅起来，便会不自主地陷入无比低落的情绪之中。可是，公交车上说说笑笑的农民工们仿佛每天都很开心，干着粗活累活却依然持有积极向上的心态。他们昂扬的气氛总会感染到我，并由此感到惭愧，也心生疑问。

难道他们没有挫败的时候吗？什么力量支撑着他们起早贪黑、勤俭节约地努力工作？也许是凭手艺换来相对高额的犒赏，是一家老小过上好日子的期待，是走出乡村、立足大城市的憧憬与希望。而我，不也正努力打拼，依靠自己的力量融入这座城市，只为打造自己的一方天地，拥有一个属于自己的家，让父母退休后得以在这个硬件设施齐全的都市安享晚年。每每相遇，他们无形中提醒着我学会坚忍地面对生活，我也越发敬重起这些用力气谋生的农民工们。

时光将一切洗刷得平淡，这些不知具体姓名的群体早已在不经意间融进了我按部就班的生活。和农民工相处的日子里，我从害怕、躲避、理解、敬重而渐渐地习以为常。当我得知木塔寨地区综合改造项目已成为西安市 2012 年综合改造重点项目时，从没想到这一举措会同我联系多么紧密。直至发现上下班的公交车厢里比以往空了很多，渐渐不见他们成群结队、大声吆喝上车的身影，我才猛然意识到，那些无数次提醒我乐观面对生活，陪我一起在上下班高峰期挤车的同伴们离开了。

只是一个秋天的光景，昔日晚间嘈杂热闹的木塔寨安静得只剩下回音，木塔寨真的要拆迁了。从牌楼外一眼望去，能望到笔直的大路通向内部上千米的距离。我才知道，这寨子原来这么深！

怀念在自家门口摆摊修鞋的妇人，身着里三层外三层的夹衣，双手粗大却针脚密实，任凭多破旧的鞋都愿意修补，我还记得她时不时抬起头微笑看着躺在女儿怀中的外孙，脸上透出的慈祥神情。怀念那里卖水果的小贩，价格公道从不缺斤短两，无论买多少水果都一样热心周到；怀念那里卖冒菜的四川老板，一个漏勺塞多少菜全由买主，热腾腾的汤锅里总炖着一只整鸡……这些做生意的人与农民工好像相辅相成，他们自己在经商谋生，却也懂得异乡人的艰辛，为农民工节省了一笔不小的日常开支。木塔寨就像一个小社会，容纳着来自全国各地打工的异乡人，无论卖家还是买主，谁也离不开谁。

曾经日日拥挤的主干道早已了无人烟，农民工不知何时搬离了木塔寨，那些商户们恐怕也都另谋出路了。不远的将来，这里会挤满高楼，以现代化的崭新姿态融入西安高新区的大背景中。另外一批同我类似的异乡人会工作生活在这里，为他们心中的梦想扎下根，与曾经住在这里的农民工一道，构成西安国际化大都市建设中的生命体。若干年后，我们的子孙也将成为实实在在的西安人。然而，那些牌楼，那些人，都会同隋唐木塔一样化为历史。最后，“木塔寨”仅成为一个地名符号，以自己独特的文化背景组成繁华高新区的一部分。

周庄的桥

陈逸飞的一幅油画作品《双桥》，让宁静的周庄因了旅游业的发展而走向发达。江南水乡、粉墙黑瓦，还有那一座座小桥，都成了人们慕名前来的理由。

“双桥”源自交叉河道上明代万历年间两座联袂而筑的石桥合称，因为桥面一横一竖，桥洞一方一圆，样子很像是古时候人们开锁的钥匙，当地人便称之为“钥匙桥”。双桥最能体现古镇的神韵，碧水荡漾，桥形别致，连接紧密，相映成趣，成了画家眼中美丽的景致，将其收入笔端，就有了那幅著名的油画。除此之外，周庄大大小小的桥还有数十座，每座都有属于自己的名字，仿佛在诉说一个个流传已久的故事。

周庄有座全福寺，每年庙会期间吸引着商贾游人八方云集，后来承袭至今，便有了区别于普通村庄的另一重含义。想必那些古桥，也承载过形形色色的人步步走过从而到达各自目的地吧！或许是烧香拜佛、探亲访友，又或许是婚丧嫁娶、奔波生计……

我们租了艘游船，是手动摇船的那种。身着青花蜡染布衣的船娘轻摇着，沿着河道从每座桥下缓缓地划过。那些形态各异的石桥，仅容一船自由地穿行。在钻过每个桥洞前，船娘都会用竹蒿在桥墩处猛地一撑，小船就嗖地穿了过去，桥上的人连同桥也很快瞬间远去，两岸仍是错落有致的房屋。

坐在船上，翠意顺着黑白相间的楼阁墙壁蔓延开来，随着水流的起伏晃动着。波心荡漾之间，船娘轻声唱起了赞颂当地的歌谣《周庄好》，声腔委婉，与这派粉墙黑瓦融为一体。

之前在周庄博物馆，我聆听过这首歌："人人都说周庄好，九百年风情情未了。门巷仍在波光里，扁舟来往橹轻摇。声相问，手相招，小儿小女过小桥。景也好，人也好，神仙也说此处好。愿做周庄一世人，胜过神仙永不老。"它由乔羽作词、王立平作曲、郑绪岚演唱，勾勒出了水乡古镇柔美的诗情画意和温馨的风物人情。最早曾在专业报刊见过原作，很有印象，好像尾句似乎是"君知否?三毛有话说得好：愿作周庄一世人，不作神仙永不老"。

而今，《周庄好》出自于船娘之口，迷人的吴侬软语演绎着词坛泰斗和音乐大师的作品，颇符合江南小曲一贯的婉约情调。来自北方的我们虽然不能一一对应每句歌词的字音，却真真切切被眼前耳畔的别样风韵所陶醉。

生活在水乡，没有十字交汇的人行横道，两条街分布于两岸，连接彼此的，只有这些桥了。多少距离之后的再次出现，必定有它的讲究。这些桥是否分了等级，规定过何种身份的人应当从哪些桥经过？也许，这都是我多虑的想法。原本就是造福众人的桥，又怎会根据身份地位划分三六九等呢！即便真有过什么未必成文的规定，恐怕也早已随着时光的流水冲刷而烟消云散了。

那么，这些桥上又留下了谁的足迹？有谁的故事在其中？沈万三、陈逸飞、三毛?

明初，朱元璋定都南京，靠水运通蕃贸易而发迹号称“江南第一豪富”的沈万三曾助筑都城三分之一，因犒赏士兵“富可敌国”得罪了皇上，被发配充军而客死云南，后人将他的遗骸带回周庄水葬；旅美画家陈逸飞将故乡独特的双桥带给世人，小镇周庄闻名天下；环球旅行的台湾作家三毛也到此采风，留下了超凡脱俗般的感慨。可见无论古代还是现代，无论阳光灿烂还是烟雨霏霏，周庄都有着令人痴迷感怀的魅力。

狭窄的街巷、碧绿的水域、荡漾的歌声、小贩的叫卖，浑然一体的水乡味道。这里依然保留着几座曾经大户人家的宅院，从前厅到卧室，还原出昔日的繁盛景象。路旁假山的设景点缀，窗户栏杆的雕花造型，屋顶砖瓦的错落排列，从一个个细微之处别具匠心的设计，足以窥见这些主人生活的精致程度。

昔日，那纵横交织的河道上有着富贵人家自己的码头、自己的船只……唯有这桥，并非如此霸气地独占，是属于大众的。因为，桥连同周庄的水、周庄的树早已合为一体了。

神驰麟游说古今

据说，古时有位官员选择就职地点，有岐山和麟游两地可以选择。他误以为岐山肯定在山里，而麟游却好像与水有关系，觉得有水的地方自然好，所以最终选择去了麟游。可上任时经过漫长的山路才发现，麟游是个实实在在的山区，它就坐落于连绵的群峰之间。

位于宝鸡市北部的麟游，原名漆县、杜阳。相传隋文帝在此避暑期间，有天晚上看到一只白色麒麟显现，遂将此地改名麟游。从此，这里便被笼上了一种奇幻的色彩。

初来麟游闻此典故，不禁令我联想到动漫电影《大鱼海棠》中的画面：一只红色的人鱼在宫殿之上翱翔，它被喻作未到人间的灵魂，只有历尽艰难险阻长成巨大的红鱼，才有机会冲破云际走向人间。而那只隋文帝看到的白麒麟，或许比这条红鱼更加奇美壮观。试想，它在宫宇之上飘身而过，雄健的长尾卷带起点点星光，所到之处照亮了身下的青山流水，辉映的色彩犹如瀑布一般倾泻而下……不知那麒麟给予世间的，该是怎样一种暗示？

位于麟游的九成宫是隋唐时期皇帝避暑的离宫，被誉为中国封建社会皇家园林集大成者的“离宫之冠”。隋文帝杨坚、隋炀帝杨广、唐太宗李世民、唐高宗李治及武则天都曾驾幸此地避暑议政。累计 20 个夏天，九成宫作为全国政治、文化、宗教、军事的指挥中心，与王朝的沉浮荣辱与共。

隋开皇十三年（公元593年）国势强盛，初名仁寿宫的九成宫始建。六次前来避暑议政的隋文帝，是历史上有名的节俭皇帝。《隋书》说他“躬节俭，平徭赋，仓廪实，法令行，君子咸乐其生，小人各安其业，强无凌弱，众不暴寡，人物殷阜，朝野欢娱，二十年间天下无事，区宇之内宴如也。”可惜好景不长，他的儿子隋炀帝荒淫误国，隋朝二世而亡。唐太宗取“多层高峻”之意，更其名为“九成宫”。一个王朝的更迭，皆因皇帝的荒废所致，不免令人唏嘘。

进入唐朝，从贞观之治到开元盛世，另一个伟大的时代引领世界潮流进入了鼎盛。然而，在这极盛的华盖之下早已出现了腐朽的现象，大唐王朝犹如抛物线般走向了衰落。至唐文宗开成元年（公元836年），麟游遭遇暴雨，洪水与泥石流冲毁了大部分宫殿，存在了300多年的九成宫被沦为废墟。它的兴盛衰败恰似隋唐历史由盛至衰突然倾倒，给予勤俭皇帝吉祥暗示的神兽不再，曾经巍峨的宫殿也被淹没于历史长河之中。

唐代谏臣魏征的《九成宫醴泉铭》原是一篇奉皇帝之命撰写的铭文，由著名书法家欧阳询抄录成碑。它记录了唐太宗在九成宫避暑发现涌泉之事，不免要歌颂其丰功伟绩，但与大多辞藻浮华的铭文不同，魏征在字里行间巧妙地插入了“心忧天下，居安思危”的观点，既是对皇帝的诤言劝谏，又为后世君王治国理政留下了一笔可鉴的精神财富。铭文结尾处，有几句升华主旨的话：“人玩其华，我取其实；还淳反本，代文以质；居高思坠，持满戒溢；念兹在兹，永保贞吉。”意思是讲，人们都爱那花的美丽，我却取其果实的实用；去浮华而归于醇厚，弃枝叶而返回根本，以质朴代替纹饰；身居高处就要施用计虑防止下坠，端着盛满的一碗水就要留心不向外漫溢；只有对这些念念不忘，才能永远保持纯正和美好。——这段话延展开来，是说追求奢华虚靡者必然人亡政息，勤俭进取者方能赢得天下；先进力量的代表者必须革除陈规陋习，去掉繁文缛节，追求质朴纯真；身居高位不能忘乎所以、不思忧患；当政者只有常常想到这些道理，才能社稷稳固、长治久安。

文以载道，一篇饱含深意的文章与那被宣纸拓印过无数次的石碑携手伫立了千年。欧阳询的楷书为其锦上添花，当朝天子李世民的“贞观之治”引领古代帝制达到极盛，“天下第一楷书”成了后代欧体推崇者的临摹典范，这篇铭文也作为历代官吏的精神楷模而备受推崇。

一座不算大却很精致的小城，因了九成宫便拥有着众多令人心驰神往的理由。倚山而建的道路盘旋在青翠的山头，碧蓝天空的白云挡住了太阳的光线，投映在田野之间，为人们带来了阵阵清凉。这里的一切都是那样干净纯粹，一如麟游古城乡亲们那张张亲切纯真的笑脸。

华灯初上，夜色笼罩的新麟游静谧而璀璨。九成宫原址上新建起了仿唐建筑，虽不及史料中记载的那样华美，却也凝聚了当地民众无穷的智慧：醴泉铭碑亭出自远近闻名的麟游工匠之手，不加一颗钉子的榫木结构叫人无不拍手称绝；极具个性特点的历史名人造像分列于主干道两侧，栩栩如生的形象仿佛将我们带回了那个盛世年华。

漫步在西海苑湖畔，揉碎的灯影倒映水面，粼粼波光宛若传说中麒麟凌波踏水的仙姿，银光闪闪，如梦如幻。我在想，麒麟是否真的出没于此，不得而知。或许是后代百姓对隋文帝廉政的褒奖，从而赋予了祥瑞的故事，以此来传颂这位开国明君的一段清廉佳话。

云雾长安

古往今来，长安以其依山傍水的地理优势惠及着代代子孙，终南山的云雾也为长安城平添了别样的风韵。无数骚人墨客在这里留下足迹，将不同时刻的山水纳入笔底。

我所就读的学校恰好坐落在终南山下，雨雪初霁的时候，可以清晰地看到那熟悉的山脉。隐隐约约之中，仿佛有淡淡雾气环绕于山的周围，高居其上的，是山顶的积雪。

无数次的远观，我并没有深切体会到"只缘身在此山中"的情境。今年初春进山游玩，没有大晴的天气，恰逢云雾穿梭其中，果真如带似地萦绕在山腰处，就如同儿时想象着在稿纸上画过的一样。

西汉文学家司马相如在《上林赋》中写道，"荡荡乎八川分流，相背而异态"，极尽铺陈汉代上林苑的巨丽之美，从此就有了"八水绕长安"的描述。它不同于江南的水乡，那些精巧的村落和小城都蜿蜒于窄窄的河道中。长安的水是渭、泾、沣、涝、潏、滈、浐、灞共八条河流，是大气魄下的大手笔。因为将其放置在了一个广阔的境遇中，许多人竟不曾真切地明了这些"水"的诗意。八条水域环绕着古城，帝都长安也就被烘托得气势磅礴。

由于有水，便有了蒸腾的雾气。不知是否为了营造神秘的氛围，电视剧中的长安城多被雾气笼罩。而今，阴雨季节依旧如此。长安城虽有大都市的繁华喧闹，却依然生机勃勃、绿树成荫、古风犹存。

距离产生美，梦幻的朦胧感也将古都蒙上了一层神秘的色彩。无论是记载厚重历史文化的古城墙，还是萦绕在终南山间的轻烟白雾，若有若无之间，不禁让人心生些许向往。

久居于别处的人们总感叹神驰长安的古意，生活在其间的我自然也从云雾中感受到了它的飘逸豁然和曾经的辉煌——周文化由此孕育，秦王朝由此发祥，汉代的文景之治、武帝霸业由此起步，大唐的贞观之治、开元盛世由此展现……长安帝都同这些璀璨的历史一起，闪耀在岁月长河里。

这里曾是十四个王朝的建都地，繁衍栖息着被称作“秦人”的子民，他们安逸富足地居住在这里。关中地区风调雨顺、物产富足、缺灾少害，百姓普遍过着“老婆娃娃热炕头”的无忧生活。自家的地除了平日耕种之外，成熟时大都请人来收割。过去每逢农忙时节，都能看到穿梭于田间地头的麦客，他们多来自甘肃、宁夏等省区，那里的麦子收割季节稍晚于陕西，利用这个空当，便东来南下挣些力气钱。如今的陕西人不再依靠他们，联合收割机已经解决了这些问题，也用那走出潼关闯天下的勇气和非凡的智慧，改变着周遭的一切。绿色的自然、生态的长安，最适合于人居的现代化大都市，正跃然在世界的瞩目之下。历史沧桑带来了厚重的文化底蕴，而这一切神奇的变迁发展，自然离不开长安山水云雾的默默相伴。

或许，云雾里的“秦人”希望自己沉醉长安悠然成仙，享受着独属的快乐。然而，一声声秦腔伴着东方的朝阳吼起来，云雾也就被惊破在旷野之中了。

老宅旧梦

毫不起眼的巷子，没有任何路牌标识，唯有巷北尽头那间民房铁门上工工整整地写着几个粉笔字——“中和巷 14 号”。推开铁门，里面是四合院结构，迎面是座木制小楼，由下凹的坡道直通而上，小道左侧是间破败的瓦房，右侧是新盖的二层民居。除了姓孙的老两口住在这里之外，其余都是租户。老宅的主人名叫孙枢，如今已逾 80 岁高龄。谈起中和巷，孙老总有着说不完的话。

中和巷坐落在西安东关鸡市拐十字以北的更衣前坊街西侧，北连更衣后坊，街巷东西走向，长约 180 米，地势西高东低、内阔口狭。这里曾有 28 个门牌号，24 户民宅，独门独院的建筑各具特色，居住者大都家道殷实，也不乏达官显贵。可惜的是，精致的古宅群落早已不复存在，唯独剩下孙家老宅一户了。

长乐坊街道办的工作人员领我去孙老家，孙老坐在对面的沙发上，讲述着孙家老宅与中和巷的故事：“这几间房子是清代所建，2012 年被列入了碑林区第三次全国文物普查不可移动文物，当年是我祖父花钱买的，打从记事起我就住在这里。我们家的房子当年与这条巷子别家相比不算最好，区别于其他家的优点在于有间地下室，抗日战争时整条巷子的居民都来我家躲避空袭。”他的眼神看向窗外，仿佛透着光：“如果中和巷的所有建筑都在，该是多好的民居博物馆啊！”孙老不无遗憾地念叨着。

中和巷始建的年代无从考证，其街名由来取自“中正仁和”一词，即“中庸正直，仁爱祥和”。中和巷地面过去用黄土、碎砖、渣瓦夯筑，雨天泥泞，但道路宽敞笔直，门口设有巷门楼和影壁墙，巷门道内南墙嵌有可容一人居住的斗室，房屋隐蔽于门洞山墙之内，面积仅三四平方米，供看门的老耿住，此间被定为“1 号”。老耿专职守卫巷口，并且负责打更巡夜，每晚二更之后巷门关闭落锁，直到早上六时开门。门扉用铁索相连，两扉前后交错，每次仅容一人出入。这个“乡规民约”一直保持到解放后 1952 年老耿因病去世方才废除。

这 28 个门牌号中，除 1 号由看门人使用外，7 号和 21 号被中和茶店租用，25 号被中央陆军第八师吴师长作为官邸和师留守处，因此实际民居住宅仅有 24 户院。

距今 100 多年前，生活在中和巷的老人大都熟读经史孔孟，能吟诗作画，擅长翰墨，且青年时走南闯北，见多识广，其中不乏饱学之士。女人多为大家闺秀，有私塾教育文化基础。他们对后辈学习、操行要求甚严，子女多生于民国初期，接受过私塾和新式文化教育，思想较为新潮开放。巷内邻里和睦，坊外异乡人有难求助时多慷慨解囊，颇具汉唐侠士遗风。民国初年，7 号院许家曾聘请名师王其，在家设专馆教授子侄，同时邀请巷中多家子弟入馆随学，孙老的叔父也曾在此接受启蒙教育。浓厚文风的熏陶使得后辈们陆续考入大学，坊间因此流传有“做官为宦中和巷”的说法。

这些院子诞生过不少名人，其中有清末民初陕西省省长宋联奎（宋菊坞）、著名国画大师石宝斋（石磊园）、清布政使黄氏、陕西省监狱长邹氏、西安著名经济会首赵炎午、杨虎城部队旅长李鐸等。在2号院居住的宋联奎（宋菊坞）为辛亥革命陕西起义领导人之一，同盟会会员，原清军管带，辛亥革命成功后曾任陕西省省长。其子宋寿昌历任中央财政部西安税务局局长，赴美国留学硕士毕业归国后任西北财经学院（现交大财经学院）教授。24号院石宝斋（石磊园）为清朝游击将军，官位三品，辛亥革命参加河南起义，民国时授陆军少将，后退隐，善丹青，尤以画石见长。

一街两行、南北相向的房屋对称排列，两边各14个院。房屋结构形式基本为中式传统的青砖灰瓦，白灰粘缝，采用一砖到顶的木架结构。院子内部为鞍鞯形四合院式，所谓“鞍鞯”是指住宅上房的高度一定稍高于门房，暗喻步步高升之意。为了适应上房高度抬升的变化，一些住户索性将上房建成二层木楼，既增加住宅面积，又合乎寓意。四合院分门房、西边厢房、天井、上房四部分，各户根据不同需求和经济实力另外建成不同的房屋结构，这些局部细节的微调并未使得四合院的形式发生变化。有的除设一院主宅正院外，还另置一处偏院作为花园，园内广植花卉名木，并建有花厅、长廊、假山、月亮门等。

由于中和巷井水含钙、钡、镁离子较多，只能供洗涤而不宜食用。全巷的饮用水均从外面购买，有挑担卖水的商贩定点送货供应。这种状态一直持续到1952年，西安市自来水公司在全市各街巷设立公共供水点才得以缓解。

回顾中和巷民居建筑之精品，首推13号院李宅。其精致在于砖雕，土地神龛、福禄寿喜壁雕最为精美。神龛全长约170公分，基座高120公分，龛高50公分，全部采用磨砖对缝拼接而成。砖质青灰细腻，无砂眼，飞龛斗拱共有三开间，有外廊及四根明柱，六扇格子门。中间两扇可以开启关闭，其余四扇为整扇雕砖，不能活动。门上刻有中缝线，格子窗孔全部镂空，线条流畅、刀法精湛，神龛上的屋顶瓦片也都成行成层，层次分明、错落有序。壁雕画中的寿星图中有南极仙翁，秃头扶杖，笑容可掬，粗看不甚稀奇，细观便发觉韵味无穷——寿星眯眼微笑，嘴角微微上扬，眼神中似乎流露出一丝诡异，似奸非奸、似憨非憨，眉目传神，活灵活现。

孙老回忆着，这条巷子每家每户过去的样貌情状他都如数家珍，仿佛一切都在眼前。两盏路灯、三对上马石、两个拴马桩、四株中国槐、一棵古椿树。各树直径45公分以上，树龄可达百年，巨大树冠遮盖了西边的半条街巷，那里是他儿时与伙伴玩耍的地方。如今，仅剩下一株伤痕累累、百病缠身的古槐在路旁高耸着半边残缺的绿意……他还记得邻家高大的玉兰树，爬上屋顶去嗅到的玉兰花香。还有自家月亮门前的爬墙虎、月季花、木槿花、牡丹花，遮天蔽日的葡萄藤、核桃树，以及后院的石榴树、苹果树、梨树、柿子树……有花有果的甜蜜岁月是孙老今日想起都感到蜜意融融的记忆。

临走的时候，孙老包了一包鲜核桃送给我，说是家里自产的特产。他拿起手电，领我细细察看老宅的结构，佝偻着身躯仰头指向木材的纹路感慨道：“瞧，多笔直、多好看的花纹！”孙老希望在有生之年能够看到自家的古宅恢复成以往的模样。我问："如果有一天恢复成了民居博物馆，您那时候还要住在这里吗？""当然，我舍不得离开这里。"孙老说。

古宅纵然可以恢复，但是那些人，早已不同往昔。与他同龄的后代中，如今健在的，只剩下孙老一人。

第二的寂寞

当冠军在场的时候，谁又会注意到旁边的第二名？同样是圣人，“亚圣”孟子显然不及孔子的风光，一座曲阜城，引来了难以计数前来拜谒的人，而与之相邻的邹城，尽管通了火车，却远不及没通火车的曲阜。

邹城是孟子的故乡，孟子在这里写下了治国的名篇。只有七篇，却篇篇精彩，为官与生民的关系表露无疑，孟子定是一个好的政治家。身为孔子之孙的再传弟子，孟子被封为继孔子之后的亚圣。肯定了他是圣人，却加了一个“亚”字。

到邹城拜谒孟子那天下着大雨，雨点极大。走进孟庙，如同进入了一所与世隔绝的宅子，没有多少游客，没有嘈杂喧闹的人声，我们可以真切地感受孟子了。

孟庙又称“亚圣庙”，是历代祭祀孟子的地方，始建于北宋景佑四年(1037 年)，原座落在城区东北四基山西麓的孟子墓旁。由于瞻仰祭祀不便，宋元丰年间（1078 年—1085 年）迁至邹城东关，又因濒受水损，宋宣和三年（1121 年）移徙到了现址。

孟庙呈长方形，前后五进院落，前三进为导引式庭院，后二进分左、中、右三路。庙内共有各类殿宇六十四楹、木坊三座、石坊一座。以主体建筑“亚圣殿”为中心，南北为中轴线分布，左右作对称式排列。

进了正南的“棂星门”，就能看到写着“继往圣”“开来学”的东、西两座木枋。《后汉书》语：“棂星，天田星也。欲祭天先祭棂星。”古人将“棂星”比作天上的文星，孟庙第一道门以“棂星”命名，即意味着孟子是天上的文星下凡，亦含有尊孟如尊天之意；木坊上的大字则彰显着孟子对儒家学说“承前启后”“继往开来”的功绩。

院子里，青砖铺设的甬道旁苍松翠柏，翳天蔽日。这些古木的树龄大都八九百年以上，挺拔的枝干依然苍劲有力、生机勃勃，显示着孟庙古建筑群历史的久远。长满苔藓的青砖已有些残损，凹凸不平的样子更显一种古朴的美丽。

道路两侧及四周的墙壁上，竖立或镶嵌着历代文人墨客拜谒孟庙时的题咏碑刻，多多少少都有被砸的痕迹，它们默默走过了怎样的风雨沧桑，都不得而知。据说，孟庙保存着自秦到清的各代碑刻 270 余块，书体精美，楷、草、隶、篆兼备，历经千年仍大多完好。

庙里有很多高大的门，每个门都起着不同的名字：“知言门”“养气门”“知言门”“承圣门”“启贤门”“致敬门”“礼门”等，很像是一个大家的庭院，礼治讲究而又古味十足。除了祭祀孟子的正殿、寝殿、御碑亭等建筑外，孟子父母的“启圣殿”“孟母殿”也在其中。孟子三岁丧父，孟母管束甚严，其“孟母三迁”“孟母断织”等故事成为千古美谈，也是后世母教的典范。

举着伞在古老的孟庙里徜徉，雨雾里，仿佛看到这位与孔子并称为“孔孟”、师承孔伋门下的儒家代表人物端坐于古柏之中，那一句句《孟子》格言警语萦绕耳畔：“民事不可缓也”，“民为贵，社稷次之，君为轻”，“乐民之乐者，民亦乐其乐；忧民之忧者，民亦忧其忧”……

的确，如果孟子不是第二，又能是谁？

与孔子庙堂前的石雕龙柱相比，孟庙的主体亚圣殿则显得太过平常与朴素。明代弘治年间重修时用于擎檐的26根石柱只饰以浅线的雕刻，除门侧4根石柱南面阴刻着双翅翼龙外，其余各面刻有宝相牡丹花和缠枝西番莲花。经过无数人的抚摸与风吹雨打，那些浅浮雕已不再清晰。绿色琉璃瓦覆顶的重檐歇山式大殿，仅此独独一座，周围没有陪衬的建筑，恰似孟子独自守在那里。

不，怎会是孟子一人？古老的松柏陪伴他了千年，一动一静，一木一屋相映成趣，像是一对发小的老者，相互依傍、鼓励，支撑着永恒的信念。

没有孟子的第二，又何以衬托孔子的“至圣”？“亚圣”不意味着贬低。更换来一份清静。

骤雨仍然不停地下着，站在廊前回首望去，这风景如画。

桃花知了

我们拖着疲惫的脚步走了几公里，只为在孔林中找寻孔尚任的墓。没有乘景区里匆匆环绕而过的观光游览车，是希望能够在他的墓前停留得更久一些。

墓地没有想象中的华丽，和孔圣人墓前连绵不息的香火更无法相提并论。兴许是借了孔圣人的光，他被安葬在了孔林。孔尚任，1648 年生于山东曲阜，字聘之，号东塘，自称云亭山人，孔子第六十四代孙，曾被破格提拔而跻身仕途，却由于创作了《桃花扇》涉嫌反清复明的主题终遭罢官，入土时也没有敢在墓碑上留下姓名，仅是一堆官职与别号。

因为这个独特的墓碑，我们险些错过。幸亏有一辆观光游览车从身后驶来，途经于此只是稍稍减缓了速度，并没有停下来。车上的导游向乘客们介绍道："这是孔尚任的墓，他以一部《桃花扇》的书而出名。"听到这里，我们方才知道，那路边普普通通不大的青冢便是孔尚任的墓了。

将孔尚任的生平仅仅定位于"一部叫做《桃花扇》的书"也太过简略了，况且又不准确。那并不是一部书，而是一出戏，一出讲述南明覆亡时复社文人侯方域和秦淮名妓李香君爱情故事的戏。剧中，那用血迹点染而成的桃花扇不仅是男女主人公定情之物，还以此记录着两人的沉浮命运，串络着纷乱的历史人物与事件背景。

墓前栽着几棵不大的桃树，可能是今人有意所为。由于时值盛夏，我们没有看到桃花盛开的样子，心想那花的颜色是否因了在孔尚任身旁而显得别样，就如同那出戏中血溅折扇形成的桃花印痕一般？

“桃花”成就了孔尚任在古代文学史上的地位，而他也因为“桃花”得祸罢官，生前身后，与桃树结缘，相伴隐匿在孔林的角落。蓦然回首，在离墓碑最近的桃树上，我发现了一个紧紧抓住青绿桃叶的蝉蜕，小心翼翼地将那片叶子摘下，仔细端详着，心想这只脱胎换骨的知了在蜕变中会对那棵桃树曾吐露过怎样的心语？只可惜知了早已飞走，其实我也听不懂它的语言。

我默默地看着孔尚任的墓碑，心里摩挲着那没有其姓名的碑铭——“奉直大夫户部广东清吏司员外郎东塘先生之墓”，简单的两行字又涵盖了他一生中多少悲喜起落？

1684年（康熙二十三年）冬，皇帝南巡北归至曲阜祭孔，三十六岁的孔尚任御前讲经而深得赏识，次年被破格任命为国子监博士赴京就任，与无数在科举的瓶颈中奋斗的文人相比，真可谓春风得意。而此前，他在家过着养亲、读书的传统生活，听到过“李香君血溅诗扇”及南明王朝灭亡的轶事，便“借离合之情、写兴亡之感”，开始构思历史剧《桃花扇》。1686年，三十八岁的他奉命赴江南治理水患，历时四载，踏遍南明故地，对阉党专权、官吏腐败导致南明覆亡有了更多感触，积累了鲜活的素材。1689年，四十一岁的孔尚任奉调回京后升户部主事，在宝泉局监铸钱币。他买下海波巷的一处宅院，将书斋命名“岸堂”，经过十年苦心创作三易其稿，终于写成不朽名剧《桃花扇》，在京城演出后引起轰动并广为流传，连康熙皇帝也专门派宫中内侍索要剧本。

一年后，孔尚任晋升为户部广东司员外郎，可上任不到一月即被借故革职。据说《桃花扇》是得祸的导火索，由于剧中颂扬了史可法、左良玉等抗清将领而引起朝廷的反感，有人曾以“命薄忍遭文字憎，缄口金人受诽谤”形容他的遭遇。在京赋闲两年多后，他回乡隐居，过着清苦寂寞的生活。1718年（康熙五十七年）春天在曲阜石门山家中病故，享年七十岁。

人们大都不清楚孔尚任的为官生涯，只知道他是位才子。他一生著作甚丰，有《石门山集》《岸堂文集》等传世，堪称清代的著名诗人及最享盛名戏曲作家。一部明清传奇戏曲的压卷之作《桃花扇》并非其生平的全部，但却是后人对他最多的指代。该剧的诞生标志着继汤显祖《牡丹亭》以后，中国戏曲文学发展到了一个新的高峰。敢问黄土之下的孔尚任可否愿意被人单称为戏曲家？又可曾后悔创作了那些牵连自己命运的文字？我们无从知晓。只知道他是被悄悄葬在孔林的东北角，墓碑上竟没有按照惯例书写名讳，以至于今天的游客稍不留意就会擦身而过。如此的边缘化，可见他的后人担心受到株连而煞费了苦心。或许，墓碑上有无姓名对他而言早已不太重要。

我始终相信，孔尚任并非在用南明覆亡来影射清军的趁虚而入。作为儒家正统立场和思想倾向的士人，他是愿意为大清王朝效力而兼济百姓的。在《桃花扇》这部流传后世的戏曲中，出于文人天生的同情心，孔尚任决意把高尚的人格赋予身为歌妓的李香君，把孱弱的灵魂给了空负盛名的书生，将最深沉的同情寄予社会地位卑微的民间艺人身上，充分展现了三百年大明江山沦落时复杂的社会矛盾和民族意识，抒发了对历史兴亡无法挽回、无可奈何的慨叹和极度失落感、破败感、忧患感交织躁动的情怀。

高中课本曾选录了《桃花扇》末曲《哀江南》，那幽怨凄美、字字珠玑的文辞令人惊叹。一时间，我开始发自内心地敬重起这位清代戏曲大家来，得知其陵墓就在名闻天下的曲阜孔林，就一直心驰神往。此次暑假出游，在拜谒至圣先师孔老夫子的同时，总算圆了祭奠《桃花扇》主人的夙愿。伫立在墓前的这一刻，脑海里不禁频频闪现出那些烂熟于心的文句，我似乎跨越时空读懂了孔尚任的内心。他将自己深深植入作品人物的视角，看似在感伤陷落的山河，实则隐喻地抒发心中难以言说的苦楚……

或许，那只在桃树上褪壳的知了也受到了东塘先生灵气的熏陶感染，竟留下一副幻化的空空皮囊，痴痴地抓住那片有可能随风飘落的树叶，久久地不愿离去。带着朝圣后的景仰之情，我将蝉蜕和桃叶一同摘下，小心翼翼地带了回来，收藏进一个小盒里。每每打开，便觉一股神奇的清香。刹那间，仿佛又看到了青冢旁的桃树——那棵相伴孔尚任安眠的桃树。

踏歌行

古筝声声，琵琶吟吟，流水潺潺……

依山势而建的白园中，两名女子在山腰的听伊亭里拨弄着曲子。琴声水声交织缠绵，融融的绿意弥漫四野。我们穿过密密丛丛的竹林，沿着长长的石阶拾级而上。这里是与洛阳龙门石窟隔岸相望的琵琶峰，因山峰形似琵琶得名。琵琶峰中花草遍地，香气四溢，由此又名香山，自号香山居士的白居易晚年就在这里度过。

走过了40余年的官宦生涯，经历了人生的潮起潮落，白居易曾经定居多处，官至太子少傅，终以刑部尚书致仕，在香山走完了生命的最后旅程，并且长眠于此，官府赐其谥号“文”。这个由点横撇捺构成的简单字眼，是古今无数骚人墨客的毕生追求，更恰到好处地涵盖了白乐天好文章、通音律、济苍生的75载花开花谢的璀璨生命。

白园不大，顺着蜿蜒的小径行走一圈即可轻易游遍全程。山石、水流、亭台、长廊，一系列园林艺术该有的景致都紧凑地分布在蓊蓊郁郁的园子内。暮年辞官后的白居易用自己的俸禄重修了香山寺，在其侧的园子里同元稹、刘禹锡等人觥筹交错，琴瑟歌舞。年迈时，他遣走了歌舞妓，以居士情结与如满和尚等人结为“香山九老”，潜心佛法，颐养天年，并执意埋在香山脚下。他的墓形似琵琶，加之香山琵琶峰，不由让我联想到了那首如泣如诉的长篇叙事诗《琵琶行》。

古时的诗歌均可唱和，白居易的很多作品都盛行于当世，他是中唐不折不扣的流行歌曲词作者。各地歌妓以一口气唱完《长恨歌》为豪，更有白居易的崇拜者慕名前来，当场献唱。他也以此机缘相识了不少知名的歌舞妓，也在无意中因“文”置人于死地。

白居易官居秘书省校书郎时，四处远游经过彭城。彭城守帅张愔邀来仰慕白居易多年的爱妾关盼盼歌舞助兴，他们二人的恩爱情景令白居易动容难忘。十年后，他听说那次与之分别不久，张愔就病逝了。树倒猢狲散，家中姬妾俱已各奔前程，唯独关盼盼难忘旧情，只身移居燕子楼，矢志为亡夫守节，写就了一首首怀念亡夫的抒情诗作。白居易见她如此情深意重，便挥笔和诗三首，末句“见说白杨堪作柱，争教红粉不成灰”暗指盼盼何不随夫君而去，留下千古的美名。情难自禁之余，又补上一首七言绝句：“黄金不惜买蛾眉，拣得如花四五枚。歌舞教成心力尽，一朝身去不相随。”日后，关盼盼收到了白居易托人递去的赠诗，不可遏制地放声大哭，绝食而死。原来，她并非没有想过以死明志，她是怕后人误以为张愔贪色而命爱妾殉葬，有辱张愔的清名。白居易未曾料到这名女子的心意，从此心生愧疚，以至于体弱多病时不愿耽误歌舞妓的前程，跟着他受苦，希望她们自行寻找属于自己的新生活。

为了涤除人生烦恼，白居易常以美酒、歌舞放纵自娱，蓄妓玩乐，从他诗中得知姓名之妓便有十几个。可他并不是一个放浪汉，却是一位痴情郎。他曾为了一个女人，37 岁才在母亲以死相逼的威胁下成婚。这个令白居易痴心至此的女子，是与他青梅竹马的玩伴，19 岁起相恋 8 年的湘灵。

“娉婷十五胜天仙，白日嫦娥旱地莲。何处闲教鹦鹉语，碧纱窗下绣床前。”——白居易眼中的湘灵完美至此，赛过天仙。可是为了家庭的未来和个人的前程，27岁的白居易不得不远离家乡。他一路苦苦相思，写下三首怀念湘灵的诗作。两年后，他考上了进士，恳切要求与湘灵结婚，但被门第观念极重的母亲拒绝了。又过了四年，已做校书郎的白居易需举家迁至长安，再次苦求母亲，却依然被拒。母亲断然不再让二人见面，甚至不允许提起湘灵。白居易以不与他人结婚来惩罚母亲的错误，再三续写诗歌怀念湘灵。被逼成婚后，他仍旧写诗表达对湘灵的思念：“有如女萝草，生在松之侧。蔓短枝苦高，萦回上不得。人言人有愿，愿至天必成。愿作远方兽，步步比肩行。愿作深山木，枝枝连理生。”

命运就是这么不可预知。白居易蒙冤被贬江州途中，和夫人一起遇见了正在漂泊的湘灵父女。白居易与湘灵抱头痛哭了一场，并写下了题为《逢旧》的诗。这时他44岁，湘灵40岁，一直未嫁。

如此刻骨铭心的情感经历让他对杨贵妃和李隆基的爱情深有体会，白居易用浓郁顿挫的抒情性笔触创作出了拥有完整情节的《长恨歌》。他在作品里时进时出，既像杨贵妃的视野，又似唐玄宗的口吻，实际却以旁观者的角度叙述，游刃有余地铺叙着二人凄美的爱情故事。也许白居易在“长恨”之中找到了共鸣，拥有最高皇权的天子也无法左右自己的爱情，更何况是受到家族干涉普通的自己。

有人说，白居易妻妾成群，完全可以收纳了父女二人，从而质疑他们的感情。或许他当年信誓旦旦，发誓只娶湘灵一人。然而，时过境迁，一切都变了。既然风华正茂时不能明媒正娶湘灵为妻，善良善感的白居易又怎忍心在被贬官之际将她纳为妾室，迫使湘灵跟着自己过着颠沛流离、生死未卜的生活呢？岁月不仅更改了彼此的容颜，还有知识、阅历带来的思想变化，更有不同的际遇，被迫走上了不同的路，最终不得不妥协于命运的安排。

漫步白园，在似有似无的古曲陪衬下，我哼唱着现代人根据白居易的诗作谱写的歌曲："花非花，雾非雾，夜半来，天明去，来如春梦几多时，去似朝云无觅处。"花落雾散，日月更迭，刻在记忆里的人，即使模糊了他的容颜，忘却了他的声音，但是每每想起那个人时的感受，永远都不会改变。这就是回忆的美好，偶尔想起，记忆犹新，如同当初。白居易当年心目中的女神一直活在他的记忆里，而这，许是湘灵最诗意的归宿。回忆里的人是不能去见的，去见了，现实的惨烈会击碎温暖的梦境，回忆就变质了。

依稀看到几个中学生模样的男孩子在日本友人书赠的碑林认真地做笔记，恐怕年少的白居易也如此这般刻苦好学吧！相传白居易天资聪颖，幼年还未开口说话，心里就认识"之""无"二字。略识之无的典故，似乎从一开始就注定了他的人生终将与"文"结缘。

少时白居易独闯京城，带着自己的诗作拜访当时最著名的老诗人顾况。顾况一瞥他的名字便笑称："长安米贵，居大不易。"可当读到"离离原上草，一岁一枯荣。野火烧不尽，春风吹又生"的句子时，便转口惊呼："有才如此，居亦何难！"之后的日子，老诗人四处推介白居易，然而诸多因素所致，他还是没有长期留在京城长安。

白居易与元稹、李绅发起“新乐府运动”，倡导“文章合为时而著，歌诗合为事而作”的现实主义创作原则。他主动请在自家门口晒太阳的老妪听文，将其听不懂的部分一律换成通俗易懂的词语，此举重振了诗歌日益萎靡的风气。他不畏权贵近臣，针砭时弊，直言上书论事，因率先上书请急捕刺杀武元衡凶手，被贬江州司马。这次贬官依然由文而生，曾经兼济天下、想干出一番事业的白居易开始思索为文的做派，收起不容沙土、满眼正义的文人气，不得不学会明哲保身，在从政之余多了消遣的元素。

为文的同情心使然，白居易依然为民众做了不少好事。任杭州刺史期间，他为西湖百姓修建了捍湖大堤，有效地蓄水泄洪，保证了水源。还亲自撰写《钱塘湖石记》，刻成石碑立于湖岸。人们爱戴白居易，称此堤为“白公堤”。白公堤不仅是一座水利设施，还是当时杭州城最热闹繁荣的交通要道之一。到明代，白公堤仍然存在。岁月变迁，白公堤的原址今天早已不复存在，人们就以白堤作为白公堤的替身，来寄托对白居易的依依怀念之情。

不知不觉中，我们渐行渐远，古筝、琵琶的音律也越来越细小，白居易墓便在眼前了。躺在山间的汉白玉像试图再现出醉吟先生乐天、旷达的姿态，上坟以酒的传说还是从侧面暴露了他生前借酒消愁的掠影。琵琶形的墓前没有酒水的潮湿，今人大都带着朝圣的心态来到白居易的身旁，不知还有几人为他洒下一杯杯美酒。白园里的古曲声依然日日与之相伴，延续着香山居士痴迷数十载的爱好。

与歌诗为友，与艺术为伍，以美酒、禅、琴及山水自娱，沉醉于歌词创作、舞蹈编排的白居易喜欢邀三五好友豪饮畅谈，欣赏家中所养的歌舞妓演出自己的作品。白居易众多蓄妓当中，最出名的是小蛮和樊素。唐孟棨《本事诗·事感》记载:“白尚书姬人樊素善歌，妓人小蛮善舞，尝为诗曰：樱桃樊素口，杨柳小蛮腰。”现代人形容美女说樱桃嘴、小蛮腰或杨柳腰，就是从白居易那里学来的。晚年卖马放妓的决定一出，小蛮、樊素含泪不忍离去，心爱多年的骏马也反顾踟蹰，嘶鸣不止。

弥留之际，白居易潜心向佛，出资开凿龙门八节石滩以利舟民，组织“一时上升会”，希望同道者共同上升到弥勒境界。为了往生弥勒，他写过一份决心书：“仰慈氏形，称慈氏名，愿我来世，一时上升。”慈氏就是弥勒，弥勒是音译，慈氏是意译。——我敬仰慈氏菩萨的身形，我呼唤慈氏菩萨的名字，希望来世的我，一定要上升到弥勒菩萨的身边。

如其所愿，75岁的白居易葬在了香山琵琶峰，李商隐为他撰写墓志。依山傍水、秀色宜人的小巧园地见证过这里的主人与酒徒、师友、琴侣的游乐唱和，与其一起欣赏过自家歌舞妓的空灵歌声和曼妙舞姿，品尝过其亲手酿制的美酒佳肴。

缥缈的古曲凝噎，无声胜有声。白园古雅的九曲回廊，似乎在诉说着白居易因“文”升迁得祸的曲折人生，倾吐着依“歌”悲喜交纵的乐天性格。达则兼济天下，穷则独善其身，孟子所言恰成了白居易终生遵循的信条。兼济之志，包括了儒家仁政、黄老之说、管萧之术和申韩之法；独善之心，则吸取了老庄的知足、齐物、逍遥观念和佛家的解脱思想。廊壁密密麻麻地镶嵌着《琵琶行》的全文石刻及现代文人墨客的吟咏诗作，白居易最终还是以其身体力行实践自云“根情、苗言、华声、实义”的“文”流芳百世。

微风拂过，一路隐约相随的古筝琵琶曲陡然骤响，大珠小珠落玉盘的动情音律，在峰峦怀抱的山谷中回旋。

看佛

曾祖母信佛，记忆里最初见到的佛像，是爷爷家那尊手掌大小的仿唐三彩造像。她每天早晚叩拜 100 次，口里轻念着“阿弥陀佛”。幼时的我觉得有趣，便悄悄站在床头的佛像后。曾祖母疼爱我，只是略带严肃地强调不能站在那里，因为佛会不高兴。我问她什么是佛，这位出生在 20 世纪初、不识字、不食荤的老人告诉我：“佛是能保佑我们全家平安健康的神。”

后来，《西游记》里西天取经历尽九九八十一难，路上曲折崎岖的虔诚姿态让我知晓了佛在信徒心目中的崇高地位。也是长大后才知道，那尊橘绿混合的仿唐三彩造像其实是观音菩萨，而我们很少区分得十分详细，只是将一系列佛国天尊统称为佛像。

佛教造像按其在佛国的视觉形象，不论汉传还是藏传佛教，大致分为七类，包括释迦佛、燃灯佛、弥勒佛、阿弥陀佛、药师佛、卢舍那佛等如来相，文殊、普贤、观世音、金刚手、虚空藏、地藏、弥勒、除盖障八大菩萨、菩萨形的阿弥陀佛（长寿佛）等菩萨相，四天王、梵天、帝释、韦驮天、摩利支天等天部诸神，佛、菩萨所化现的愤怒神像，罗汉、祖师、弟子、布袋和尚、地藏菩萨等比丘相，财神、罗睺星、墓葬主、吉祥动物等其他神怪，以及长寿老人、供养人等人间相。

迄今为止，中国四大佛教石窟我已去过三处。用枯草泥土作为基底的绘画佛像——敦煌莫高窟，戈壁窟内栩栩如生的壁画更加夺人眼目；在石壁上凿成的巨型石佛像——洛阳龙门石窟，以武则天的微笑为蓝本的卢舍那佛统领着众佛；砂砾岩洞中陈列的精美泥塑佛像——天水麦积山石窟，在形似蜂窝的西秦岭主脉成群聚集。而山西云冈石窟却至今尚未亲临其境，据说多种佛教艺术造像风格在此实现了前所未有的融会贯通，所形成的“云冈模式”成为中国佛教艺术发展的转折点。

自前秦起，历代工匠们用心血智慧铸就的佛像，反映了不同时期的审美理念和经济水平，从粗糙勾勒到细腻精致，从北魏的瘦削为美到隋唐的圆润丰腴，佛像的形制见证了造像的初露端倪、日趋成熟、声名大噪，以及社会动荡、历史变迁、走向没落。那些倚靠山体、依地势而建的佛像所在之处，曾是丝绸之路的必经地、商业贸易的交易区、祈福拜谒的集聚所。慈眉善目的佛像走过了上千年，在风霜雪雨的侵蚀中、地震雷电的冲击下岿然屹立，迎来又目送了怀抱各种愿望前来的到访者。不论胖瘦、不分大小的佛像，承载着不计其数的信徒发自肺腑的虔诚希冀，默默地替人们保守着默念在心的秘密。

相传东汉时期，明帝夜晚梦到了一位金人，头顶放出白色的霞光，在殿廷中现身后又向西飞去。他的臣子们解释道，皇帝梦见的是西方的圣人“佛”。明帝对此产生了兴趣，派遣郎中蔡愔和博士秦景前往天竺求佛经。公元 67 年，他们与天竺的两位高级僧人带着佛像和佛经回到洛阳。第二年，明帝又命人在雍门外另建住所，仿照印度祇园精舍构造，中有塔，殿内有壁画。天竺僧人在这里翻译佛经，传授佛教礼仪。由于驮佛经归来的那匹白马也供养在其中，于是命名白马寺。“寺”原为官署的名称，白马寺的建造也是为了接待天竺客人，因此也称为寺。这里诞生的白马寺，成为佛教传入中国后建立的第一所寺院。

游历白马寺时，我们行走在夕阳下的佛塔旁，耳畔传来僧尼顿挫的诵经声，参天的凌霄树开满了橘色花朵，余晖映照在花瓣上，呈现出十分浓重的红润。返程途中，我的脑海里浮现出几句诗行：“佛缘随马入中原，禅院幽深静无言。唯有僧尼诵经卷，催醒凌霄探青天。”

佛教生死轮回、善恶有报的美好愿景，能够让人们始终怀抱着纯净的心态度过余生。佛教入主中原期间，经历代高僧大德的弘扬提倡，许多帝王卿相、饱学之士也都加入这个行列，使佛教深入社会各个阶层。佛教的哲理部分则与儒、道等交相融会激荡，汇入中华文化源远流长的大海里，形成中华文化的主流之一，放射出灿烂辉煌的光芒。大兴佛教的历史壮举，让我们有机会与浸染时光灵气的佛像对话，并从中窥视出千余年前人类文化艺术的结晶。

出于不同的原因，遁入空门的弟子抑止了世俗的欲望，潜心研习教义。不是人人都能成为得道的高僧，而待人以善、修炼德行、普度众生的思想，已经深深地沁入他们的灵魂深处，伴随佛门弟子们安详平和地走完干净纯粹的人生。

佛的面庞沉静、宽容，佛的目光坚定、从容。电视荧屏一度热播的《甄嬛传》让人联想到历史上出家后还俗的不凡女子。武才人受唐太宗李世民去世遗诏出家于感业寺，五年后奉诏回宫。她在修行中变得睿智坚韧，最终成就了非比寻常的丰功伟业，成为历史上唯一的女皇帝。武则天是佛教的忠实信徒，她在位期间，大建佛寺、广塑佛像，那时建造的乐山大佛和洛阳奉先寺的卢舍那佛像，直到今天仍以它的庄严壮观闻名中外，成为民族文化艺术的瑰宝。

每个人都有自己的愿景期许，他们向佛祈求如愿以偿。近年来，以佛造势的旅游产业骤然兴起并大行其道。古寺翻新、扩大重修、旧址新建，甚至无故造佛。那些崭新的佛像被人赋予了同样神秘的力量，慕名而来者总是希望美梦成真、如意满堂，不论佛性，见佛就拜。烧香叩首、抽签算命、点长明灯也成了经济利益驱动下的噱头。真假僧人难辨，让本应洁净无瑕的莲花之地沾染了铜臭气。

前年去法门寺景区，导游引导同行一一跪拜路两旁新建的佛像，并且不允许拍照，说是会惊扰了佛。我没有磕头，却想用相机记录下佛像的衣着配饰和坐骑形态。现代的金身雕像，不及古时塑像的精妙绝伦与独一无二，但也的确比较考究。导游把游客带进了近年来新修的人造佛龛，反而对古老的寺院只字未提，一路的解说词大有喧宾夺主之势，以致同伴中没有几人进入隐藏在偏僻角落、真正发现佛指舍利的千年古刹。

数年前，邻厂元宵节灯展，工人们自行造了一个简单的弥勒佛像，造像高达四五米，置于灯会门口，弥勒的笑脸平添了新年的喜庆气息。灯会结束后，人们发现将佛像留在企业里不合适，但又不好焚毁，商议过后决定将其放在一个村子的路口。附近信佛的村民怕佛遭受风吹雨淋，便自发为佛像披上红缎子被面，又用黄绸制成帽子戴在佛头上，这身行头在满脸笑容的弥勒佛身上显得十分滑稽，仿佛一位童心未泯的大肚硬汉，其背影更好似披着斗笠发福的姜太公。后来，村民们又集资修建了一所亭子，将那尊因灯会而诞生的佛像供养起来，从此成为村里一景。

素有“金五台、银普陀、铜峨眉、铁九华”之称的中国四大佛教圣地，分别供奉着文殊菩萨、观音菩萨、普贤菩萨和地藏菩萨。建造寺庙的历史自汉代开始，一直延续至清末，全国登记在册的寺院达到一千个以上，仅陕西著名的就有草堂寺、大兴善寺、大慈恩寺、法门寺、广仁寺、净业寺、青龙寺、卧龙寺、香积寺、兴教寺等。此外，曾经到访过的少林寺、白马寺、大相国寺、寒山寺、灵古寺等大小寺院也名称典雅、各具风格，其中的大雄宝殿是每座寺院的核心建筑，供养着本师释迦牟尼佛。大雄是佛的德号，意指包含万有、摄伏群魔，因为释迦牟尼佛具足圆觉智慧，能雄镇大千世界，因此佛弟子尊称他为大雄，“宝殿”的“宝”是指“佛法僧”三宝。

同样的佛有不同的造像，由于时间年代、审美理念、技术水准、经济情况的变化而表现出相似却不一的面孔。与纯粹的佛教信徒不同，我们看佛，就像是看自己，看的过程中看到了隐藏在内心的私欲，看到了面对人生祸福变迁的态度。而佛，永远面含慈悲地看着芸芸众生，佛看淡了世间的金钱名利，包容了红尘的恩怨情仇。我想，亲切和善的佛根本不会在意人们合影留下自己美丽的姿态吧？

佛不语，相续乐。信仰是一种节制，一种美好的向往，无论我们宗教信仰是什么，重要的是心中有佛，心中有美，心中有道德的底线准则。也许，身边的每个人都是佛，善待他人就是一种修行。知足常乐，静心随缘，我们才能生活得安然快乐。

细雨法桐

风物

关于那一串串青绿色刺球的幻想，
从这个夏天开始，
就一直飘摇在我的心头。

夜色荷塘语

为了看朱自清先生笔下的荷塘，我脱离了同行的大部队，独自乘地铁，几番周折到了清华大学。到他的荷塘边上已经很晚了，并且打雷下雨。好在雨不是很大，我撑着伞，一路问询打探着。

眼前的荷塘比想象中要大很多，星星点点的路灯倚靠在池边，那点灯光映不到荷塘的尽头。河畔的垂柳坠在池中，即将触到已经逐渐繁盛起来的荷叶。这个季节荷花已经凋谢，满池的叶子在昏黄的路灯下显现出暗黄的色彩。

这个夜晚，没有月亮，更不见流水的月光。天空中伴随的闪电如同相机定格的快门，强光将一池荷叶照射得分外明亮，瞬间呈现出白天的葱绿。

我尽可能长久地停留在这里，希望能够感受到朱自清当年所见的风致。可是季节、天气的不同，决定着必然是两种景象。他曾由荷花联想到了采莲，《采莲赋》《西洲曲》的句子仿佛成了专为这篇美文服务的。配合淡淡月光下的荷塘，是那样的恰如其分。

不是周末，又赶上下雨，人很少。我一个人撑着伞静静地站着，突然听见“哗啦”一声，像是谁从高处洒下了一注水。我看遍四周，寂然。

我打开手机上自带的手电筒，将灯光照进荷塘，一株残损的粉色荷花映入眼帘。它的花瓣向外翻卷着，尽管残了，却仍袅娜可人。有几个莲蓬孤零零地竖在旁边，我开始惋惜自己的来迟，只看到了阑珊的荷韵。雨中的荷花直直地立着，高过了周围的荷叶，不可亵玩。它有着首领的风范，还淡淡透出将残的孤寂。

荷叶上个个积蓄了雨水，积得多了，就像水车一样自重落入池内，更多的是先落向低处矮矮的荷叶上。“哗啦、哗啦”的响声接二连三，那种伴随着雨滴下落的音律竟是这一池荷叶的自行创作。我紧紧地盯住一片荷叶，等待着雨水积到足够多时自然地流下。我惊讶于那行动像卖油翁一样熟练：珍珠似的水珠顺着荷叶的叶脉球状般地依次散落在另一片叶面上，由高到中到矮，几层荷叶相互传递，水珠也逐级变细变小——好一幅“大珠小珠落玉盘”的奇妙景象！

随着荷叶的摆动，残荷的茎也在左右摇晃，缺损的花瓣被雨水敲打着，似乎要被击落，却仍紧紧抓住那黄色的花蕊，而其中正孕育着嫩嫩的莲蓬。粉色的荷花安然地立在那里，像是一位经历风雨却依旧昂然的雅士，总领着满池风韵，笑看着水珠串串滚落，倾听着荷叶不舍地低哝。

雨没有停，淅淅沥沥地打在我粉红色的伞上。这个在雨景里晃动的粉红同池中的那点娇粉相互辉映。雨水打落在荷叶上、滴落进荷塘里，滴答的声响惊醒了周围的青蛙，它们在倾泻的水声下欢愉地唱着歌谣。两种声音交融出和谐的音律，而这音律，是属于荷塘的。

这片池塘，因为朱自清先生的描述而别样。时隔85年，我专程前往，只为追寻曾经被感动过的景致，亲眼瞧瞧他笔下的荷塘月色。年年岁岁，不知有多少人同我一样慕名来访，从秋到冬，由春至夏，荷塘变换着身姿去迎接来来往往的到访者。于是，我开始羡慕在清华园里读书的学子，羡慕他们可以随时置身于这无数次令我心生向往的荷塘。

我关上手电筒，不愿再惊扰这份曾经属于月光下的静谧。时常，我会想念荷叶上水珠变幻的音律，那像是残荷的耳语，诉说着另一个雨夜荷塘的故事。

白玉兰

公交车上，一个女孩拿了朵白玉兰，她将头倚在窗前，阳光洒在那眯着眼睛的笑脸上，伸出窗外的玉兰花随风飘动着花瓣。这一刻，我仿佛又回到了童年。

一片花瓣，曾被我珍藏进书本，那页纸张仍然残留余香，而那白玉兰已同纸一般枯槁泛黄。尽管洁净不再，但那份记忆仍然清晰地浮现于我的脑海间。

也许儿时爸妈曾不止一次地教我认识自然界的一草一木，当然也包括玉兰。咿呀学语的过往而今并没有太多清晰的印象，至今最真切的往事却是七八岁和同学荡秋千看到的白玉兰。

记忆深处的那株白玉兰并没有完美到极致，错过了最佳观赏时节，以至于地上落了很多凋零的花瓣——日晒、风吹、人踏之下，花瓣变得枯黄不堪。枝上不多的玉兰花亭亭绽放，还点缀着迫不及待冒出的绿叶。那一刻，身旁的玩伴问是什么花，我不假思索地回答道：“玉兰。”

儿时的我们没有雅致去赏花，如今想起的点滴片段只是玩耍之余的附带。不曾料想的是，若干年过去之后的今天，勾起我回忆的不是当时如何快乐地玩耍，而是瞬间停滞看到的玉兰花。无论那次玩耍是何等开怀，我确信自己看到玉兰的那一刻是安静的，就像圣洁的白色不禁令人肃然一样。

长大后，我们开始为了看花而看花，专程前往花开的圣地，融进花海，希图暂时抛却平日的烦扰，一心与花交流，纵情于又香又美的景致。与以往不同的是，目的主次变化随之带来了回忆的变化，更倾注于赏花路上发生的奇闻异事。而那些花，则成为了出行的绝对理由。醉翁之意不在酒，赏景之意不在花！

某一天，我经过一条种满玉兰花树的小路：初开的花朵半含花苞透着娇羞，幽幽的香气沁人心脾。阵阵风吹过，洁净的花瓣从枝头落下，此间，还有对褐色翅膀似天使羽翼般飞落。

那是带有绒毛的玉兰顶芽，在花含苞时紧紧包裹住柔润的骨朵。等到时机就绪，玉兰冲破了那层外壳，将自己裸露于回暖的空气里。花壳从中裂开，两瓣之间相连，毛绒的表面和张开的双翅像极了天使的羽翼。在它落地的瞬间，我将其捡起置于掌心，并试图用另一只手抚平被雨水打湿的那侧羽毛。

初春的暖阳洒在身上，为春寒料峭的天气带来了生命勃发的气息，越来越多的玉兰花冲破了带有灰黄绒毛的顶芽、舒展开莹润洁净的花瓣亭亭玉立于枝头。放眼望去，宛如玉圃琼林、雪山瑶岛。蛰伏一冬的毛绒顶芽裂口化身翅膀飘落的那一刻，它们将呵护花朵的使命交与了和煦的春光，完成了大自然孕育生命的交接。

忽然，听到身旁有人发出惊叹：“好漂亮！这是什么花？”我回头，看到了一双崇敬的眼睛，便轻声回答道：“它叫玉兰。”

风信子

它的胶质花瓣透亮洁净、不受侵染，一簇簇盛开的风信子，在春季百花丛中因为自己独有的特质而显得夺目。

花卉市场上，我相中了一株蓝色风信子：浅蓝中透紫，扎根于龟裂纹饰的玻璃瓶，花香扑鼻，洁净异常。我让花匠挑一株能开蓝色花的卖给我，我买下，放在办公室的电脑旁。

未开的风信子俨然是一个洋葱头。它不喜光，有光照的前提下便可开花。它的叶子细而厚，内外呈现嫩黄与翠绿的渐变色彩，一串花苞一天天直直地向上长着。

隔了周末，两天未见，周一早晨到单位，看到它开花了。猝不及防地，鲜艳的桃红色花朵呈现于眼前。之前畅想过无数次蓝中透紫的浪漫色彩被这抹亮色打破，张扬着它的活力。不可否认，这团跳跃的桃红也很美，可我依然念念不忘那蓝色花朵。

后来才知，蓝色风信子是这个家族的鼻祖，它的名字来源于一个希腊传说。美少年被西风风神误杀后，在他鲜血染红的土地上生出了一串串蓝色的花，清新纯净，就像美少年俊美的脸庞，于是依他的名字命名——风信子。

也许算得上一种巧合，令我对蓝色风信子情有独钟。晚上，我画了一幅画，用一支蓝色的铅笔通过涂色力度大小差异，还原出了脑中那抹蓝紫叠加的色彩。

我把这幅画和风信子盛开的照片发到网上，博友说，风信子把美好的梦深藏在心中，伴随着喜悦的泪水，绽开桃红的心花。——柔软的文字带给我无以名状的感动。

是啊，不同颜色的风信子有着不同色彩的梦，红的、紫的、蓝的、黄的，同我们一样。经过寒冬，春满人间，风信子也睁开了眼睛，绽放出美丽的花蕾。它多想漂浮在水云间，让清风流水捎去自己缤纷的梦。

血红的山丹丹

一周前，我作为学校暑期“三下乡”社会实践团的随团记者，奔赴洛南县石门镇。下乡的地点在偏僻的山里，一个叫“桥上小学”的地方。除了那个喝地窖水、睡硬板床但依然苦中作乐的团队，触动我内心的，还有那群孩子和那束山丹丹花。

从未想过，自己平生收到的第一束花，居然在我 20 岁的暑假，还出自一个不知姓名的女孩之手。——陕北民歌中常常提到的山丹丹，就这样一整束地出现在我面前。小女孩脸蛋上那红红的血丝，至今依稀可见。

我是在跟随了另一支团队从汉中返校后又独自赶到洛南的，而团友们已在此支教了近一周时间。尽管自己没有给孩子们带过课，可他们却仍叫我“老师”，如此场景仿佛电影中的情节。山里孩子纯真的目光，丝毫没有城里孩子的“大人”气，他们好奇地打量着我们当中的每一个。由于我的晚到，所以不得不独自接受这些纯真目光的特别审视。

一头长发，拉近了我与他们的距离。刚到那天下午，一群孩子拉着我嚷着要我唱歌跳舞，着实吓了我一跳，他们的热情反倒让我觉得有点不好意思。匆匆唱了一首歌之后，孩子们拉着我的双手直往教室里拽。坦白地讲，我当时曾闪过一个念头：“这些孩子的手干不干净啊？”念头一出，内心就开始自责起来。第一次见识了如此热情的孩子，而我竟像一个玩偶，被他们搞得团团转。

每天清晨六点多，就有孩子陆续到校，在窗外吵吵嚷嚷。据说他们晚上九点睡觉，早上五点听着鸡叫起床，更多的还是求知若渴的精神动力支持。而这种情形还是像在放电影。

有天早上六点半，我迷迷糊糊地在院子里洗漱，头发散乱着。一个小男孩拍拍我的背说："你头发太长了吧？"好突兀的一句话。我一愣，点了一下头，眼睛都没怎么睁开。许多孩子在向我问好，我只好半睁着眼睛，有些狼狈地一一回应。

说实话，当我还没有从内心真正融入这样的生活，这些孩子已用自己的一言一行把我拉进他们的世界。

或许因为是独生女的缘故，从小习惯了一个人和布娃娃玩耍的我一直对小孩子不感兴趣。记得小时候，妈妈总开玩笑地说给我收养个弟弟或妹妹，而我每次都很"配合"地冲她义愤填膺大吵大闹；见了小孩子，也从来没有忍不住上前又抱又亲的冲动。除了家里的表弟表妹，从没有对别的孩子多么亲近过。今年暑假这短暂的几天，算是颠覆，也是一种考验吧。

最初，孩子们往往用一种歆羡的眼神盯着我，然后上前和我打招呼，尽管我也极力地想改变他们主动的局面。相互的接触仅限于课下，孩子们问我为什么不给他们上课，我说自己是宣传报道的记者。他们追问什么是记者，我说就是来把你们和其他老师写进故事里的人。接着，不同的人重复着同样的问题，不过他们还是对我的一头长发更感兴趣。

记得那天从邻村三岔小学汇报演出回来的下午，一个小女孩把一束红色的花举在我面前，她天真地笑着，脸蛋上布着淡淡的血丝。我问她是不是要送给我，她点点头，压低的笑脸触到了血红的花上。接过了花，我摸摸小女孩的头，说了声谢谢。她害羞地一笑，跑开了，她有着和我相似的大脑门。我问周围人这叫什么花，其他的孩子几乎异口同声用当地口音回答道："山(shǎn)丹(dàn)丹(d ɑ n)！"

定睛仔细观瞧，山丹丹有点像百合科的植物，花瓣有六片，分别向外翻卷着，含有些胶质，并不似绢一般的柔软；花芯直直地向上，叶子小而尖，果真透着一股硬气的力量。在红色的山丹丹周围，小女孩还特意围了一圈开着淡紫色小花的兰草，红色、紫色、绿色，组合出了一团跳跃的色彩。

一天随团家访回来，有个和我个子差不多的女孩拉我上楼。在楼梯的尽头，她让我伸开手，从裤兜里掏出一把黑色东西放在我的掌心，并告诉我这是自家种的油葵。长这么大，我从未见过这样小而颗粒饱满的葵花籽。女孩告诉我她 16 岁了，上六年级。我问她是虚岁吗，她答不是。女孩是老大，下面还有两个弟妹，她最大的愿望是考上大学，但可能会提前出去打工养家。她问了我很多关于大学的问题，这些问题对于一个十六岁花季少女而言略显得幼稚。或许我们的到来，为山里孩子打开了一扇通往外界的窗户，让他们看到了广阔的天地，激发起走出大山的勇气。

女孩走后，我把那束山丹丹重新修剪造型，插好后放在了窗台上。因为对每一支都小心翼翼，这过程竟用了近一个小时。湛蓝的天空下，阳光直射在花上，血红变成了橘色，不变的是那属于生命的旺盛张力。

按照惯例，每次“三下乡”结束之前，总要给孩子们搞一场汇报演出，本来定好了日子，前一天却下起了大雨。我们队员中竟有人说希望雨不要停，因为汇报演出地处邻村的三岔小学，相隔好几个山头，这样第二天就可以不走那来回三十里的山路了。可孩子们却盼望着是大晴天。真如他们所愿，天晴了。没想到普普通通的汇报演出活动，在孩子们的眼中，这一天就像是在过儿童节；我也没想到自己无意中的一点举动会让他们如此感激——演出那天，我搂着一个中午不回家的女孩一起吃饭，帮她梳了头，她居然在表演后第一个拉着我照相。往返的山路上，我帮一个孩子打伞遮阳，而她在我们临行前竟第一个拉着我哭……

我们走了，返回了位于古都长安的学校，而那些孩子们又将在那艰苦的大山里呆多久呢？希望他们通过我们的到来懂得一个道理：只有知识才能改变命运，山丹丹很美，更要走出大山，让众多的人看到！

城里的夜晚没有山里的自然和谐，蛙声、虫鸣、鸡啼不再，可那些红色的印象却时常在脑海中闪现。孩子们用纯洁的心灵感动着我，回忆起他们，便会想起那束放在窗台上的山丹丹花——血红的花，脸蛋上的血丝……

细雨法桐

秋日，在常宁宫小住，房间窗户恰对着一排法国梧桐，那细雨中静静伫立的树影，带给我一种回到家的亲切感。此前一周不冷不热的早晨，骑自行车穿过友谊路，遮天蔽日的四行法国梧桐，开启了我一整天的好心情。

自上世纪五六十年代起，这些法桐便与友谊路相依相系。六十载的光阴流转，七公里长的街道俨然成了一道绿色屏障，被誉为“北中国”最美的林荫大道。从亭亭如盖到葱郁满城，这条与环城南路平行的主干道因为有着近4000棵法国梧桐而成为绿化最好的地段。连荫的树冠之下车水马龙，贯穿劳动路、太白路、含光路、朱雀路、长安路、文艺路、太乙路、经九路和咸宁东路几条南北城市动脉的友谊路，随即被赋予新的使命。而今，地铁五号线将在它的地下延伸，很大一部分法国梧桐也将要离开这方守护了半个多世纪的故土。

一时间，因修建地铁需移走1025棵法桐的消息不胫而走，在西安市民中间引发了不小的波澜。这承载着几代人记忆的大树早已深深地植根于民众的心底，倘若移栽，正如同要从自己心田连根刨除一般。为了这1025棵法国梧桐，大家通过微信、微博频频发声，掀起了一场“全民保树行动”，希望能够尽一己之力最大程度地挽救心爱的树木。

“路改改还能往前走，树‘搬家’还能活吗？是地铁让路，还是大树让路？”“每座城市每一个区域，都蕴含着其特有的文化。如果仅仅为了城市化进程而遗弃一些东西，我觉得不可取。试问城建又是为了什么？”……诸如此类的反问句直指事件本身，人们希望有关方面做出新的决策，尽可能原地留存这些象征着城市人文形象的大树，以保护友谊路上这不可或缺的风景。

作为一种适应性极强且树形美观的速生阔叶树木，法桐在我国很多城市、集镇、厂矿和高校广泛栽种。印象中，它是我幼年最早认知的树种。“三线”军工企业的住宅区内，高大的法桐沿道而立，密密的枝叶在空中相互交错，连荫的树冠环抱着行走于其间的我们，宛如长辈坚实的臂膀，为孩子们玩耍游乐遮光挡雨。这种守护的安全感令孩童时节的我渐渐习以为常，直到无意中的一次抬头，才突然发现摇曳在艳阳枝桠间的一串串刺球——那表面连片凸起的青绿模样十分讨人喜欢，我不知道那是法桐的种子还是果实。只可惜，它长得太高，没有办法摘一颗下来。

关于那一串串青绿色刺球的幻想，从这个夏天开始，就一直飘摇在我的心头。春去秋来，年复一年，树梢上的刺球无数次地变成黄褐色，它们被霜雪拍打，经细雨浸润，而后在阳光中爆破，化作毛茸茸的金黄色飘絮从枝头飞下，随风荡漾在空气中……当年那个用法桐躯干绑秋千、跳皮筋的小女孩也已经长大成人，一串串刺球便成了我童年记忆的符号，始终铭刻在心里。直到离开家乡，融入陌生的城市，不论大学校园还是工作后的新居，路旁或细弱或粗壮的法国梧桐总能勾起我内心深处的温暖记忆，给予我不可替代的亲切感。

后来从书中得知，法国梧桐其实既不产自法国也不属于梧桐科， 它有着更加梦幻的名字——悬铃木，根据刺球的个数分为一、二、三球悬铃木三种。之所以被广泛称为法桐，全来源于一个误会：在我国最早被大量当做行道树的悬铃木，是上世纪初由法国人引种在上海法租界内的，不明就理的当地人见这种树的叶子酷似梧桐，便称之为“法国梧桐”。时间久了，“悬铃木”的学名鲜为人知，“法国梧桐”的称谓却传遍天下。张爱玲的小说里，时常着笔于法国梧桐，落叶缤纷，苍凉而华美。

一场秋雨一场寒。入秋之后，法桐最顶端的叶子率先枯黄，然后由树尖向下递进，呈现出由黄至绿的渐变色彩。它们有序地凋零飘落，从上而下、由秋入冬，仿佛彼此商量好了一般。细雨打在富有角质的宽大叶面上，淅淅沥沥、窸窸窣窣，仿佛带着对大树的依依眷恋。有些巴掌大的叶子尽管被风干得卷曲枯瘪却始终未能落下，寒霜之中，依然高高地挂在枝头，与褐色的刺球 道，陪伴着片片剥落树皮的法桐度过漫长的严冬。

站在常宁宫宾馆房间的窗口，我用手指围绕一点划着圆圈，擦拭着凝结在玻璃上的雾气。渐渐地，雨中那色泽层次丰富的法桐树冠也随着一圈圈地扩大显现，最终跃然于清亮的窗棂之间。那是一团被秋雨洗过的鲜丽图案，也是我最熟悉的属于金秋的色谱。

连绵的秋雨持续了一周，那天清早，我撑着伞在友谊路的公交站等车。凋落的法桐树叶紧贴着地面，雨水将它们与大地紧密地黏在一起。望着身边一株株枝干遒劲的大树，我不知道这是否是它们在友谊路上的最后一个秋天。

进办公室无意翻看报纸，新闻上说西安市政府召开专题会议研究了地铁五号线树木移植问题，提出尽最大的努力保护树木，并承诺五年后再现友谊路原有的风貌。这场有关古城民众对法国梧桐保护的呼吁，终于由官方给出了回应。

带着丝丝欣慰，我合上报纸，下意识地又朝窗外望去。透过附着在玻璃上的水雾，尚能依稀辨出十分熟识的颜色——那是属于一座城市不能磨灭的印记!

细雨中的法桐不语，却点点滴滴地走进了你我的心里……

小黄

刚上班不久，单位后门多了一只小黄狗。我特别开心，因为它的出生日期和我入职的时间相仿，心觉有这个小伙伴之后，我便可以从它身上看到我的成长了。每天从那里经过，我都会去逗逗它，并叫它“小黄”。小黄长得很快，几周不见都会明显长大一截。于是，我见它说得最多的一句话便是：“小黄，你又长大啦！”

小黄的主人正是那位守门的老爷爷，他的脾气比较古怪，属于那种不太好打交道的倔老头。他以门房为家，两间小房子紧紧实实地塞满了东西。一间放着床、柜子、桌子、电视机，另一间放着冰箱、洗衣机。我曾经路过时向里张望，老人都会十分警惕地看我一眼，然后关上门，房门外是他生火做饭的蜂窝煤炉子。

老人不苟言笑，开闭门的时间原则性极强。好几次单位同事因此与他发生争执，他那张严肃的脸上多了分蛮横气。如果我是小孩子，一定特别怕这样的老爷爷。

不知道他把小黄唤作什么，只看见小黄一直被拴在门口，娇小的身材与脖子上拴的麻绳对比起来是那么不和谐。每次我去逗它，老人都会走出屋子，站在我身后盯着。我双手托着小黄的腋下举它起来，小黄的眼神都透着哀愁，甚至害怕直视我。老人总是操着南方口音向我喊道：

“别碰，它会咬你。”可是小黄丝毫没有挣脱的意思，如果它干净点，我会把它抱在怀里。碰到吃鸡腿的时候，我专门不啃干净给小黄留着，然后悄悄地放进它的碗里，怕老人看到不高兴。

后来，我们换了午餐地点，那里也不再是我的必经之路，直到有一天，我突然发现小黄不在了，急忙敲开老人的房门，他说：“狗上周被车压死了。”刹那间，我失落极了，剩下的半天也没精打采地度过——那个原本可以与我一同成长的伙伴没了。

生活依然在继续，小黄的故事也渐渐被一波又一波的新事物冲淡了。然而每次路过那里，我还是不住地往那个角落看去。有一天，那里放上了一个老虎玩偶，猛一看还以为是小黄，玩偶一动不动地卧在那里，注视着来来往往的人们。圣诞节后，那只老虎被戴上了羽毛面具，这滑稽的一幕不知是不是老人所为。

再后来，有只流浪狗在车辆尚未失温的发动机下睡觉，车开走后压得它奄奄一息、动弹不得，据说守门老人拖着狗腿走了，还炖了一锅狗肉。

回想那次询问后，我再没和他说过一句话。

小鸟“丢丢”

2014 年中秋节前，我家的小鸟“丢丢”丢了。农历八月十五那晚，没有月亮，小雨、中雨交替持续了一周。放假回家，我问妈妈：“丢丢会躲雨吗？”“会，这是小鸟的天性。”妈妈斩钉截铁地回答。

丢丢是只金翅雀，与我们家的缘分始于这年的 6 月 22 日。那天中午，周末休假返家的我和爸妈在餐馆吃完饭返回的路上，发现大树下有只小鸟。见有人来，小鸟往前飞了一两米，但似乎飞不起来。我弯腰打量，以为它翅膀受了伤。妈妈走过来说：“这是只雏鸟，毛都没长全。”我蹲下仔细看，发现它确实丑得可怜：头上长着零星的绒毛，嘴巴尤其大。爸爸也蹲下来，转而抬头看向树梢，枝头旁的电线上有只大一些的鸟儿也在往下看。爸说那可能是鸟妈妈，然后我们继续搜寻树上的鸟巢，可是看不见。

电线上的老鸟体型也不大，麻雀身形，以它的体格，要将自己掉落的孩子衔上树枝几乎没有可能。由于临近马路，那只雏鸟挣扎着扑向路中央，车辆疾驶而过，险些碾到它弱小的身躯。我跑过去抓起那只惊得乱飞的雏鸟问爸爸：“能带回家养吗？”爸说：“试试看吧。”

小鸟的大小刚好可以放进我的手掌，我轻轻握着，它从虎口处探出脑袋，眼睛眯缝着，很安静。一路上，我的手被攥出了汗，而它在掌心一动不动。

从小我就喜欢各种小动物，也曾养过一天的鸟，那是一只误闯进妈妈办公室的麻雀。捉住之后，它被好奇的我用绳拴在门口，任凭喂什么也不吃不喝，最终死了。妈说那是气的，鸟的本性是自由，绳子拴住鸟的爪子，却拴不住它向往蓝天的心。从此，我知道鸟是不能随便逮的。上高中时，在操场复习的一个下午，我救过一只被线绳缠住腿的麻雀，当看着它自由地飞向天空的时候，心里庆幸总算弥补了儿时无知造成的过失。

还有一次与鸟的亲密接触，就在大学二年级了。教学楼有个长长的玻璃楼道，一天下午我从那里经过，听到什么东西敲打玻璃的声音，隔段时间猛烈碰撞般。我循声一望，便怔在那里，看到有只不知名的鸟儿想要飞出，却一次次地撞向玻璃，掉落在地板上。我俯下身子，轻易地抓住了小鸟，它早已被撞昏，无力反抗。我带它下楼，摊开手掌让它飞，小鸟居然静静地卧在我手心，甚至我从背包里掏出手机的间隙也纹丝不动。拍下好几张照片后，小鸟开始四处张望。忽然，它飞向天空，毫无预兆。

而今见到的雏鸟体型是那只鸟的一半。到家后，我们把它放进一个垫有软纸的纸袋中，小鸟像小鸡一样站立起来抬头向上望着。

由于它尚未离巢，甚至不会自主进食，究竟该给这么小的动物吃什么成了我们头疼的问题。爸爸找到家里巴西龟吃的龟粮，掰开小鸟的嘴塞进去，用手指蘸点水给它喝；一会儿，他又嚼了点饼干掰开鸟嘴喂食。满头大汗的爸爸认真地忙碌着，相对于那只还没有他手指长的小鸟，爸爸俨然就是个庞然大物。过了一阵，他把嚼好的食物用手捏成小条，试着在小鸟嘴边来回晃动，口里还模仿鸟儿发出“滋滋”的声音，引诱它主动张嘴。果然，几经尝试，小鸟渴望地叫着张开大嘴，爸爸顺势将食物塞到它喉咙里，小鸟迫不及待地咽下去，又主动张嘴索要……爸说：“好了，能张嘴要吃的就能养活。”

那天下午，带着些许不舍，我回到了工作的城市，小鸟留在家里让爸妈喂养，理由是妈妈退休在家有足够的时间照顾它。妈笑说我构成了遗弃罪，因为是我捡这只小鸟回家的。

从此，我们每天电话、微信里的话题多了这只小鸟，也商定好等养大了将它放飞大自然。几天之后，爸妈说小鸟开始飞出了纸袋，会扑着翅膀主动张嘴进食，能认识他们平日喂食用的白色小筐，并且会飞到人手上要吃的，后来也学会了主动用嘴啄食。来自大自然的小生物为爸妈增添了一重喜悦，妈郑重地要我给它起个名字。听说那曾经杂乱的绒毛已长成了鲜亮的羽毛，有养鸟爱好者从微信上告知其学名叫做“金翅雀”，因翅膀张开是金黄色的而得名。这么美的名字，该配以怎样的乳名才相称？考虑了一晚，我们最后还是决定取名“丢丢”，因为它是从鸟窝里走丢的。

于是，丢丢白天在家里散养着，在每个房间到处飞。没有大鸟教它，只能凭借自己的天赋试着飞翔。爸妈说，丢丢就像是个顽皮的小孩一样，只要吃饱了就到处飞：一会儿飞到阳台盆景的树枝间，一会又停留在屋里的吊灯上，一会儿站在墙壁的画框边，一会又躲在花架上的吊兰丛中。每当找不到它时，只要拿着平日喂食用的白色小筐喊一声“丢丢”，它便快速地飞来站在筐沿上等着喂食。有一次到处不见它的踪影，爸妈急得团团转，猛一抬头，才发现它蹩在餐厅门框上方窄窄的边棱处身子动弹不得……为了防止再飞到家里的某个小角落找不到，他们买了个漂亮的白色鸟笼作为其大本营，让它晚上回窝睡觉。丢丢白天最喜欢趴在鸟笼顶上休息，还以笼顶为基准绕着房间飞。一圈、两圈、三圈，从飞得圈小不稳到逐渐来去自由，丢丢在家中的小天地里展开了自己稚嫩的翅膀。

小鸟的排泄物没有什么气味，于是爸妈用纸巾随手擦掉落在家具、地板上的白色鸟屎。起初他们吃什么便给丢丢喂什么，它也一向来者不拒，直至吃到了黑芝麻味的杂粮饼干，便仅执着于这一种食物。除了对西瓜感兴趣外，对于白色小筐中的其他零食一概置之不理，甚至一看颜色不对就会歪过头去，那模样俨然是个挑食的小孩子。

每当爸妈吃饭的时候，丢丢准会绕着茶几上的饭菜飞上一圈，然后站在桌上埋头找碎渣吃掉；看到盘里的西瓜，它会直接从中衔一小块吃。丢丢很喜欢和人亲近，它把我爸妈当成了自己最亲近的同类，他们的头顶、肩膀、肚子……都是它喜欢停靠的地方，甚至叫一声丢丢，手一伸它就欢快地飞到掌上。丢丢对家里织物的线头尤其敏感，也爱啄鸟笼外的那盆吊兰。如此调皮可爱的小鸟成了爸妈外出时的牵挂，出门抑或回到家一定先给丢丢打招呼。无论他们做什么事，丢丢都会给予极大的好奇和关注。有次爸爸洗桃核把刷子放在水盆里，丢丢站了上去，刷子瞬时下陷以至于让它掉落水中。从此，丢丢有了对水的惧怕，看到人端水过来就立即躲到鸟笼顶上怎么也不下来。

如此粘人的小鸟成了家中的一员，人将它养大，致使其失去了动物该有的野性。爸爸心觉丢丢会孤独，琢磨着给它找个伙伴，又怕它接纳不了陌生的同类。恰好发现窗外的空调机箱里新生了一窝小麻雀，爸爸抱着试试看的想法趁老鸟不在从中捉了一只放进丢丢笼中。见到体型比它小很多的麻雀雏鸟，丢丢竟吓得扑着翅膀飞，金黄色的羽毛掉落在笼里。爸爸见状只好又将小麻雀重新放回了窝巢。我想，丢丢也许已不认为自己是一只鸟，而是和人类平等的生物。几月后，我回了趟家，和爸妈一起感受了丢丢小鸟依人的快乐。它总是出其不意地轮换着停在我们身上，爪子小而冰凉，允许人抚摸自己，那瞬间仿佛嘴角还带着微笑。

有天晚上，爸妈看电视，丢丢在旁边的博古架上站着，节目中有鸟儿鸣叫的情节。过了一会儿，丢丢竟然也发出了一串婉转清脆的鸣叫声。从此，只要吃饱喝足飞过几圈之后，它就会“嘀哩嘀哩”地叫上一阵，然后转过身子扇扇翅膀扭扭屁股。爸妈在书房上网，丢丢就在台灯和显示屏上蹦蹦跳跳，时不时飞上他们的肩头。一旦他们出远门，爸爸便在客厅的地板上抛洒足够丰富的谷物零食，再往鸟笼的饮水装置和地上的小盘中加满水，作为丢丢几日的口粮。每天，丢丢还会到阳台的植物间飞翔玩耍，有时还会站在窗框上久久地望着窗外：那里可以看到秦岭南山、真正的大树和在天空飞翔的各种鸟儿，有一天爸爸还亲眼看到了窗外花架上有只和丢丢一模一样的同类……时间一天天过去，丢丢越来越喜欢在笼子外面疯玩，也越来越不准时回笼睡觉了，爸爸只好利用鸟类的夜盲症关灯去抓它回巢。

就这样，人与鸟的感情在朝夕相处中日益升温，爸妈已将丢丢视作家里的一员，何时放它回归大自然这件事也逐渐淡漠了。他们担心不会自主觅食而且不怕人的丢丢能否在大自然间生存，更担心秋日过后寒冷的冬天丢丢将如何适应外面的恶劣环境。

然而，就在不经意间，丢丢真的丢了，再也没有回来。

有天妈妈不在家，爸爸开窗驱赶苍蝇，忘了关窗去了厨房。做好饭后，他照例准备喂丢丢，可再却找不到了。直到发现那扇未关的窗户，爸爸十分后悔。没有足够的心理准备，这只与自己朝夕相处的小生物就这样突然不见了。他没有吃饭，随即外出寻找，寄希望于丢丢会像在家一样飞到他的肩头。可是，终究也没有出现奇迹。妈妈回来埋怨道：“好不容易有个让人牵挂的小动物，怎么这么不小心！”由此突然带来的冷清令他们尤其不习惯，更多的牵挂在于不知家养的小鸟能否在野外自己活下去。

很长一段时间，爸爸将丢丢的鸟笼放在阳台外的花架上，每日放上它最爱的芝麻饼干。他们知道小鸟是本该属于天空和大自然的，可心里却仍然希望丢丢能够找到家，哪怕只是回来看看也好。有天中午，爸爸突然发现饼干不见了，只见笼里有一小坨似曾相识的鸟屎，他兴奋地在电话里给我讲了好几遍，我和妈妈也多么希望这一推测正是事实。

那天晚上，我真的梦见了小鸟丢丢，与它的同伴一起，在我家阳台的上空展开有着金黄羽毛的翅膀，一圈圈地尽情飞翔……

银光点点

阳光明媚的初春，原本打算在屋子里窝一天的我终于忍不住出去走走。

尽管阳光普照，但温度依然很低，走在路上，冷风依然会灌进袖口，我只好将双手插进衣兜里。路的两旁是高大的雪松，四季常青的树木在春季还是有些不同的，许是因为春天的阳光夹杂着特有的气息吧？

人工河的一边有排健身器械，附近的居民常常来这里健身。恰巧碰到了来河畔训练的运动员，他们正穿过两座小桥，围着河边一圈一圈地奔跑着，分明是一群十多岁的孩子。我坐在能够上下摆动的摇椅里，原本可容纳四人的位置由于仅坐我一人而显得空荡。我有些费力地试图荡起，却纹丝不动。左边的摇椅上坐着一对母子，母亲熟稔地在摇椅一次次达到水平状态时用脚蹬起，摇椅就荡得很高，坐在对面的孩子则开心地哈哈笑着。于是，我也模仿着再次笨拙地蹬着脚下的栏杆，摇椅还是微微荡着，每一次都会发出干瘪的滋滋声。

正在训练的运动员每次经过这里，都会朝我这个方向看。坐在摇椅里的我也逐渐荡高，静静地注视着被风吹皱的水面。

由于插着耳机，悠悠的音乐和摇摇晃晃的感觉令人有些犯困。我半掩双目，又生怕睡着会丢了东西。运动员们依旧一圈一圈地奔跑着，他们身后，还加入了几个跃跃欲试的路人。

这时，阳光照射的角度使得水面呈现出了波光粼粼的样子，点点银光在水波中荡漾，十分耀眼，像是无数有意洒落的银片，无论多寡都是那样的恰到好处。它们伴随水波的浮动向前蔓延涌动，时多时少，呈现出倒三角形。离我最近的地方集中着一泓银光，有种上下呼应的美感。

我掏出日常随身携带的相机，摄下了这银光点点的画面。单独拍完这池春水，又将其作为背景，捕捉着与我同享这片银光的形形色色的人们：有汗流浃背的运动员，有相互搀扶的老夫妇，有手挽手的情侣，还有蹒跚学步的孩童。闪耀的水面倒映着他们的身影，也倒映着手揿相机快门的我。

不知何时，左边摇椅上的母子走了，一对手挽手的情侣坐了上去。起初，两人都彼此强调自己不会摇，可他们一上去却配合得很好。女孩用撒娇的语调说自己怕高，让男孩荡得低一点。沿着河边奔跑的运动员还没有训练完，他们明显累了，步伐沉重了许多。

我停了下来，静静欣赏着这美丽安详的景致。水面上的银光前赴后继地一波波滚动着，其韵律居然与运动员奔跑的节奏完美吻合。那银光点点看似一直在动，却总无法逃离水面；运动员一直在跑，也只是围着河边转圈。然而，不可否认的是，起皱的春水确实在流动，教练手中的里程表也正默默地记录着。

从童年至大学毕业参加工作，自己就喜欢记录美的事物。小时候用画笔画，后来用钢笔写，再后来用相机拍。一张张照片最大限度还原了事物本真的美，但我却总觉得它最苍白无趣，因为在那太过写实的背后丝毫看不到自己当初的心理活动，更寻不出彼时恍然顿悟的意境。于是，若干年后，当重新翻出照片，竟然不再会感觉到美了。或许，看过诸多的美丽事物，内心的度量衡便会不断地变更，与之相关的记忆，也就都早已忘却了。

曾经，我是个多么热爱画画的孩子，从小就梦想着长大一定当个画家。记得初中最后一堂美术课后，美术老师对我说："以后有时间，还是多画点画，不然就可惜了。"我点头应着。

遗憾的是高中以后，课业的繁忙让我不再可能时常拿起画笔，也渐渐地习惯了用蓝黑的钢笔记录曾出现于眼前的美丽。只是这美不再有曲直的线条，不再有缤纷的色彩，仅剩下了由一个个汉字组合而成的描述文章。每每想到这些，我便有种难以名状的淡淡哀伤。

不知那些孩子们的运动员生涯还会持续多久？多年以后，他们会不会也如我一样，闲暇有空儿坐下来欣赏银光点点的水面，念起从前围着一池春水跑步训练的情景？果真到那时，又该会是谁在留意着这水面上的银光点点？

生长的字

超市门口有一卖植物的小摊，台面上堆满了刻有祝福语的豆子，旁边放着两盆由这印字的豆子长出的样品盆栽，叶子之下的豆瓣外侧，是长出来的文字。相比原先或红或白的豆子外壳，这随豆而生长的字因为黄绿的底色显得分外可人。卖豆子的是一个小女孩，她说这叫“魔豆”，种出来的植物可以长出豆子上印好的字。带着几分好奇，我买了三颗。

梦想成真、六六大顺、知足常乐，两个白色的、一个红色的，白色的偏小、红色的稍大些，但个个紧实饱满。看着手中三个带字的豆子，我还是有些半信半疑，临走时再三确认是否真的能够种出带字的植物，她点头，直说种不出就把这盆带字的送你，顺手指向小桌上那盆长在一次性杯子中的植物。

看着那不合我心的文字，还是希望手中的三颗豆子可以顺利发芽生长。从那一大堆豆子中选择文字的过程，实则是在叩问自己的内心。播种的同时，不单希望它长成健康的植物，还带着某种希望的寄托。毫无预见性的，这几颗小小的豆子成了我内心想法的暗示，期盼着心想事成、事事顺利，并且提醒自己知足常乐。

我把它们种在一个西瓜外形的小花盆里，在松软的营养土中依次排列好豆子，然后在上面薄薄地盖上一层土，浇透水之后，把它放在阳台的地板上。

等待的过程往往伴随着一丝丝憧憬，可生活的琐事渐渐将这份小小的期待冲淡了。尽管每天在阳台上洗衣、晾衣，进进出出，却不太留意前些天虔诚种下的豆子。直到有天，衣服架掉在了地板上，我才突然看到那破土而出的小芽。

小芽已将包裹着文字的外皮冲裂，露出自己嫩黄色的小尖。以前平坦附着松弛土壤的表面也被顶得高高低低、参差不齐。我蹲下来，不忍触碰那孱弱却有力的小生命，希望它顺利发芽就好，至于是否能够长出来文字，已是无所谓的事了。

从那天起，每天清早起床和下班回家的第一件事就是去阳台上看看这盆植物。种在两边的两颗小白豆率先发了芽，细细的茎蔓顶着笨重的豆荚耷拉着脑袋从土里冒出来，可喜的是，它们还带着我选好的文字。而中间个头更大的“梦想成真”依然将豆荚埋在土里，迟迟没有出来。

有了名字的豆荚于我而言，似乎有了别样的亲切感，它们仿佛被赋予了某种灵性的使命，承担着本不该它承担的功用。它们身上，肩负着我的愿望，我的期许。

中间的“梦想成真”滞后一天才探出脑袋，豆荚上的字迹却比率先发芽的两颗更加深重，茎蔓的粗壮程度也是其它的两倍。也许，体积更大的豆子需要更长久的积淀，它要喝饱足够的水分，进而渗透到自己身体的每一个细胞，然后静静等待自我勃发的时机。此时，它的周边已经有了长成柔软叶子的同伴，也可能面临着主人无心等候的焦躁，而它，依然不疾不徐。

植物与生俱来的特点决定了它们生长的每一步都走得沉稳，只有要达到足够的标准，方能一步步递进长大。

看着三株长字的豆苗，我开始好奇这些字是怎样刻在豆子上的。据说这些字来自激光打印，原本没什么特别，就是普普通通的蚕豆。打字的魔豆还有一个英文名，叫做 JackBean，由童话故事《杰克与魔豆》而来。

故事讲的是一个名叫杰克的男孩与母亲相依为命，尽管他们非常贫穷，但家里充满爱。有天杰克妈妈用完了家里最后的一点面粉，不得不让杰克去市场上卖掉家里唯一的一头老母牛。当他牵着母牛在小路旁的大树下休息时，一个身躯佝偻、衣着破烂的人走上前来，说他想买下母牛并以一把魔豆作为交换。善良的杰克见那个人很和蔼，便同意卖掉母牛，并深深拥抱了这个不得不离开贫穷家庭的小家伙。回到家，杰克得意地给妈妈看手中的魔豆，告诉了自己的交易。妈妈很生气，一把将豆子扔出窗外。那天晚上，杰克辗转反侧，月光从卧室的窗口照进来。与此同时，一株巨大的魔藤正在外面生长。第二天，杰克醒来发现了眼前那棵伸至云端的高大植物，他暂时告别妈妈，决定顺着藤蔓爬到顶端寻找好运。

杰克努力向上爬，直到下面的房顶都变成了一个个小点。他终于爬到了植物的顶端，跳到一朵很大的云上。那里有座美丽的城堡，生活着一个老巨人、一只宠物鸡，还有一位竖琴仙女。卑鄙的巨人整天让鸡下蛋，因为这些蛋是由金子做成的，仙女总会弹出美妙的旋律让紧张的鸡安静下来。伴随着竖琴的音律，巨人可以睡到中午，杰克利用这个空档认识了鸡和仙女，希望能够解救他们离开巨人的魔掌获得自由。第二天，趁着巨人小睡，他们三个小心翼翼地顺着粗壮的魔豆茎叶滑到了地面上，杰克迅速砍断了藤蔓以免巨人跟过来。从此，两个新朋友来到了杰克家，重新开启快乐的生活。

童话故事里的杰克是英雄的化身，神奇的魔豆则是他成功的关键。没有魔豆、没有巨藤，便不会有杰克后来的冒险，也不会产生英勇的行为。魔豆承载的是希望，它是能够带来幸福的种子。

当童话中拥有魔力的豆子具象成简单的祝福语走进我们的生活，种豆的时候便怀揣起真切的希望，不再会产生出其不意的新鲜感。我们在期待长出文字的同时还想要收获更多的东西，譬如挺拔的枝叶、娇嫩的花朵，甚至丰硕的果实。人往往对一件自己专注的事情寄予了过重的期望，哪怕是一盆小小的盆栽。

我的三颗魔豆是买给自己的，长出来字当然惊喜，倘若没有也不会十分失望。回想小摊上成堆的豆子，上面大多刻着有关爱情的物语。试想放在情侣身上，豆子身上的文字会传递重要的感情信号。一方将精心挑选好的豆子种在花盆里作为礼物送给对方，为了让其在豆子发芽的时刻看到自己心里想说的话。“我爱你、我想你、一生一世、对不起”，诸如此类的文字必定会给收礼物的人带来意外的惊喜。魔豆长出的字解决了很多人的燃眉之急、窝心之苦，想说又不敢说出口的话交给自然生长的魔豆，浪漫神秘文字带来的欢欣溢于言表。

阳台上三株带字的豆子一天一个模样快速长高，两边早发芽的白豆蔓子越拉越长，只得匍匐在地上。中间那棵稍晚发芽的粗壮植株依然直直地立着，不依靠任何一边的力量径直向上生长。相同的是，它们最初发出的绿叶都大过了我的手心，上端分出了三瓣的新叶，而长有文字的豆瓣日渐发黄萎缩，直至文字缩成一团。两周后，我发现了脱落在花盆里干瘪成绿豆大小的豆瓣，两侧的字迹早已辨不清楚，可那豆苗依然向着太阳的方向蓬勃地生长着。

换了大花盆后，我不再记得每一株曾经对应着什么祝愿的文字。只记得那个夏天因为它们，我收获了一份温暖的回忆，还有小小的魔豆代我完成梦想的步步努力。

小阳台里花儿香

晚上，开一盏小夜灯，冲一杯奶茶，坐在自家阳台的小花园里听歌、思考、看夜色，成了我睡前习以为常的功课。

曾经，我的阳台跟大多数人家一样，也只是兼具洗衣晾衣功能。当某个周日，我爬上爬下八个小时，把阳台的墙壁全部用丙烯颜料手绘出了花朵，粉色的花和绿色的叶为小小的阳台定下了温馨的基调。

尤喜欢宫崎骏的动漫，观影中总是把自己想象成其中的主角，生活在花的海洋，还有灵性的动物世界。遇到特别美的镜头，常常会回放多看几遍，只希望在动画片设定的环境中多停留一会儿。有天晾衣服的时候在想，为什么不把这个阳台变成想象中花园的样子呢？看着地上杂乱堆放的衣物洗涤剂和零星的几盆花，我拿起卷尺，开始根据想象丈量着尺寸。

我先从洗衣机入手，量身定制了符合空间大小的架子，再在阳台立柜的缝隙处做了一个分层的不锈钢架，接着从网上找到刚好跟墙面长度契合的木花盆和爬藤架。几样基本家具到货后自行安装就绪，随即将原先摆在地上的几个花盆放在上面，阳台瞬间显得规整了许多。

为了降低成本，不少花卉同样购于网上。春节刚过，天气乍暖还寒，网购的植物被卖家里三层外三层地包着保鲜膜。待我小心翼翼地撕下包装，泡上生根粉，换上花卉土，那些干枯的“树杈”便被种进了盆里。

如己所愿，大多数花挺过了春寒料峭，一点点地抽芽生长，当那些新绿出现在光秃秃的枝头，真有种枯木逢春的感觉。五株蔷薇活了三株，它们发出的新枝每天往高长几厘米，我不定期在茎上绑上扎丝固定，好让它们在爬藤架上分布均匀。与此同时，撒下的种子也一天一个样地破土而出，争先恐后地生长着。短短一个月，空荡荡的阳台就被各种各样的植物簇拥得焕发了生机。

连续几周，我的周末总有半天时间在花卉市场度过。说起我的养花之路，其实可以追溯到五年前。那时单位附近有个花卉市场，午餐后我总习惯去那里散步、赏花、识花，碰上喜欢的就买下来。久而久之，什么花什么习性大体明了。其实，这过程也付出了惨痛的代价，不少心爱的植物不是见光太少、就是浇水过多，很快就结束了它们美丽的生命。心痛之余，我也总结出了一套养花心得：爱花，但不溺爱；关注，但不过分。同时，一定要留心花草染上病虫害。

一度，我喜欢将买来的花放在视线所及的地方——每天会使用的写字台、或是睁眼可见的柜子上，只为随时可以看见，却从来不管花的习性，细细想来，其实是将有生命的植物视作取悦自己的道具。没过多久，它们便用自己的生长状态提出了抗议，纷纷枯萎落叶，不再同初见般蓬勃。反而，那些尊重生长习性，或置于直射的阳光下、或放置在略微阴暗角落里的植物生长得越发茂盛，让我随时去看它们，都能看到花儿们最精神的一面。由此，我深深懂得，不要为自己一时方便而委屈植物，而要将其置于最适合生长的环境之中，给予它们宽松舒适的生存空间，耐心等待过后，方能收获绿意融融带来的满满幸福感。

不满足坐一把矮凳，然后四处搜罗，终于买来了小巧的庭院桌椅。搭配上相应花色的桌布、椅垫，组合起来，竟呈现出一种异域风情。在桌顶的晾衣杆挂上绿植，绿叶覆盖住头顶，给人以包裹感，坐在椅子上仿佛置身树下。如今，这盆喜光“灯笼花”垂下的枝叶已经快接近桌面，小桌的一侧，总放置着最近开得最盛的花——百合、绣球、玉簪、木槿、龙船花、仙人球……小小的花蕾轮番上阵，孕育出缤纷的色彩，它们次第盛开的模样点缀了我平凡的生活。

清晨，总喜欢到阳台上去看看，摸一摸盆土，喷一喷清水，有了它们，似乎心里就有了惦念的宝贝。每当去外地出差或游玩，给花儿们接上沾水的布条成了一项不可少的大工程：把所有花移到地面上，阳台的花盆瞬时铺了一地，高高低低架着的水盆也占满了空间。每每归来，看到那满目的绿色和给我惊喜的花朵，似乎再辛苦也值得。

身处都市丛林中，拥有这样一方小天地是件十分惬意的事。尽管阳台不大，却足以承担多重功用。支起画架，放上调色盘，就变成了绘画室；捧一本书，沏一壶热茶，就变成了小书房。或者和家人在月光下分享心情，邀好友在家里享用下午茶，又或者在洗衣机工作的间隙独自等待，坐在那里打一通电话……生机勃勃的小阳台成了一个多功能区域，给房间增色不少。

当我将小阳台视作一间房子，每天出入的次数也逐渐多了起来，夏天开空调，也不再刻意关上阳台门。生活的空间延展了几平方米，大大小小几十盆植物填补了几平方米，而我的心绪也随之长出鲜绿的叶、开出明艳的花。

厂子弟记人

对于厂子弟而言，
内心的故乡不是某个小村庄，
而他们的故乡，
便是相似又不同的『我们厂』。

背影

其实，我们很少有机会看到父亲的背影，因为他总在离别时默默地目送儿女远去。

上世纪九十年代一个周日的晚上，我和妈妈准备乘坐八点多的火车从杨凌回家，姥爷执意要送。我们三人穿过路灯极少的街道，走到火车站候车厅门口，天已经完全黑了下来。姥爷把行李交给妈妈，嘱咐她领好孩子，到家后打个电话。妈妈领我走进候车厅，与站在门口的姥爷挥手告别。

那时的杨凌火车站十分简陋，仅是一间小小的瓦房，照明全靠一盏瓦数不高的灯泡，遇上人多，空气特别闷热。站务员通知火车晚点，我和妈妈便在屋外等候，这时姥爷已经离开了。妈妈径直走到拐弯的路口，望向我们来时的方向，很快又转过身：“路路，你有没有觉得爷爷老了？”她一手捂着鼻子，声音有些异样。

昏黄的灯光下，我分明看到了她的泪。我上前几步，看到姥爷的背影在忽明忽暗的车灯中渐行渐远，可在我的印象中，他一直就是老人的模样……我睁大眼睛，却不知该如何安慰妈妈。

中学的课堂上，读到了朱自清笔下父亲替他买橘子时在月台爬上攀下的背影，突然想起那年妈妈的泪和姥爷有些佝偻的身形，我的眼眶湿润了。十几岁的年纪，我的爸爸才不过四十岁，正是身强力壮的时候，而我从那“蹒跚身躯”联想到的，是我晚年患帕金森症的爷爷。

我们一生中最亲近的三个男人，扮演着三个相似又不同的父亲角色。每个人的面孔、每个人的笑容、每个人的背影，成为我们儿时努力辨认、更在成年后常常回忆的温暖画面。他们也许在年迈时越来越相像——脊背不再挺拔，头发日渐稀少、花白，我们的视角也由仰视变为俯视，直到某一天，那个背影消失不见，只能在脑海中追忆闪现。

孩子的眼里，最高大的人是父亲，他高大得像一座山，可以随时坐在他的肩上。从那强壮的肩膀看下去，我们看到了一个不一样的世界。多希望有天能长到父亲的高度，可以不用仰望每一位大人，而我们，也在日后真的接近于他的身高，但依然是他眼中的孩子。

每当我穿上高跟鞋跟爸爸并肩走，总感觉比他高一点，常常笑说：“爸，我都看到你头顶了。”然而，从晚上路灯映出的影子看，似乎还是比他矮一截。爸爸的背影很好认，左边肩膀在放松状态下比右边高，尤其在走路的时候显而易见。因为他年轻时总爱背着二十多斤的摄影包照相，以至于总习惯性地将背包的左肩抬高以防包带从肩膀上滑落，尽管如今不再需要背那么重的摄影器材，爸爸走路还是不由自主的高低肩，脖子也随之向右侧微微倾斜。很多次，我有意拍拍他的左肩，一直拍到和右肩齐平，他反而觉得肩膀歪了。

印象中，爸爸最帅气的模样是他任学校副校长时在升旗仪式后给各班发奖状的形象：西装、白衬衣、红领带，以及浓密的卷发。刚上学前班的我站在下面，旁边同学悄悄问我：“升旗台上的那个叔叔是不是你爸？”我抿着嘴点头，骄傲之感溢于言表。

时光过去了二十多年，爸爸也经过了几个部门、调入厂工会工作了好几年。他掌管着单位家属区里不少文化设施的大门钥匙，工作之余负责晚上球场、礼堂的开关门。前段时间，妈妈微信告诉我，有天周末爸爸经过灯光球场，几个小孩围着他高兴地喊：“爷爷来开门了！爷爷来开门了！”其实距离开门的时间还早，可看着孩子们渴望玩耍的神情，他提前把门打开了。他们当做笑话来讲，我也当做笑话来听。可是，我的爸爸何时变成了别人眼中的爷爷，我居然没有意识到。

日复一日、年复一年，最熟悉的人点点滴滴的容貌变化轻易难以察觉，往往瞬间的今昔对比使得内心受到了强烈的冲击，岁月真的会在每个人身上打下它的痕迹。那个抱着橘子在月台上爬上攀下的肥胖背影，那个在忽明忽暗的车灯中渐渐远去的佝偻背影，那个背与不背相机包左肩依旧微微高耸的背影……那些我们熟悉的背影，一直在用自己坚强的身躯扛起事业和家庭的重担，直至被工作的压力、上有老下有小的担子压弯了脊背，消磨掉了曾经茂盛的发丝。

身在他乡，又或是时过境迁，我们时常想念那个执拗的背影，它们共同组成了一个词，这便是“父亲”。

老爸，还行

不记得因何跟谁说过："我会的我爸都会。"话一出口，想想应该倒过来讲。

每个孩子都有过对自己来历的好奇，不管别人怎么说，我儿时坚持认为自己是在火车站出站口被爸妈接走的：满满一车小孩在某车站被卸下，很多父母在出站口挑选，而他俩选中了我……正因为此，我的童年常常陷入担心爸妈不要我而去火车站重领一个孩子的恐慌。心里不想离开这个家只有一个理由：我妈很漂亮，我爸还可以。

那时对爸爸的形象很模糊，妈说他嘴唇上方有个瘊子，可以看作其标识。于是，这颗瘊子成了我眼中的怪异部分，时而盯着它发呆，瘊子随爸爸说话的嘴唇上下颠簸，仿佛多长了只眼睛。

爸爸当过 11 年中学语文老师，童年的我无数次透过教室的锁孔看他给学生上课的模样，也为有这么多人听他的话而感到自豪。于我而言，爸爸是无所不能的超人，更是我最好的玩伴。

从前《新闻联播》的片头曲是国歌，一到时间，我便搬个小凳子坐在电视机前无比崇敬地说："爸爸唱！"除了国歌，他还会唱磁带里的所有儿歌。不论他骑自行车带着我，还是出远门坐车，我们都一路高歌，把所有会唱的歌全唱一遍才罢休。爸爸是我绘画的启蒙老师，他一边画画一边启发我编故事：小猫钓鱼、地精海怪、月下竹子……看着自己天马行空的想法被他几笔勾勒于纸上，我既兴奋又羡慕。我画爸爸，总在他嘴唇的右上方点个黑点，代表那颗标志性的痣子。

还没上学，我就常跟着他去学校，而与爸爸真正共同上学放学的日子，仅仅持续了学前班一年。到校发现忘带书包，我们相互埋怨怎么不操心；冬天骑自行车翻倒在路中央，他趴在地上不忘抓住我的脚；领同学来家玩耍，看他蹲在椅背后演出手偶剧；第一次问他要一毛钱，却意外得到了五角“大钱”……爸爸给予我平等的地位，我错以为我们是平辈，甚至玩着玩着竟会突然转身对他说：“爸爸，叫我姐姐！”可惜到我上小学，他已从副校长的岗位上调离，满身口袋的摄影背心和沉重的相机成了他节假日最常见的装扮。

瞒着妈妈，爸爸为我保守过学生时代的很多秘密，考试测验没考好、学习成绩下滑一定让他去开家长会。无论分数低得多么离谱，他从来不曾大张旗鼓地训诫，只是简单地说：“下回好好考。”相比之下，爸爸较为留意我的作文和字体，从来批评得多。他告诉我凡事都可入笔，写字要占满方格，少用长句子，文章一定得让别人看懂，如果看的人产生疑问需要附加解释，即是不成功的。有时我兴冲冲地给他看一篇被老师作为范文讲评的作文，他依然能从中挑出这样那样的问题。

在父母身边长到 18 岁半，我考上大学，坚持报考和他一样的专业，开始在西安独立生活。临行前，爸爸说：“大学如果仅仅拿一个文凭就是失败，每年有那么多毕业生，如何在他们中间出类拔萃，是你这四年要思考努力的方面。”同是中文系毕业的爸爸给予我很多专业学习的建议，并鼓励我坚持写作、多参加课余活动。离开家，爸爸对我的牵挂化作一条条短信和一通通电话，如此表象的显露，我才明显感受到了浓浓的父爱。

大一刚入校不久，我下楼一脚踩空从楼梯上滚了下来，后脑勺磕破一厘米长的口子。去掉纱布那晚我才悄悄告诉爸爸，他第二天匆忙赶到学校，仔细询问有没有其他不舒服。这一次，我们又说好共同瞒着妈妈。

工作后的宿舍距离单位需一小时车程，中途还要倒一次车，爸爸几乎每天估摸着时间打电话，以确认我是否平安到达住所。节假日收假离开家，不管他多么疲惫，依然坚持提着所有行李送我到火车站。我走进候车室回头看时，爸爸从未流露出过度的伤感，可那静穆的神情却触到我敏感的神经。近年来，他很多次提及后悔当年没有坚持调到西安工作，那样女儿就不必一人孤零零地在陌生的城市打拼。我知道，他想为我承担起生活中的一切困难。

写作、书画、音乐、摄影，爸爸的爱好也潜移默化成为我的特长，我们的名字也多次同时出现在刊物及获奖名单上，我和爸爸成了不少人口中羡慕的父女兵。然而，儿时类似玩伴的平等感让我们更像同一战壕的战友，也让我在轻松的环境下收获了最珍贵的财富。那个儿时认为“还可以”的爸爸其实就是我的人生导师，我受惠于他默默给予我的一切，也必将令我受益终生。

宝鸡爷爷

爸爸和妈妈的爸爸我都叫爷爷，家里的对话中，为清晰明了，便用地域区分，一个叫“宝鸡爷爷”，另一个叫“杨凌爷爷”。两个爷爷几次不多的相聚，我叫一声“爷爷”，他们会同时应声，感觉十分有趣。如今回忆起那一幕，非常怀念那时的幸福，因为2012年秋天之后，我只剩下一个爷爷了。

8月中旬，宝鸡爷爷住院集中治疗。十年前他患上了帕金森症，病情一年不如一年，治疗只能维持病情恶化得慢些。除了四肢僵硬、协调力下降外，身体各个器官都还正常，谁也没有想到他会在今年离世。然而，表面的症状掩盖了体内的病痛，因为长期缺乏运动，爷爷的消化功能不好，起初只发现肚子胀大，这次检查肠子竟有60公分坏死。做过肠镜之后，爷爷陷入了昏迷。

此前一周，爷爷尚且可以走动，只是状态大不如以前，他常常出现幻觉，说些过去的事。我周末回去看他，在爷爷的病床前吃了东西，爸爸拉他起来吃完饭又继续睡了。爸说下午太热，加之病房人多让我先回去，晚上爷爷却说没有看见我。第二天一早，我又去医院，爸爸指着我对爷爷说：“爸，你看，路路回来了。”爷爷瞪圆眼睛盯着我，却冲我叫着二姑的名字。爸爸再三让他仔细看，他依然坚持说不是路路。我站在爷爷的正对面，看他闭着眼睛坐在床上，手里还顿挫地比划着，像唱戏一样。——回西安的火车上，我很失落，那个钱包里夹着我照片的爷爷，如今不认识我了。

8月31日，当爸爸在电话里告诉我爷爷病危的消息时，我有些将信将疑。那天雨很大，从西安到宝鸡的火车因为晚点整整拖延了五个小时，病房里围满了家人，全家人从各地赶回他的病床前。爷爷插着氧气罩，艰难地呼吸着。我拉着他的手喊他，却已经不答应了。他有些发烧，手很热，还有握力，像小时候他拉着我的感觉一样。我叫着“爷爷”，没喊几声就哭得说不出话来了。

7岁学舞蹈的暑假，爷爷每天骑自行车送我上舞蹈班，三伏的天气，60多岁的老人每天来回骑车近一个小时，从宝鸡市的最东头到最西头。我进去跳舞，爷爷就坐在外面的长椅上看报纸，用草帽扇着风。炎热的天气里，只有几个家长全程守在外面，我中途休息出来喝水时，爷爷都坐在那里。老师安排我站在最显眼的中间位置，因为没有买练功服，不少小朋友不服气，而我那时真是不讲究也不在乎，竟穿着T恤裤衩跳了一个暑假，也从不和别的孩子攀比什么，依旧努力地跳好每个动作。偶尔，会有小朋友在休息时恶狠狠地瞪着我，我从不害怕也不还口，因为我知道，爷爷在外面。下课后，爷爷拉着我一级一级地下楼梯，他的手很大很温暖，就像今天我拉着他一样。

儿时的我只有在最亲的人面前才最勇敢。我在爷爷的自行车上发掘出好多种坐姿，每天回家的路途中，我会变换好几种姿势：坐在前面的杠子上，侧坐在后座，骑在后座，和他背靠背……上坡的时候，我会给爷爷喊加油，下坡的时候，我喜欢坐在前面，感受风一样的速度。时常，我半路喊累了，爷爷就会马上下车，待我调整姿势。我还悄悄地在行进的车后座上变坐法，他后来下车发现了，十分关切地说：“摔着了怎么办？以后不敢这样！”

爷爷一生与人无争，他给我说的最多的话似乎就是“不敢”二字。当我耍性子，当我爬高上低，当我不小心弄坏了东西，当我逗别人家的小狗玩，当我和别的孩子发生争执，爷爷总会说：“不敢！”他的语气从来不重，只是轻皱着眉头，而我总十分固执，认为没什么事。

爷爷养过好几只狗，还养过猫。他很爱小动物，每天任劳任怨地照顾它们的饮食和出行。也为了它们，爷爷晚年很少出远门，因为放不下家里的小宠物。每年寒暑假，我喜欢和他去遛狗，一路走到渭河桥上，看小狗在一个个路灯下留自己的味道。印象中只在早上出去过一次,我总是懒于起床而埋怨爷爷为什么不叫我，他总说：“没事，睡吧，明天再去。”

宝石宾馆没拆之前，宾馆侧面有个镂空的墙，年幼的我侧身可以轻易穿过，每次到那里，爷爷就把牵狗的绳子给我，我和小狗从墙缝里先过去，然后等爷爷从大路上走来。这个瞬间常常发生，我站在说好的地方等爷爷过来，小狗会摇着尾巴开心地扑上去。宾馆即将拆掉的前夕，我们周末回家，爷爷不止一次地念叨起这件事情。“拆了就拆了吧，不停地说什么呀！”家里人几乎都是这样的反应。但爷爷还是一副怅然若失的神色。我问他为什么，爷爷说：“拆掉了，就是再也没有了。”他拉着我，要求爸爸给我们在早已空空的楼前留影。我后来见过那张照片，爷爷没有笑。

宝鸡爷爷生病这十年，老奶奶过世了，小狗病死了，家里搬进了电梯房。我上了中学，考上大学，毕业后进入工作岗位，一年中极少几次见面都集中在他生日和长假。每次回家，爷爷都提前坐在客厅的椅子上，微笑着冲我说："路路回来了！"我也常常带着成长的烦恼回家，心里有很多话，却也不忍开口再问他，怕他担心。当他得知我现在单位还不错的时候，爷爷哭了。帕金森症带来了言语、行动上的变化，爷爷变得有些抑郁，极度善感，有时候看着报纸、讲着故事都能痛哭流涕。再也见不到他吃饭时的侃侃而谈，听不到骑车时偶尔唱的几声豫剧，看不到他下楼和邻居打麻将，吃不到他买给我的蛋筒冰淇淋，再也不能和他一起去他最爱的钱币市场……而这些事情发生过的地点，也都在这十年间拆迁不见了。

是啊，拆掉了，就是再也没有了。宝鸡火车站对面的文化宫，是小时候他带我最常去的地方，那里有钱币市场、蹦蹦床、海洋球、冰淇淋机、游泳池……如今坐在屋里，我还能够还原出那一切的方位，还有爷爷等我时常坐的长凳。或许病中常年在家的他也能清晰回忆起那里的一切，以及所有与往昔相关的事物。

爷爷很讲究，虽然生病在家，但钱包和手表依然天天带在身上。他的钱包里，夹着我9岁那年老奶奶过生日时唱卡拉OK的照片，我拿着话筒唱歌，后面是笑得十分灿烂的他。有次爷爷给我买文具付钱时，第一次发现他钱包里夹着这张照片。最后见到这张模糊的照片，已是爷爷故去后一个月，奶奶把它压在了桌子的玻璃板下。突然意识到，爷爷最后不认识我，或许是因为他记忆里印象最深刻的还是我小时候的样子。

我把照片取出来，图像已被水浸花泛黄，拿着照片，看着爷爷那时候精神矍铄的笑容，想起冰棺里他水肿的脸，遗像中含笑的嘴角。哦，那个我最爱的爷爷原本是这般健康！一年又一年，习惯了病快快、弓腰驼背、走路蹒跚的爷爷，曾经的外貌竟被淡忘了。我想，在奶奶、爸爸、姑姑的记忆里，还有爷爷年轻时身强力壮的体魄吧？

爷爷单位的同事推测他得病可能与他年轻时用脑过度有关，她说：“那时候没有电脑，宝鸡石油机械厂的所有数据都在段希信的脑子里。”爷爷工作兢兢业业，曾于1956年荣获“宝鸡市先进统计工作者”的称号。由于政治运动的影响，出身不好的爷爷在文革期间被下放到车间当锻工。锻工是厂里最辛苦的工种，每天都要与火炉打交道。夏天最是难熬，全天都要工作在几十度的高温里，一干就是十几年。上世纪70年代中期号召“尊重知识，尊重人才”，爷爷又回到了经营计划处继续从事统计工作，直至1992年春在统计师岗位上退休。

爷爷临走前最后的话，是在插了呼吸机两夜后稍有意识的一句“不疼”。无论身体状况如何，不管生活情况怎样，他总是坚强地支撑着。呼吸机以及各种药物维持了几天的生命体征之后，爷爷还是在9月5日上午8时35分停止了心跳。火化的前一天下午，我陪奶奶去殡仪馆看他，爷爷躺在菊花间里，外面罩着冰棺。眼前的爷爷是那么陌生，脸上水肿，帽子只能盖在头顶，眼镜仍在鼻梁上架着。大姑把他生前随身的东西放在他的手边，我摸了一下那曾经温暖的手，冰棍一样的冰冷。她们在旁边嚎哭着，我没有出声，只是站在那里静静地凝视着他，眼泪簌簌地落着，任火葬场的蚊子贪婪地吸着我的血液。爷爷再也不会醒来，不会再操着河南口音叫我“路路”了。

按照习俗，家人在小区里搭了灵棚，即使爷爷生前十分反对这样做，他觉得这样不好看，会加重亲人的难过，别人看着也不舒服。出殡那天，我捧着爷爷的照片，浑身无力地靠着墙，眼看着他们把爷爷推进火炉，看到几近崩溃的爸爸要求拉开布袋再看爷爷最后一眼。去陵园的路上，交响乐队奏着哀乐，我挽着手捧爷爷骨灰的爸爸，这是最后一次我们三人离得如此近。下葬时分，我心慌得厉害，一度呕吐。这是我第一次亲身经历亲人的离世，生与死之间的鸿沟根本没有想象中那么遥远。

回西安前，我带走了爷爷钱包里的那张照片，把它夹在我的日记本里。仿佛他就在身后微笑地注视着我，有爷爷在，我不害怕。每个人都年轻过，身边的亲人不会陪伴我们一世。爷爷走了，他的后代们还要擦干眼泪，为事业、为家庭努力奋斗，正如爷爷年轻时一样。

心底的红

姥爷身披党旗安祥地躺在冰棺里，是他告别这个世界前留给我们最后的模样。不出讣告、不设灵堂、不收花圈、不收礼金、不留骨灰、不搞封建迷信那一套，是这位 90 岁的老党员为自己身后事立下的遗嘱。

出殡那天，仅戴黑纱袖的我们全家在各种丧葬礼节充斥的殡仪馆外显得有些异样。小小的告别厅，仅容纳了姥爷亲近的家人和单位的几位治丧小组成员，40 多人的送别队伍尚未把大厅站满。遵循姥爷的遗愿，他的丧事一切从简，不惊动过多的人，一向不愿给人添麻烦的他在生命的末尾也是独自静静离去。我站在他的脚后，含泪望着那被装扮后的面颊，没有皱纹，没有老年斑，白净的脸被那抹红色衬托得很好看。依稀中，他被冰冻的脸上化成了一点晶莹的亮光。我盯着这闪光，直至视线越来越模糊。

2016 年清明节后，姥爷住进医院。他事先预判到了身体的不适，偷偷将前一年夏天生日写好的遗嘱塞进了外套口袋。当我们看到那几页纸时，已是他将赴肠胃手术前夕。尽管手术成功了，但无情的癌细胞早已在不知不觉中蔓延至他的所有脏器，此前他未曾觉察到疼痛，最终还是敌不过病魔的袭击，姥爷在自己不知晓病因的情况下突然离世。那天是 6 月 6 日凌晨，从前一天晚上十点到零点短短两个小时，因为胃部大出血，一个鲜活的生命说没就没了。

“生死是生命的常态，有生就有死。”姥爷遗嘱的开篇十分冷静。有人说，90 岁活够本了；也有人说，没有遭罪是他修来的福分。在他离开的这段日子里，我常常梦见他，有时候甚至觉得姥爷依然生活在杨凌，等着我报告给他新鲜的消息，而他只是因为看新闻联播或是在洗碗没有来接听我的电话……之于一个家庭，他是我们家的老寿星；之于一个单位，他是陕西省粮食作物研究所的离休干部；之于一个社会，他是 8800 万共产党人中普通的一员。而姥爷一生最看重的，是他作为一名共产党员的身份。遗嘱的最后，姥爷希望家人能在他临走时向组织申请覆盖党旗。毫不费力地，他如愿了。

拥有 68 年党龄的老党员，年轻时怀揣建设新中国的梦想冒着生命危险徒步奔赴延安，那是一种拼尽全力的义无反顾。我在年幼时总听别人说姥爷是个“老革命”，当得知他在西北大学读到大二便赴延安，背负沉重课业压力的我曾打趣地问道：“爷爷，你去延安革命是因为不想上学吗？”而他总是严肃地摇摇头，说：“为了建设新中国。”这样的回答如今在很多年轻人看来似乎是句虚空的话，事实上，在他们那代人的心里，的确是穷其一生的毕生信仰。

2012 年西北大学 105 年校庆之际，与他相隔 60 载春秋入学的我送给了他一枚西大校庆的徽章，姥爷每个季节都将它佩戴在胸前，不论棉袄、外套、衬衣还是短袖，小小的校徽陪伴他度过了生命的最后几年。我知道，那段经历是姥爷心底挥之不去的记忆。

姥爷原名张超凡，1947 年考入国立西北大学生物系。当时的西北大学虽地处国统区，但马列主义之花已悄然在校园里绽放。向往光明的姥爷在攻读学业之余，常和进步学生一起接受地下党组织的教育，传看了《新民主主义论》《论联合政府》《当前的形势和我们的任务》等红色小册子，并加入了中国新民主主义青年团，成为党的地下工作者的一员。

1948 年前后，正值中国革命大发展、时局大动荡之际。国民党政府在败退的情况下，又要将大学随军迁至成都，当时学校的进步学生围绕迁校和反迁校问题开展了白热化的斗争，姥爷站在了反迁校的一边。此刻，在毛泽东“争取知识分子”政策的号召下，当时西北大学地下党负责人组织进步青年奔赴延安解放区。姥爷与历史系的刘耀华、商学系的李崇俭经过多次秘密商议和激烈的思想斗争后决定同赴延安。最后一次商议讨论地点在校门外的“颐和园茶社”，原名张超凡的姥爷就此改名张颐，刘耀华改名为华凯，李崇俭改名唐易，并决定于该学年寒假前奔赴延安解放区。为了不连累家庭，他们没有告诉自己的家人。为了障人耳目，临走前委托李崇俭的胞兄于第二年开学代他们注册报到。

此次行动，西北大学地下党组织一行共 8 人，除了姥爷他们三人之外还有四名大学生：陆源、林枫、邓怡如、李闻，另外还有一位向导负责带队。1948 年 12 月的一个清早，他们乘坐由西安至三原的火车，下午到达三原北鲁桥镇，趁着黄昏走向当时蒋管区的封锁线。前几天，一场大雪封锁了山林，天地白茫茫一片，小路被积雪覆盖得不见踪迹，而他们必须避开大路走小路，还要在天亮前冲过封锁线。中途一旦被发现，结局不可想象。临行前，党组织同他们做了不测预案，假如被暴露不能通过，便就近进入当地村中地下党员家中伪装潜伏，数日后再待机通过。

可是，话说来容易，而对20出头涉世不多的年轻人来讲，未经险情历练加之在人地皆生的环境下，出事的可能性很大。

7个年轻人在向导的悉心带领下，鼓足了劲头小心翼翼地摸黑疾行，远处还不时传来枪声。路走的大方向没错，但他们还是走了不少冤枉路，甚至转着又转回到了原路，有次还误走到了国民党乡政府门口。他们曾路遇了一个扛着锄头夜归的农民，双方对峙了一阵，才知道是虚惊一场。因为整日没有吃好饭，又没有自备干粮，走到半夜，已是饥肠辘辘、步履艰难。多少年后，姥爷依然对饥饿时给予他一块豆腐干的同伴感激有加。

天微明时，疲惫不堪的他们终于走到了封锁线的前沿，在一个大沟的沟口处小憩。一位身着短装、腰挎短枪的游击区村干部精神抖擞地走了过来，大家相互握手、拥抱，初次见面却好似久别重逢的朋友一般。这里位于耀县，是由中国共产党民主政府控制的游击区的村庄。村干部招待他们吃了顿粗茶淡饭，但用姥爷的话说，那顿饭如同慈禧太后西逃八国联军时在农家吃玉米大糁时那么美味。而后，他们都整整睡了一天，平平安安、舒舒畅畅地睡了一天。

两天后，他们8人在村民兵的带领下，出行至马栏镇，那里是中共关中地委所在地。一群长期生活在蒋管区的学子首次踏入了解放区，一切对他们而言都是新鲜的。在这里，他们聆听报告、学习文件、参观交流，对解放区有了初步认知，对党的路线政策有了初步认识，每个人的脑海中都描绘有一幅新社会的美好蓝图，梦想着用自己的双手为新中国的建设添砖加瓦。一周后，当地领导征询了他们的意见。除刘耀华被组织安排返回城固县原籍做地方组织发展和统战工作外，姥爷与其余同学决定赴延安大学继续学业。6名大学生由马栏经宜君、洛川、富县，步行北上七百余里，历时一周抵达陕北，于1949年元旦抵达中共中央所在地延安，进入延安大学开始了新的学习生活，从此走上了革命的道路。这段时光让姥爷终生难忘，以致在他暮年回忆起来，都带着股激动澎湃的劲头。

时光荏苒，他的外孙、外孙女也到了他曾经为梦想奋不顾身的年龄，姥爷的生活圈子逐渐缩小到了自己的小家庭，而他的思绪却时常飞回那段奔赴延安的青春岁月。思想“前卫”的孙辈常和年迈的姥爷辩论当今的社会现象，他们每次都争得面红耳赤。姥爷从事了一辈子党务工作，接受不了当下年轻人的“新思潮”，反应有些迟缓的他不能流利地反驳，只是一遍一遍地大声喊道：“胡说八道！”

姥爷身体状况迅速下滑的时候，正值全党“两学一做”学习教育开展初期，我身旁的不少同龄人不解地问我：“你当初入党没考虑到以后要出国吗？”一时间，我不知该如何作答。

社会日新月异的发展，人们价值观逐渐发生变化，优越的生活条件让一切显得理所应当，很少有人停下脚步去思考一粥一饭的来之不易。我们走着走着，不记得自己最初坚守的梦想是什么，一味地追求金钱、追求名利、追求外在的事物，自我意识越发膨胀。身处中国共产党领导下的和平社会，却常出现反动言论。有些年轻人热衷西方社会的所谓“自由”，但逐渐淡忘了根在何处。每每想到这里，我总会想起姥爷生前那份由来已久的自觉与自律。

在我出生的前一年，姥爷已由陕西省粮食作物研究所书记的岗位上离休，我对他的了解认知，便是他离开工作岗位后的一言一行。姥爷离休后，他和姥姥承担了食用菌培育的课题，开创起他们新的事业，为周边很多地市农民免费提供专业的技术指导，帮助过许多人通过种植食用菌脱贫致富。随着一天天年迈，他们逐渐回归了家庭。与普通退休职工不同的是，姥爷姥姥特别关心国家时政，国家主席的电视讲话、两会的现场直播、每天的《新闻联播》、每晚的《海峡两岸》，只要是与国家息息相关的电视节目，他们从来无一缺漏仔细收看。有时计划来我家小住，也一定要过完当月的组织生活才匆匆收拾行囊。他们还出资万元资助贫困大学生完成学业，尽其所能地为社会做出自己的贡献。在姥爷的心里，那份红色情结从来都是那样的浓烈。

姥爷过世后，他的骨灰被暂时存放在西安市殡仪馆。姥姥说他们从前商量过，两人的骨灰日后要一道抛洒在渭河与黄河交界的潼关。姥爷不要墓地，不立碑留痕，他选择以世人少有的豁达方式离开这个世界，只希望自己的后人能够铭记古训坚强地前行，为社会做出应有的贡献。他为我们留下的，不仅有他纯粹的红色信仰，有他严于律己、无私奉献的品格，还有他作为一名共产党员融入血脉、注入心底的行为准则。

玉梅

这是我第一次直呼张老师的名字。她叫张玉梅，我小学一至三年级的数学老师、二三年级的班主任。从教几十年的生涯中，她无论教学和为人都十分严谨，曾多次被评为校、市、省厅级优秀党员和先进教师。我们是她退休前的最后一级学生。

昨天夜里做噩梦，梦中鲜血淋漓，一晚上心里泛潮，昏昏沉沉直到早上，不想吃东西，下午三点忍着头痛下厨做了午餐。适逢周六，黄昏时分给家里打电话。妈妈询问完我当天的生活，才缓缓道出了一个不好的消息：“张玉梅老师于今日凌晨 1 点多去世了。”瞬间，我说不出话来，眼泪喷涌而出。妈说知道我会难过，想晚点告诉这件事。张老师查出肺癌晚期到去世才刚刚一个月的时间，享年 72 岁。

随后，我给保持联系的小学同学打电话，哽咽不已，只好改发信息通知大家。不论当年的好学生还是“捣蛋鬼”，听到这一噩耗都十分震惊和难过，大家都回忆着渐行渐远的小学生活，计划着如何去送老师最后一程。说起课堂上常常咳嗽的张老师，每个人对她的感情都很深。由于单位年终考核的缘故，我无法送张老师出殡。于是晚上独自打开电脑，含泪翻看从前的照片，用笔记录下曾经的往事，以告慰她的在天之灵。

小时候，不谙世事的我经历过最难受的事便是小学三年级两位老师退休。然而，张老师之前没有在孩子们面前提过自己退休的事。因此当我们精心为另一位老师召开欢送会时，只准备了一份装着全班同学照片的纪念影集。与此同时，张老师也退休了。后来，我和班上其他几位班干部专程去她家，送给她一串千纸鹤。记得我们几个女孩子在张老师家里泣不成声，埋怨她为什么不早告诉我们她也要退休的消息。张老师为我们一一拭去泪水，解释说因为她不想让同学们更加伤心。任凭我们的哭声多么响亮，张老师始终没有落泪，看得出她也很难过，但只是一直安慰着，说年轻的新老师也很好，承诺她会常来学校看我们的。

张老师是第一个叫我“路晨”的人，每学期末的学生鉴定，她都以书信的口吻指出同学们的优点和不足，并且在教学中十分注重培养发掘孩子的能力。小学二年级我任中队长，那时，我隔三差五地去张老师的办公室，常说的一句话就是“老师，该开队会了！”张老师总会微笑着说：“好啊！路晨，你有什么想法呢？”然后一直微笑着听我讲述，支持我的每一个策划。她曾私下对我妈妈讲：“路晨是我的得意门生，小小一点就和别人不一样，将来必定有大出息！”后来，妈妈告诉了我，我还悄悄地在词典上查“得意门生”的意思。这一年，我7岁。

小学到高中，我一直在国有军工企业的子弟学校就读，偶尔还会在工厂的生活区里碰到张老师。初中有一天下午，我老远见到她昔日的黑发变了白发，迎面寒暄了几句，眼泪却忍不住流了出来。张老师关切地问我怎么了，我说：“您的头发怎么白了？”她笑了，说自己头发白得早，以前是染黑的，现在退休就不染了。张老师为我擦着泪，念叨着：“傻孩子，别哭。”

高三毕业，我从网上查到被大学录取，除了家人亲戚外，第一时间想起告知的老师就是她。我握着听筒向她报出我的名字，电话那端立刻传来兴奋的语调。简单的谢师宴上，专门请了不同时期有恩于我的老师，还特意与张老师及另一位小学老师合了影，十一年前的“六·一”儿童节，我们三人也曾有过一张合影。这两张照片的方位一致，笑容依旧灿烂，只是老师们的头发变成了雪白，被她俩搂在中间的我长大了。

前往大学报到的前几天，年过花甲的张老师和另一位小学老师气喘吁吁地出现在我家门口。她们送给我一个漂亮的影集，扉页上由张老师亲笔写着这样的一段话：

路晨，祝贺你在今年高考中以优异的成绩荣获我校状元！我们倍感欣慰！祝愿你在大学中继续努力，再创辉煌，成为国家栋梁！我们期待你的佳音。

张老师拉着我的手，叮嘱我一定要坚持做眼睛保健操，不要总带隐形眼镜，告诉我不要在意脸上的青春痘，说过了这个年龄就会自然消退。看着两位银发如雪的老师亲切的面容，想到自己小时候承蒙她们的谆谆教诲，想象着她俩一步一步走上五层楼的不易……我也含泪微笑地应答着、感谢着。

后来，我去给老师送合影照片。同儿时一样，张老师还是亲热地给我拿好吃的，让我不住地吃，嘴巴一停，张老师就会催促继续吃。我只得放慢速度，让老师觉得我一直在吃东西。交谈中，她突然认真地说：“路晨，那天我回家想了很长时间，很后悔给你讲青春痘的事，我知道小姑娘都不喜欢别人这样说。还让你难受了。”我立刻解释道自己掉眼泪是因为被老师的探望所感动。我们聊了好多，临走时，她坚持送我到楼下，搂着我说："和路晨说话，老师真高兴！"我走了很远回头看，张老师还一直微笑着注视着我。

2008年初夏，我回到母校举办我的第一部文集《等待花开》的首发式。张老师也专程赶来忙前忙后，还认真地准备了发言稿，其中回忆道我小学期间的往事，字里行间依然饱含着浓浓的赞许和期望。这份手稿至今还整整齐齐地夹在我发表文章的剪贴册里。

如今，读着她留给我的文字，我啜泣不已。心想如果张老师看到我这个样子，也许还会笑着为我递上纸巾，继续镇定地和我讲话。印象中，我从来没有见过张老师流泪，印象中的她都是微笑着的。听前去吊唁的爸爸说，躺在太平间的她很安详，仿佛静静睡去一般，嘴角还微微含着笑意。

近年来，随着自己年龄的增长，也一次次开始经历亲友的逝去。面对永久的分别，我真切体味到了生命的脆弱和不堪一击。小时候怕黑，怕传说中的妖魔鬼怪，可是，当自己曾经熟悉爱戴的亲友相继离开人世，心觉他们在保护着我，再黑暗的夜也不那么害怕了。生命的一个个驿站中，我们总会和不同的人相遇，相互给予、相依相伴走过每一段路程，串联起来，便是完整的人生。每次分离难免会有不舍，留存在彼此脑海中的记忆却是鲜活的。

小学的我个子小，坐在第一排，离我最近的那块黑板是一块刷有黑漆的水泥板。老师用板擦拭去黑板上的粉笔字迹，粉笔沫四处飞扬，落在文具盒上。晴天在阳光下还能够清楚地看到粉笔沫的颗粒，调皮的我们用书扇着，最后竟相互扇着打闹了起来。那时候，张老师非但没有怪罪，反倒和善地说：“你们以后长大了去发明一种不掉灰的粉笔吧！”几十双纯真的眼睛盯着黑板，一年又一年，看到了多少位老师的头发上沾满了白色的粉笔沫。那块黑板也一年年地由粗糙到光滑，直至黑色变淡，以至于老师用抹布沾上墨汁一遍遍地擦染那块“灰板”。

刚上大学我有次擦黑板，无意中发现粉笔沫会自动凝成一个小珠形状，顺着黑板流入粉笔槽。刹那间，我的脑海中闪现出张老师曾经不止一次说过的话。粉笔灰变成了粉笔珠，她的愿望真的成了现实。能令我欣慰的是，我在张老师生前曾向她报告了这个喜讯。满头银发的她眼里透出的惊喜神情，至今令我难以忘怀。想到这一幕，我不禁揣测当年课堂上张老师常常咳嗽，是不是由于那四处飞扬的粉笔沫悄悄埋下祸根，才使得无情的病魔突然间夺走了那始终坦荡乐观、总为他人着想的生命。

“玉”字在国人心目中是一个美好、高尚的字眼，古诗文里常用它比喻和形容一切美好的人或事物。每个冬季，梅花不畏风霜严寒仍旧坚强地挺立枝头，绽放出一树令人震撼的花朵，芳香扑鼻，温暖人心，成为傲骨报春的化身。——这不正是张老师的人格写照吗？

玉洁冰心、传承高德知识，梅香教坛，含笑灿烂人生。我们都会记得，张老师的名字就叫玉梅。

厂子弟

经常被问到是哪里人，因为从口音听不出任何地域信息，作为土生土长的陕西人，我的陕西话也讲得不太地道。不少人感到不解：“你难道在家不说陕西话吗？”的确，长辈有说陕西话、河南话的，可是见了我，所有人都自动转成普通话，所以我没有语言环境。而更重要的原因是，我生长在一所三线军工厂矿企业，那里是存在于大片方言区中的普通话岛，是共和国秩序最紧密的地方。1960 年，来自祖国各地的建设者来到依山而建的工厂，从此把家安在了这里，几代人的生命轨迹随之与这个工厂相依相系。在各种方言挤满了的环境中，为了沟通顺畅，人人都会讲普通话，至于当地方言，仅限听懂而已。

建设者们的子孙被称为厂子弟，那批六七十年代生人是第一代，到了八九十年代生人便成了第二代。如果愿意，可以一辈子不出厂——厂医院出生，上厂托儿所（幼儿园）、小学、中学，读厂技校、电大，然后进厂当工人，直到退休。

一、我们厂

工厂代号 702，这一串数字从小被一次次强化记忆。伴随着每天四遍的“国营 702 厂现在开始广播……”，那个在家门口玩沙子的小女孩长成了背起行囊离开家的大姑娘。而那串由数字组成的代码，如同我的名字一样，深深印在心里并伴我走向未来的生活。看到电话号码、车牌号、公交车路线，甚至是计算器无意打出的“702”，我的心头都会涌上一股亲切的暖流。对于厂子弟而言，工厂才是我们的家乡，与他人交谈的言语间还是习惯说“我们厂”。

我们厂坐落于农村包围区，一直延伸到尽头就是北边的土塬，厂房、家属楼与田野仅有一墙之隔，我们每天可以买到新鲜的蔬菜，可以随时去田间地头散步挖野菜、摘野花。厂子弟的气质与城市和农村孩子相比都不大一样，彼此间却并没有太大隔阂，厂子弟没什么市井气，待人接物也少有一种局促感。

小环境中长大的孩子从小是无忧无虑的，每个家庭的物质条件基本相当，没有因贫富不均或物质匮乏带来分化差异的痛苦。家家住的都是单位分的房子，什么楼是什么户型都一目了然，尽管户型有大有小、有楼房也有平房，这些似乎并不是人们攀比的焦点，反而认为各有各的好。小时候，我家住在被称作“火车皮”的房子里，其实就是三层楼，每家每户的门都朝向北，绵延一长溜。液化气未普及之前，大家都用蜂窝煤炉子做饭，早回家的邻居在为自家炉子生火后，还会顺手将隔壁家的炉口开一个小缝方便火苗窜上来。家家户户门前挂着半截门帘，家里有人就开着门通风。对于小孩的身高来讲，帘子起不到任何阻碍，我们可以自由地穿梭于楼层中的每个房间，临走时，口袋里总是满满塞着邻居家给的零食。

工厂围墙里的生活区，是有着天然庇护般的安全场所，厂里的人脉基本是二度关系以内，人与人之间关系透明而信任。出门一趟就会遇到很多面熟的大人跟我们打招呼，大家相互知根知底，人们口中提到的人也没有一个是陌生人，十有八九大家都认识，或是至少见过。在生活区玩耍，如同几千双眼睛有意无意地注视保护着我们，此外，还常常遇到厂公安科穿警服的叔叔阿姨，看到那深蓝色制服上的银色星星总让人觉得很放心。

至于工厂生产区，在孩童眼里是个神秘的地方，那是我们唯一无法踏入的地界。清晨、中午和下午，上千人或急速走、或骑自行车进出厂区大门，浩浩荡荡之势如同漫卷的潮水喷涌而来。幼时眼中，工厂与幼儿园一样，都是把人关在里面长时间不让出来的城堡，我笃定，管开门的“锁长”定是最大的官，因为他可以掌管所有人的进出自由。那时，幼儿园还叫托儿所，“锁长”一词由来也是源自父母口中的托儿所“所长”，当我看到门口那把大铜锁，便将这个称呼具象化了。成为一名“锁长”，成了我人生中第一个理想。

幼年的我们不知道父母在厂里从事什么工作，只知道他们总在出发前给自行车打气，由此，“过家家”时扮演爸爸的孩子总会将打气的动作作为上班的指代——站在煤棚旁边，手握拳头，胳膊与膝盖同时上下屈伸，装着打十下气则可以“下班”回家。然后，扮演妈妈的女孩递上用果冻壳装满沙子扣好的馍馍，叫上“孩子”一起吃饭。因为个子小，我常常被伙伴们要求扮作孩子，自己扮演自己感觉毫无新意可言，我只能帮“妈妈”在家一起扣馍馍。

我们厂有自己的医院、食堂、澡堂、合作社、液化气站、冷饮部、小公园，不出厂门就能满足日常生活所需。那个小公园名叫园外园，和它充满古意禅意的名字一样，里面也都是古香古色的亭台楼阁，竹林、荷塘、假山、喷泉、秋千、月亮桥、九曲回廊……每一处景致都设计得别具匠心。百米见方的园子囊括了厂里能见到的所有树种，一年四季都能看到鲜花盛开的样子。对于绝大多数厂子弟而言，园外园是我们人生中认识的第一个公园，事实上，我至今再没见到过与其类似的精致花园。

拥有美丽的园外园是702厂子弟引以为傲的一点，常有周边工厂和农村的小孩来这里玩耍。正如大人们彼此熟识一样，孩子们尽管年龄不同、年级不同，相互间却都有着千丝万缕的联系，也能轻易分辨出哪个孩子不是我们厂的。相比于其他临近的几个厂矿，702厂子弟更加单纯保守，这个特点与702厂远离街道有关，它位于蔡家坡镇的最西边，出了厂围墙往西走几百米就到了岐山县与宝鸡市陈仓区的分界地。我们这批厂子弟的父母除了由上一代厂子弟组成外，还有相当一部分是分配来的大中专学生，这两类人的子女在个性上也有些差异，这差异在初中时表现越发明显。前者似乎更加爱玩儿，频频出现早恋现象；后者则压制了对异性的好感，一心一意努力学习。

我的父母是因分配或考学在此安家的外来户，他们对我的教育便是学习成绩至上。在那个小环境里，今后最好的出路就是考上大学改变命运。他们来自城市，却在一个工业小镇上生活了半辈子，尽管日子过得清静安逸，但失去了很多城市人享有的机会，其他硬件条件也十分有限。虽然承载着父母的深厚期望，我却觉得哪里都不如702好，这种观念一直持续到我考上大学前。在厂子校上学的13年光阴是我最留恋的，那里有从穿开裆裤就一起玩耍直到高中毕业的玩伴，还有格外照顾我们的老师，他们给予我的，是现在人与人之间很难找到的无私关爱。

二、从托儿所到厂子校

我刚满 4 个月就被送进了工厂的托儿所，因为我的父母是双职工，且都是外来户，远在城市的爷爷奶奶还没有退休，没有人能够帮忙照料。托儿所老师其实是厂里的家属工，她们把送来的小孩放在一个圆形能转的带有围栏的椅子里，围栏椅有点像现在饭馆的儿童椅，只不过是低矮的。四个孩子被分别放在椅子里面对面坐着，在里面吃饭、喝水、打盹、大小便，如果哭闹阿姨就来摇动围栏哄一哄，如果睡着了便会把我们抱到小床上睡觉，她们也会帮忙换洗尿布。一个阿姨同时照顾好几个孩子，难免顾不过来，妈妈也觉得孩子放在那儿可怜，但却实在没有办法抽身专门照顾。

上世纪九十年代中期，托儿所不再接收那么小的孩子，改名叫幼儿园，直到我们上小学，幼儿园的老师仍是厂里临近退休的女工。她们大部分才艺不多，甚至文化程度也很低，所以，我的幼儿园生活基本上是在和小伙伴们玩耍中度过的，从幼儿园玩到放学回家，一起玩的是同一群人。幼儿园有个土院子，里面种着低矮的冬青树，夏秋季爬墙虎会爬满整墙，墙根处经常长着各种野花野草，那里是我们的乐园。雨天，土院子满是泥泞，我们活动的区域只能缩小到室内那几间小小的平房里。有位嘴巴有些异味、皮肤黑黑的老师很疼我，她会在雨天换上到小腿的胶鞋去围墙边帮我摘一朵黄色的蒲公英小花。可惜的是，我至今不记得那个老师的名字，后来听说她几年后生病去世了。

在我们看来是奶奶辈的老师也会教简单的舞蹈，每年“六一”儿童节前，她们会用尽全部的所学所能为我们编一台节目，演出地点设在灯光球场或者大礼堂。灯光球场是上面有几盏照明灯的水泥篮球场，临近的一侧还有个用沙子铺成的门球场。这两个地方总有人打球，也总有老年人严肃地告诫我们不许在门球场玩沙子。幼儿园老师偶尔带我们到灯光球场玩一趟便是莫大的福利，孩子们会激动地大喊大叫。到了晚上，亮起灯光的篮球场是全厂最明亮的地方，那也是我们登上的第一个“舞台”。

三岁那年的“六一”儿童节，演出地点就设在灯光球场。上午，老师带我们进行彩排，妈妈让我在彩排时穿着在当地买的红色塑料凉鞋，那双大姑从南方买的白色皮凉鞋留到晚上正式演出再穿。穿着那双有三颗小桃心的白色皮凉鞋和印有郁金香图案的白色公主裙，被很多叔叔阿姨夸赞我是当晚最漂亮的小女孩。我关于演出记忆，也始于璀璨的灯光球场下观众们热情满面的笑容。

四岁的儿童节演出被搬到了厂里的大礼堂，它于上世纪七十年代末、八十年代初建成，是当时蔡家坡地区最早最大的礼堂。大礼堂共有两层，里面设有上千个木制椅子，还可以放映电影。红丝绒幕布，木地板舞台，下沉的乐池，专业的灯光和音响……相比于灯光球场，大礼堂绝对是厂里最高级的演出场所。那年的“六一”演出，代表了702厂幼儿园那一时期最高的艺术水准，大礼堂里座无虚席，记得有叔叔阿姨抱着比我们小一两岁的孩子站在舞台前端看节目，弟弟妹妹们把我们视作小明星，投以崇拜的眼神。带着骄傲的感觉，这群在大礼堂舞台上演出过的厂子弟告别了幼儿园，进入厂子校上学前班。

由于父亲曾经在子弟学校工作，学校对我而言并不陌生，我第一次独立走路就是从爸爸办公室门口走到学校的升旗台，很多次跟他一起来上晚自习，偷偷站在教室门口看他讲课。上学前班前，我跟他听过一节小学二年级面向家长的公开课。那节课讲的是语文，老师叫学生起立背诵古诗，学生们争着举手，那些好听的句子人人都会背。听完课后，我哭了，觉得自己怎么一句都不会，爸爸帮我擦着眼泪，问我上学好不好，我含泪点头，他说，没关系，你上学好好学习就会背了。

学前班每周都会评出几名优秀儿童，老师会奖励以皱纹纸、铁丝做成的小红花。为了那朵红色的小花，我们每天都坐得端端正正，努力做老师眼中的好孩子。一个班三十多个学生几乎都是厂子弟，大家各自有了几人成团的好朋友，不再是以往一群人过家家的模样。我的同桌姓“只”，是个白白净净的小男孩，后排坐了两个小女孩，我和她们组成了铁三角，课间拉着手转圈，放学一起回家，我们从一块水果糖咬成三小块中尝到了分享的甜蜜，也从小红花的评比中体会到了竞争的滋味。

702 厂子校当时最高的建筑只有二层，楼梯铁栏杆下面的水泥台总被磨得光亮无比。孩子们不愿意走楼梯，而将身体伏在栏杆上滑下来，有的男生喜欢恶作剧，将口水吐在栏杆上，站在楼下等着后面的孩子中招。还有男生为表现自己的臂力，双手握紧焊在楼梯扶手上的钢筋将身体挂在上面，这一行为定会招来好几个班的小孩围观，另外还会招来老师和校长。从此，老师在班会上强调不许在楼梯上打闹，不许滑着扶手下楼，违规者则会被扣掉小红旗。

上小学后不再发小红花，荣誉变成了虚拟的小红旗，老师说我们已经从儿童变为了真正的学生。荣誉榜用粉笔画在教室后面的黑板上，大家名字后面有数量不等的小红旗，每个人得了几面红旗，我们都如数家珍。谁的成绩好、考试有进步、做了好人好事，老师都会给谁的名字后边添上一面，相反，上课说话、迟到、不值日的同学将得不到小红旗，甚至会被擦掉已有的。一学期下来，小红旗得的多的学生率先加入少先队，直到小学四年级，全班同学都成了少先队员。

三、主人翁的优越感

上了小学，班级里的同学开始多了起来，不光是厂子弟，还有周边农村以及父母在其他单位上班的孩子。操着岐山话的农村娃和讲普通话的厂子弟分成了两个派系，尽管两派人数大体相当，可厂子弟因为具备得天独厚的地理优势占了班级的上风。

子校老师家都在厂生活区，他们与我们父母熟识，很多人是看着我们长大的邻居。可这些很早就见过面的人成为我们的老师后，就变成了无所不知、无所不能的“特殊人”。小学一年级时，有位老师烫着时髦卷发，她转向黑板写字前指着自己脑后的头发说：“我的头发里有一只眼睛，你们谁在后面说话做小动作我都能看到。”不知别人相信与否，我是信了，而且一直想象着埋在卷发里的眼睛长什么样，会不会闭眼睛。不久后，我在澡堂里看到她正在毫无顾忌地洗头，我连忙惊恐地问妈妈老师头发里的眼睛怎么办，妈妈问了几遍才明白意思，笑说老师是在编瞎话骗小孩的。

除了工人、老师、所长、校长、书记、厂长之外，我们不知道这个世界上还有什么其他职业，从没听说过公务员的“铁饭碗”，只因为爱好知道画家、歌星、舞蹈家、科学家等几个像是工作的名词。小时候老师总爱让我们谈长大后的理想，语文课作为作文题目，班会上作为讨论话题，甚至教自然课的老师都会将理想作为课堂内容。他在学期末复习课上让我们每个人拿出两个小纸条，一个写上自己的姓名，另一个上面写上自己的理想，他收上去放在两个空粉笔盒里。老师用左手抽一个名字，右手抽出一个理想，每个人各自的理想随即被打乱。有趣的是，一多半人都写着科学家，而我名字随机对应的理想，也是科学家。

我的每一任小学同桌几乎都是班上成绩不好的男生，他们当中十有八九是厂子弟。他们调皮捣蛋的花样不同，印象最深的是小名叫毛毛的男孩用小刀将长粉笔凿成钻头的样子，每根都同艺术品般精致。他告诉我，自己的目标就是将整盒粉笔削成钻头放回粉笔盒里，老师拿出来一写就断，他说着，忍俊不禁露出笑意。据说，他妈妈在厂里就是做钻头的工人，而他这般天赋也与家庭息息相关。

不管孩子们如何调皮，老师都不会放弃对他们的管教，一方面是出于师德，一方面是来自熟人父母的感情因素，有几个厂子弟的父母曾经是我们现任老师的学生。从小学至高中，厂子校的老师无一例外非常负责，他们很多人的学历比不上城市里的老师，却在用足够的耐心和细心精心培养着一批又一批学生。

相比于地方学校，子弟学校的学生不多，小学两个班、初中四个班（初三加上复习班一共五个班）、高中三个班。学生较少，使得每位同学都能得到老师的足够关注，竞争的激烈程度也相对小些。到了高中，厂子校的录取分数线明显较低，很多学习成绩好的同学都去了重点名校。

子弟学校学生的主要构成不再是厂子弟，而我作为唯一几个成绩好却留下来的子弟受到了学校的格外优待：免去高中三年的学杂费，学期末考得好学校还会授予奖学金。尤其在高三，老师们将我像对待大熊猫一般呵护着，密切关注我的思想状况，哪门课成绩没考好，班主任、教务处老师还会找我谈心，直到高考进考场前，老师还专门进来叮嘱我放松心情。曾经和我一起在初中奋战在年级前几名的同学们，到了新的重点高中则失去了那份由来已久的优待，很多人感到不适应。的确，学校老师没有义务做到这些，更少有哪所学校对学生关心至此。我的高中应试苦学，不仅为证明自己，更增添了一份为子校、为老师争光的使命。

1986 年以前，进入厂子校学生的父母必须有一方在工厂上班，是货真价实的子弟学校。随着出生人口的不断减少，子校生源面临了前所未有的危机，面向社会招生成了厂子校发展的必然趋势。702 厂子校历史上出过考上清华大学的学生，这也是老教师们口中引以为豪、逐级相传的佳话，但到后来，高中优质生源不断外流也将子校带入了另一重危机。家长们普遍有了将孩子送入重点高中就如同进了升学保险柜的心理，就算分数不够也愿意额外掏钱进入重点学校读书。

家长间是同事关系，工作之余谈到孩子也无形中在相互攀比，比的是学习成绩。我高中留在厂子校上学的三年，父母的压力并不比我小，他们担心有限的师资力量和不太紧迫的学习环境会使得我与进入名校的厂子弟们不断拉开差距，每次全市统考成绩出来后，家长们相互打听着对方孩子的考试成绩，妈妈甚至有些顾虑我分数高是因为厂子校老师打分较松。直到高考成绩出来，她心头的大石头才总算落了地。

生长在人与人之间安全感很强的天地里，对于厂子弟的人格塑造产生了正面影响，厂子弟单纯、仁义，同时这群人的抗压能力较差，不知晓社会的多元和竞争的残酷。

高考志愿所报的专业全省招 50 个人，我毅然决然地选择不同意调配，是初生牛犊不怕虎的勇气，更是不清楚全省到底有多少名考生的无知，只知道我在子校唯一的文科班里成绩排名总是名列前茅，直至如愿录取，踏入大学校门才感到有些后怕。

高中三年，满满的应试教育。印象中高二开始就不再有体育课，课余活动也全部叫停，每周上六天课，有时周天上午还增加补课，寒暑假只放三分之一，一年 365 天，几乎所有的时间都交给了学习。老师的心血、学生的付出与最终的结果往往不成正比，终究只培养出了十几个本科上线的学生。

四、沧海桑田

上世纪末期，受到经济形势的影响，工厂遭遇了前所未有的冲击，厂里几个月发不出工资，车间有些工人没有活干，至此，惶惶不可终日的下岗潮来临了。

很多厂子弟的父母相继离职，坐上开往南方的火车，而员工一旦选择跳槽，则面临着被收去公房、家庭的另一半也必须下岗的风险。一时间，用心筑造多年的小家有可能就这样散了，一切都得重新开始。迫于这些压力，有的厂子弟父母只好“假离婚”，为的是家里有一人能守着房子、带着孩子继续留在厂里，另一人可以外出赚钱贴补家用。

一个以重工业生产为主的小镇，在当地找工作很困难，顶多只能找到服务性岗位，每个月的薪水以及朝不保夕的情形，几乎没有可能让下岗职工继续留在当地工作。一个为企业奉献了整个青春的人，最后像一个包袱一样被甩了出去。幸运的是，我们厂尚未让职工大批下岗，但收入不高、工资滞后发放却延续了很久。

那段时期，我们正上小学，不清楚工厂瞬间经济滑坡的具体原因，只记得父母回家后情绪很低落，话语间总有谁去哪里打工的消息，以及自己对未知前途的迷茫。很多同学的父母离婚了，有男人在外地工作若干年后带走妻儿复婚的，有女人下南方打工不久后又重返工厂的，也有一个家庭成员出走后弄假成真再没音讯的。可在孩子们的心中，谁也不愿离开这个熟悉的工厂，更不愿让父母离开自己，那些父母离婚了的厂子弟，从来都坚信他们是假离婚，盼望着有朝一日能够全家团聚。

接下来的十几年里，岌岌可危的工厂经历了多次变化，先后被北京企业兼并、被纳入宝鸡市管理，最后作为大型集团的二级企业划归省上，工厂在不同时期艰难地发展着。而承载着厂子弟记忆的子弟学校，在2008年取消了高中，移交地方统一管理。2016年，剥离“三供一业”及企业办社会职能等政策在全国范围内推行开来，生活区的水、电、暖、物业、医院、幼儿园、社区管理即将分离交予社会。今后的工厂不再作为大的综合管理集合体，仅仅负责生产经营管理，进一步减轻企业负担。而在厂子弟的心中，那些生活附属与工厂仍会是密不可分的一体。

几十年来，工厂生活区的建筑布局发生了变化，土地接连减少，广场日渐增多，新修的花坛取代了简易的水泥乒乓球案，塑胶运动场取代了因堆放建筑垃圾而形成的“鸡毛山”，我们常常光顾的小卖铺不见了踪影，高大连荫的梧桐树也被砍了树冠，而曾经的一草一木、一砖一瓦的位置，却深深地烙在我们内心的深处。

春节回家同学聚会，大家商议在哪儿见面的时候，有同学说在“退休办”门口集合。我一愣，随即很快反应出了所指的地点。昔日，生活区的小卖部数得清个数，官方的两家：一是校外十字路口处由工厂退休办经营的商店，一是工厂消费合作社所建的蓝色铁皮房，我们分别简称为“退休办”和“铁皮房”。这是702厂子弟相互间通用的代指，有时家长都会错将“退休办”理解成办公室。搭同学顺车，他发微信说在电影院售票口等我。关于工厂电影院的记忆也已经很久远了，如果让外人找地方，想必难以找到，那也是早已拆除的建筑。

小时候，厂大礼堂的电影院功能几乎每周都会启用，售票窗口处有几排铁栏杆，体育好的孩子将它们作为双杠使用。五毛钱一张电影票，每周一场电影，礼堂里上下两层都坐满了人观看。我最喜欢坐在二层，从放映房射出的投影光线笔直地冲向舞台后端的白布上，灰尘在明亮的光线里上下飞舞，在我心中，其好看程度不亚于电影内容。当然，年幼的我看不懂电影讲的什么，每次兴冲冲地跟爸妈去看电影，却没有一点散场后的印象，一度认为电影院是有魔力的地方，从那里可以直接“变”回家。实际上，在电影放映的中途我早已睡着，被爸妈抱回家的过程全然没有知觉，只知道早上从家里醒来，于是，电影院拥有“时空挪移法”就这样被我信以为真。

大礼堂与“退休办”之间有一棵两人环抱的大柳树，听老辈人讲，这棵柳树与工厂同岁，上世纪六十年代，这里还是片荒芜的芦苇滩，柳树旁边，是条小小的水沟。不管周围的建筑如何更迭，柳树依然在原地深深扎根，向更高、更宽处伸展枝桠。春季，微微隆起的嫩黄色小芽布满了垂下的柳条，春去秋来，柳枝色彩由浅入深，柳叶愈加浓密茂盛。沿道路而立的一排排树荫遮盖马路的法国梧桐，却在某年冬季被拦腰砍断。遮天蔽日的树冠一夜间成为一根根光秃秃的立柱，那萧条的景象一如工厂举步维艰的发展。

有位高中毕业当兵的厂子弟在那年冬季退伍回家，走进厂门看到一棵棵“没头”的梧桐树，他哭了，他说心心念念这么多年的故乡为什么像被炸弹炸过一样。对于这个比喻，我觉得好笑，却怎么都笑不出来。

五、疏离城市

厂子弟大都通过考学在城市落户，如父母所愿留在城市工作。他们是最像城市人的一群人，也是最不像城市人的一群人。

他们大都不太懂名牌、不怎么认得清豪车，也从来不曾刻意追求。成长环境的相对闭塞使得这群人比城市人更为单纯，厂子弟们从小在工厂生活区相熟长辈们的庇护下长大，大家相互关心帮助，遇到困难总会有人第一时间伸出援手，婚丧嫁娶、生病住院也总有热心人视如己出。

生活在城市，可能都不知道隔壁住的是谁，人们在高楼中每日进进出出，谁都不曾有兴致认识自己生活圈子以外的人，大家心中都设定了心理防线，彼此间存在着不可逾越的隔阂，而在工厂，人们几乎知道所在的整栋家属楼都住着谁。邻里之间常常分享自家的美味，抑或做肉时发现少买一样调味料便可敲门向邻居家索要，做好后，回赠满满一碗香喷喷的红烧肉。礼尚往来、邻里互助，在这个小社会里体现得淋漓尽致。

转眼间，走出工厂的这代厂子弟到了适婚年龄，曾经在子校严格被限制过的“不能早恋”意识，似乎已深深植入了厂子弟们的行为准则。上学的时候，谁家孩子早恋，上下几个年级的学生家长都会知道，而早恋好像意味其前途就此终结，老师、家长纷纷焦急地做思想工作，生怕孩子在跑道中途落后队伍。对于厂子弟而言，除参加高考之外别无出路，我们所生活的圈子默许同一种标准，要求每个孩子牢牢遵守应试教育的常规。大家一心学习，别无他念，甚至将对自己有好感的同学拒之门外，心觉他在影响自己的学习。

带着这样的心理，他们上了大学，走向社会。不少观念传统的厂子弟在大学中依然孑然一身，步入工作岗位之后瞬间被家长要求尽快结婚生子，这对于厂子弟来讲，是心理过程的多少个飞越。被满满的爱和各种无私关怀滋润成长起来的厂子弟有着自信的气质，但这种自信在20出头的时候迎来了重重的一击。在城市中独自打拼的厂子弟们优越感不再，初到城市的住所寒酸到无法想象。为了节省开销，很多与人合租在老小区，也有人住在单位的宿舍里。

我刚工作时所住的单身宿舍是用隔板隔出的房间，曾经作为库房。搬进去的时候已有两个同事住在里面，内装空调、通暖气，房高是普通楼层的二倍，也正因此，即使换上最大瓦数的灯泡，屋顶灯光照射下来都像澡堂子般昏暗。房间没有厕所和水龙头，在楼道里洗好衣服只能拿进房子里晾，加之没有窗户，房间里又阴又潮。到单位报到之后把行李搬进去时，直觉认为这地方住不了人，可看到已有人住着，便说服自己不搞特殊、尽力适应。实习的第一个月，我的月收入只有700元。

曾在一篇散文里提到过我在如黑洞似的宿舍里住过两年，身边的朋友认为那是虚构的。的确，这两年我从未在外提到过自己的居住环境，即便是最好的朋友，也不曾邀请来参观我的宿舍。阴暗的房间里，闹过蟑螂、进过老鼠，书本受潮、食物发霉也是常有的事。如果因为写作昼夜颠倒，只要不出门、不看表，根本不知外面是白天还是黑夜，晴天雨天更是浑然不知。

即使平日常住两人，却另有三个人持有这间房的钥匙，其中一把作为公用放在办公室，供加班太晚无法回家的人使用。一个占了床位却不住的单位保洁阿姨将宿舍当做放纸箱、瓶子的库房，有次下班回来，竟发现一辆电动摩托车停在本身就狭小的宿舍中间。瞬时，内心持久的压抑终于爆发了，我打听到了那个人的电话，严厉警告她如果明天不推走，就把这辆电动车处理掉。放下电话，我泣不成声……昔日满载幸福感与安全感的厂子弟，在没有归属感的城市里，多么希望有一个自己的家。

有的女孩接受了条件不错的男孩示好，投入恋爱、然后结婚，搬进男友筑好的爱巢。有的女孩外表独立，内心却无法接受过早步入婚姻生活，只得像男孩一样承受生活中的一切重担，年复一年，成了别人眼中的女汉子。男孩们在父母的帮助下付了房子首付，每月按揭还款，与此同时，他们为减轻工厂负担而较早退休的母亲也进城打工，为赚取未来用于孩子在城市娶妻生子的高额费用。厂子弟们在为自己安身之所奋斗的同时，踏上了原本十分抵触的相亲路。

被城市家庭歧视为外县人，被农村家庭认为是高不可攀，尴尬的厂子弟游离在社会的两级，似乎跳不出工厂坐落于城乡结合部的事实。坚强庇护的大后方不再，知根知底的友人长辈不再，厂子弟们慢慢接受城市人的精于世故，渐渐缩小与农村人的差距界限，却依然固守着深入骨髓的处世哲学，独自应对在这座城中未知的一切。

离家在城市打拼的厂子弟有着不同于城里孩子成熟，他们从小接受良好的传统教育，受社会世俗的污染较少，他们肯吃苦、懂节俭，在衣食住行亲力亲为中善于学习发现，正如祖辈们来到偏僻的工厂扎根奋斗一般，在偌大的城市里寻求自己的立身之所。他们知晓安逸的生活是什么模样，清楚自己立足城市为的是尽力打造一方富足的天地，以期在不久的将来把父母接来安度晚年。新一代的厂子弟，逐渐承担起了家庭迁徙的责任，尽管辛苦，却也没有埋怨。

若干年后，厂子弟们终于融入了这座城市，车水马龙中，却总会怀念起工厂生活区中高音喇叭播放的广播，以及宁静的夜晚依稀听到的蟋蟀鸣叫声。对于厂子弟而言，内心的故乡不是某个小村庄，而他们的故乡，便是相似又不同的“我们厂”。

浩浩文人气

与马河声先生神交已久，然而数年没有见面，连接其中的纽带，是书画、是文章，这是最好的沟通方式。

在我还上大学时，偶然闯进马河声的博客，文人气十足、却像他名字一般浩然豁达的写意画风给我留下了深深的印象。我关注了他的博客，当日，他也同样关注了我，我们就此成了相互关注的博友。一个是知名的书画名人，一个是初出茅庐的文学爱好者，马河声先生的谦虚包容令我感到有些意外。

时光流逝，我们在博文更新的评论里见面、回复，与很多网络里互粉的博友一样，彼此享受着单纯因文学艺术产生的共鸣交流，在那个微信尚未兴起的年代，博客里的新消息带给大家很多快乐。大学毕业、工作进入正轨，我准备拾起放下八年的画笔再次将绘画回归生活的轨道，在发布一组《夏花》小画的一刻，我想起了马河声，而他的评论鼓励重新激起了我儿时有过的画家梦：“非常好！花的姿态、向背、虚实、设色都很自然，画画时从容、稚怯的心态跃然可感，甚至可爱。假以时日，放下笔肆，文墨相融，新一代真正的才女标杆矗立，期待！”

生活总是充满未知的丰富多彩，画画的分量不再同幼年时那般重要，我更多的时候还是在写作，没有马河声先生对于书画的痴迷与专注，我很惭愧，因此心慕懒园已久，但从未拜访踏入。然而，他的书画我依然关注着，包括他的书画理论、懒园独白。

一直觉得，不论致力于何种行业，最重要的是形成自己的一套体系，这区别于他人的特点是令人过目难忘的关键所在。拥有广泛意义追随爱好者的前提是本身作品的魅力，这与作者个人的修养、见识、胸怀、气度分不开。

与很多文人书画不同，马河声的作品以小见大，注重表达，细腻中透着一股浩然之气，这种由作品传递出的个性特点，让我能够轻易判断出他爽朗的性格，对照相片里粗犷的外表，对画里点睛之笔的展现挖掘，让我相信他有着一份细腻的情怀。

单色运用、枯笔勾勒、水墨渲染是写意国画最大的特点，马河声所作的《平凹挥毫图》便恰如其分地展现出了这三点。这幅画的妙处有三：构图主体在画面三分之二处，突出人物挥毫动作；右臂采用几笔枯笔，将力透纸背的功夫进行表面化呈现；身体左半部做以明暗饱和的渲染，传递出人物的泰然自若。压弯的笔尖是整幅画的“眼”，人物的神态、动作都专注于此，也引导观赏者将目光集中于这一点。所以，不必多说脸部五官及发型轮廓神似贾平凹本人，小小的一幅画其实渗透着作者巧妙的构思，这更是马河声调动绘画多重表现形式的全方位展示。

他的众多作品中，我更喜欢那些饶有情趣的小动物画作，生动有趣，耐人寻味，甚至每一幅都能讲出一个故事来。一对名为《照影》的黑天鹅令我印象深刻。一夫一妻制的天鹅是自然界中少有的“专情”动物，画里的两只黑天鹅毛色光泽油亮，另外执重笔渲染描绘了其中更显娇羞的一只，红喙相对，低首照影，自然流露出二者恩爱的感情。还有一只孤零零的小麻雀，画面中没有任何背景底色修饰，只有它身体朝右的侧影，似在等待也似沉思。灵巧好动的鸟儿瞬间呆滞静止下来，四野苍茫一片，仿佛天地都变得静谧了。

人们读书、赏画往往希望找寻一种共鸣，对于作者，也希望读者能够理解所传达的深意。那些言之有物，有寓意主题的作品传达出作者细致入微的情感，读者体味到作品的内涵，从中获取感动，这种在艺术上思想交融的快乐胜于很多苍白的言语。

好的艺术家需要具备超越常人的洞察力，从生活点滴之处窥见深刻的主题，而又不至于远离大众。斤斤计较、纠结于眼前事物的人难以度量察觉，唯具有宽广博大的胸襟和纯真善良的心灵才能跳脱现实，给予最深沉持久的领悟。我认为马河声先生具备这样的能力。

贾平凹文学艺术馆“马河声书画甲午作品展”开幕之前，我收到了马河声先生发来的微信邀请函。开幕式上，我如约赴到，握着他的手说：“我是段路晨，祝贺您！”他高兴地说：“终于见到段路晨真人了！”在门口的书法作品前，我们留下认识几年来的第一张合影，不多的几句对话中，发觉他与我从作品中推测想象的性格特质一样。作品展收录了他近期的新作，这个被“谎称”为“懒园”的主人作品累累，实际并不懒。我第一次细细观看了实物真迹，再次感动于一幅幅透着诚意思考的作品。

从默默关注作品到遇见马河声先生本人，他传递出的浩浩文人气不曾更改，这种由作品结识的缘分相较于先认识本人而去先入为主地评判作品显得更加纯粹自然。相信富有时代感、能够唤醒大众内心深处某种记忆联想的作品会经得起岁月的沉淀检验，作为他的忠实读者，我同时领悟到了这份文人的大情怀。

橘色

我不该如此讨厌这个颜色的。

肤色偏黑，决定了我驾驭不了这么艳丽的色彩，待我有自主权利买衣服之后，我从不触及橘色，即使它代表着生命的旺盛张力。

今天下班走得稍晚些，恰遇上少有人的电瓶公交车。上车刷卡许久刷不上，司机停下车帮我调试刷卡机器，身后急匆匆跑来两个女人，叽叽喳喳地上了车。刷卡成功后，我径自向车厢后走去，靠在侧面的栏杆处。她们也站了过来，一个女人穿了件橘色衣服。

橘色针织上衣、土色休闲裤、橘色平底鞋，却搭了个枚红色的包。另一个女人十分朴素，简单的格子衬衣、牛仔裤，手里提着半袋面粉。她们都是三四十岁的光景。

“现在咱就差个电饼铛，其他都齐了。” 橘色女士把 ch ē ng 错读作 d ā ng，引得我不禁朝她看去。

她瞥我一眼，转而又和格子女士说：“以后咱们吃过饭再走，车上人少，又是空调车，这车刷卡才比一般车贵五毛钱，坐着舒服多了。就算一个月省五毛也省不了多少，就是打回车的价钱。”

格子女士应着，把半袋面粉架在身旁的栏杆上。橘色女士接着说：“总算发现了一辆人坐的车！那些公交又挤又臭，地铁也坐得人多。这又干净又宽敞的多好，这才是人坐的车！”她重复了好多遍，车里鸦雀无声。

转而，她扯着自己穿的那件橘色衣服袖子，撇着嘴说道：“上回就穿了一次就被挂破了，明天穿我新买的那件700块钱的衣服。以后你跟着我就坐这车，不要坐五毛钱的。我平时一个人就打车了，这比打车划算多了。”格子女士没有说话，脸上堆笑地看着她。

最后排中间座位有人下车，我离得近，自然走了过去。橘色女士一见那人起身就大声吆喝：“你去坐！你去坐！”两人推让着。其实她们离那座位比我要远，先要口头占为己有似的。我坐了下来，橘色女士埋怨道：“叫你不快点！让这女娃坐了。”

后排座位高，我仔细打量着她们，橘色女士表情丰富，句句占上风。从她们话语中得知，格子女士刚刚调到她们单位不久。橘色女士八卦着单位里这样那样的事，叫格子女士把谁办公室的椅子搬来。这时，穿格子衬衣的终于开口了：“咱办公室已经有好几把空椅子了。”“搬来，反正他们闲着也不用。”橘色依然一副不可一世的样子。

前排有人下车，橘色女士一屁股坐了上去，叫她的同伴站在自己身旁。她没有接过对方手中沉甸甸的包，仍把那袋面粉放在栏杆上。格子女士说：“没事，放地上吧！”“放地上干啥，地上脏死了，把包放地上的都是农民！”

我看了一眼脚下的纸袋，里面有我的书和刚脱下来的外套。

旁边靠里的座位上也有要下车的，离过道近的小伙子睡着了。橘色女士大喊着，要小伙子坐在里面，这样就方便她们俩继续说话了。

我恰好在她们后方的正中间，她们侧身讲话的每个表情都看得一清二楚。格子衬衣在左，橘色钩花衫在右，左边的头发只绑了个皮筋，右边的戴了镶钻的卡子。橘色女士自语自己儿子说她是猪，每天八点多才起床，上班到单位都九十点了。她没有生气，没有不好意思，反而很高兴，一副理所当然的样子。

全程，都是橘色女士表演似的讲演，格子女士耐心听着，时不时配以微笑的表情，表情里羡慕的成分多过其他。

我一直觉得，朴素的格子本身就比张扬的橘色漂亮。

纯朴的心

乔迁新居，买电器留下不少大纸箱，商家说包装至少要保留一个月以防万一退换，眼看纸箱越积越多，我想找个收废纸的师傅卖掉。

平时见过骑着三轮车、打着标牌在路上穿梭的收购废品师傅，可当我需要时却接连几周也碰不到，只好向单位扫院子的保洁阿姨打问常来公司收废品师傅的电话号码。

纸箱堆在家里，看不见也不着急，而保洁阿姨每天见我都会停下手上的工作提起这件事。她说来单位收废品的师傅有好几个，但她要找最好最可靠的那个师傅介绍给我，因为没有他的电话，所以只能等人来。阿姨手握扫把低头说着，透出无比认真的神情。与此同时，我也一直留意着。

周末在家午休，突然听得楼下传来收废品的喇叭声，便赶忙换鞋跑下楼，追着那辆自行车跑了将近一站路。师傅穿着部队发的短袖衬衣，肩膀处被磨得泛黄，他将自行车掉头，跟着我往回走。我感慨道：“现在您这行还真不容易找。”他操着河南口音回答：“是啊，平时少，不好找，过年多一点。”我们聊着走了半站路，直到问及现在收购硬纸板多少钱一斤，他才愣了一下说：“不知道啊。”我疑惑地望着他，他指了指车座上的磨刀石和善地说：“我是磨刀的啊！”

隔了几天，单位保洁阿姨将电话号码写在白纸上送给我，并说已经和这位毛师傅说好了，他平时很忙，收废品只对公，家庭的量少一般不去。阿姨说尽管放心，与这个人打过常年交道发现他老实本分，干这行的尤其得注重这一点。我连续拨打了几次电话都没有接通，晚上，毛师傅回了过来，扯着嗓子说他下午一直在回收站没有听到，隔几天会顺道过来。

一厚摞纸箱堆在新房里落了不少灰尘，新买的家电早已安全运行了一个多月，可毛师傅还是没有时间过来。有天下班路过小区外的超市，远远看到穿橘红色背心的环卫女工正蹲在地上整理纸箱，我上前询问是否能帮忙把家里的纸箱收走。环卫女工约莫50岁，花白短发、黝黑皮肤，她迟疑了片刻，说得进去问问家里那口子，示意自己老公正在超市里收纸箱。女工带我走进超市库房直言让男人去我家一趟，他正用力将纸箱踩扁，码成摞整整齐齐地堆成一人多高。男人一边踩着纸箱，一边看向我，没有当即答应，女工说看这女孩怪可怜的，示意自己一个人可以干完。于是，他拿起一杆秤一路跟我到家。

立体的纸箱里有很多塑料泡沫，他没有拿出来，而将纸盒分别踩扁，里面的塑料泡沫也变成渣，在地板上飞溅。几分钟过后，他将纸板按大小堆放捆起，将秤举得很高。“一共三元。”他说。

没想到如此占地方的纸箱居然只卖了三元！他从口袋里掏钱，发现没有，便有些尴尬地说钱都在老婆那里，自己平时身上不带钱，并问能否明天专程送来。我说不用了，而他不依：“我们这行就得讲诚信，不能少你一分一毛。”他说会将这三元钱交给超市存包处的服务员，交待她到时给我，让我明天以后随时去取。我笑笑，送他出门，转身继续收拾家里到处飘散的泡沫渣，却听见电话响了，是毛师傅。我说废纸已经卖掉了，他说："真不好意思！没帮上你的忙，最近实在太忙了。"

国庆小长假外出回来，那件事早已被我忘却。有天清早，在路上碰见那个女清洁工骑着架着扫把的三轮车往返于小区附近，我们的目光再没接触过，彼此继续着本不该有交集的生活。

一个多月后，我去超市买东西，存包时突然想起那三元钱的约定。抱着试试看的心态随口问服务员有没有一个清洁工在这儿放了三块钱？服务员点点头，从抽屉里取出三张崭新的钞票递到我手中……

此后，我常常在暮色中寻找那两个熟悉的橘红色背影，多么希望能够再次碰到他俩。可惜的是，我再没见过这两口子。那干净的三元钱被我夹在笔记本里，偶尔翻到，便会想起那一串关于卖废纸的往事，想起那几位纯朴的人，还有那一颗颗善良的心。

一次又一次，我将纸盒收集起来自己拿下楼，特意放在垃圾堆外侧好拿的地方。

长安路上的修鞋匠

最早留意起长安路巷子里的修鞋铺，源自修鞋师傅某年劳动节在店门口贴出的公告："法定假期，放假三天。"接下来的每个小长假，门口都会贴有类似的告示。每天中午，修鞋师傅会在店铺门口支起长椅午休，胸口上总盖着一份当日的《参考消息》。

修鞋师傅就是店里的"老板"，里外只有他一人。他约莫 50 岁出头，衣着干净，全身上下唯独皮围裙处显得有点脏，每天要与一双双旧鞋打交道，钉跟、钉掌、喷漆、护理……尽管收费不便宜，前来修鞋的人却络绎不绝。与一般修鞋匠人不同，他修鞋从不是"来者不拒"，而是自主决定留下保证能修好的鞋，有时还会建议说："这双修不好，你淘汰了吧！"

不足十平米的小铺子没怎么装修，被各种修鞋机器和旧鞋挤得满满当当，乍看像个杂货店。靠里的墙面上贴着关于八折卡的办理须知，可他从不向顾客推荐，直到有天我突然发现那不太明晰的优惠广告：交 100 元钱，可以办理一张储值卡，修鞋保养享受八折优惠。

考虑到办卡划算，我交了 100 元钱，师傅从玻璃柜里取出一张自制的小卡片，先在左上角填上办卡日期，然后在右下方空白处龙飞凤舞地签好自己的姓名，正中间加盖红红的章子：圆心是颗鲜亮的五星，旁边环绕着修鞋铺的名字。他将卡片发给我，叮嘱道："吹一吹，印泥没有干。"我有些诧异地接过来，他示意背面有方格，说每次来了找他签字即可。由此，这张硬纸片因为有了店铺章子和师傅的亲笔签名而具备了货币价值。

从此，每次拿着卡片到修鞋铺，等候的过程我总想再三努力辨认那个签名，可由于太潦草，一笔连过三个字，实在认不出他姓甚名何。他有一本A4纸大小的名片夹，一页一页整整齐齐地夹着每个客户的信息，犹如办公室的存档文件。

渐渐地，我修鞋不再先问价格，也习惯了不当面查看有没有钉好，每每待他签好字放心地拿走。仅仅钉个鞋跟，师傅都会将原本带有灰尘的鞋子清理得干干净净，甚至还会套上崭新的透明包装袋。回家打开塑料袋，看到一双旧鞋被他打理得如同新鞋般呈现在眼前，顿时感到有些温暖了。

后来发现，每次免费的擦洗并非其刻意为之，而是他固定的一道工序：先用布子将鞋擦净，然后再做后续的修理。这一幕很令我意外，心想如此洁癖讲究的人缘何从事了修鞋的职业？于是，每次修鞋，我便饶有兴趣地和这位与众不同的师傅聊上几句。直觉认为，他心中一定埋藏着一份与修鞋本身无关的梦想。

每个人心中都有梦，或是一个物质目标，或是一个长远追求。不知从什么时候起，我们开始在前行的道路上不断修正着自己的梦，有的注定无法成为从事的职业，却足以成为一种精神寄托。

自己当老板，自己给自己放假，修不好的鞋坚持不修，有固定的午休时间，自行签字盖章办理八折卡并如文件一般存档，坚持订阅时政报刊……高楼林立车水马龙的城市中间，有这样一个与众不同的修鞋师傅，在独自主宰的小天地里细心地服务着每一个客户。我突然觉得，这间小小的修鞋铺，似乎就是这位修鞋师傅的梦想家园。

有天，我与他聊起在国家法定假日贴告示给自己放假的事。师傅说：“贴告示是想让客人早点取走修好的鞋，我周末下午四五点就关门了。即使自己一个人开店，也要学会工作与休息。”

在长安路两边鳞次栉比的高楼下，活跃着不同类型的私企老板，他们都在为自己的梦想打拼，创造着自己的人生价值，也为市民提供了各种生活便利。而小小店铺里的修鞋师傅，与其他华丽店铺中的老板们相比，平凡得似乎有些微不足道，但却掌握着自己的工作与生活，圆着自己的梦，这不也是一种令人欣赏的美好追求么？

不做花瓶

生活

唯有气韵，
会随着时光累积，
形成属于自己的气场，
散发出无以名状的独特光芒。

不过是头发长而已

长发及膝，曾经是我的标识，想低调时盘起，想高调时放下。其实，无论束成马尾、编成辫子、盘成发髻或是披散下来，都躲不过他人讶异的目光。那头跟随了我11年之久的长发，倚在我后背上一点点长到不寻常的长度。因为它们，我为很多人提供了话题，也习惯了各种各样关于长发的言论。

地点一：高中班主任办公室

人物：班主任白老师，正在统计全班同学分数排名的我

“你头发留这么长碍事不？洗起来多费时间？大脑的营养都跑到头发上了。”白老师双手叉腰站在门口的阳光下。

“老师，我头发长不影响学习呀！”我抬头对他说。

“是啊，头发剪短了成绩更好么。”

“人家古代人头发长，所以中国古代科技文明都领先世界，这点充分证明头发长不影响智力。” 我辩解。

地点二：大一教室

人物：男同学，后脑勺摔破缠着绷带包着花头巾的我

“你是少数民族吧？”

“我是汉族，你怎么会觉得我是少数民族？”我顶着肿眼睛问他。

“西南少数民族那边的人不都是头发很长，而且头上都包花头巾么？”男同学丝毫没有发现我的异样。

地点三：女生宿舍

人物：隔壁寝室同学，正在梳头发的我

“某某人想认识你，问我要你的手机号。”她说。

“是你前几天说的那个光头吗？”我反应到她之前说过有个男孩对我有好感。

“是啊，他人很好的。”同学极力推荐。

“可是，他的光头是遗传还是只是发型？”我顾虑道。

“好像是遗传，我见过他爸来送他上学，也是光头。据说属于家族性遗传那种。”她忍不住笑。

“那算了，我头发这么长，而他没有头发，走在一起好奇怪……”

地点四：大学宿舍楼

人物：两个外出买饭的女生，打印完文稿回宿舍的我

“哎，你看前面那个像不像狐狸尾巴？”一个女生问。

“像！”另一女生回应，然后狂笑不止。

我回头看了她们一眼，两人提着米线，赶忙低下头。

回到宿舍，我照了照镜子，自己也笑了。本想掩住头发，随便披了件棉袄出去，不曾料想我的头发已经长过衣服。

地点五：大学去澡堂的路上

人物：两个去打开水的女生，提着一包洗漱用品的我

“哇，好长的头发啊！”身后传来熟悉的惊叹声。

“其实头发太长也不好，多浪费洗发水啊！”一人严肃地说。

地点六：公交车站

人物：母女俩，同样在等车的我

“妈，你看你看！那人的头发！”女孩悄悄指向我，以为我没有注意。

随后她们讨论着某某人的头发也很长，听起来只是由我引出了话题，其余都和我没什么关系。

我等的车到了，听得她母亲说了一句：“聪明的脑袋不长毛！”

地点七：天桥

人物：不认识的阿姨、奶奶，正在等人的我

“现在长头发稀罕很！留多少年了？”她们凑上前，语气很兴奋，有人忍不住上前摸。

她们粗糙的手挂得我头皮疼，可的确毫无恶意，我心里尽管不情愿又不好多说什么。

地点八：公共厕所

人物：半夜上厕所的我

刚工作时住单位宿舍，屋里没有厕所，半夜独自起来上厕所本来就有些发怵，于是以最快的速度跑去。

“速战速决”之后，又飞奔回房，丝毫没有留意一缕发丝被夹在门把手上。悲惨的是，一小撮头发已从头皮处生生扯下，那晚，我迟迟惊魂未定。

地点九：户外某景点

人物：闺蜜，投入拍照的我

“我突然发现你的头发有个作用。”闺蜜将我的头发缠在脖子上。

“可以当围巾是吗？”我问她。

“不对，可以作为凶器。”她说着拉紧了一些，“唉，歹徒想劫持你都不用拿刀、拿绳子，你直接自带啊！”

地点十：街头

人物：收头发的大叔，行走中的我

“收头发，收长头发……”大叔骑着自行车，扩音喇叭放着录好的陕西话。

“女子，头发卖不？”他关掉声音，在我身边停下，大声问道。

我摇摇头，刻意往人行道里面走。他叹了口气，继续开启喇叭走远了……

有人眼里，长发是美；有人眼里，长发是怪；对我而言，长发是一种个性的彰显，是属于青春的某种叛逆。另类久了，被人说得多了，也就不格外在意他人的评价了。

外出旅游，我常把头发盘起来，盘得大大的，贴紧后脑勺。一来为了减轻重量，更重要是不愿太招眼，怕碰到坏人剪我的头发。曾在报纸上见到这样一则消息：“有个女孩在费尽九牛二虎之力挤上车，却发现自己的头发被人剪掉了。”头发能够制成假发、戏曲用的胡子，可以卖不少钱。有人估过我头发的价码，至少可以卖到千元以上。上大学的时候，关系好的同学调侃道：“把你头发卖了给咱们充班费吧！”

连续很多年，我的头发在种种议论、惊奇、羡慕中顽强地生长着，一头长发无辜地成了各类场合、各种人群议论的焦点。每每进入一个新环境，遇见新认识的人，他们都会就我的头发盘问好半天，无外乎是“留了多久，洗起来是否麻烦，如何保养，为什么留这么长”之类，我只好耐着性子一一给予解答。睡觉时枕头上铺块丝巾，把它顺顺地放在一侧；发呆时用剪刀修修分叉的地方，美其名曰“在思考”。它们是我身体的一部分，也成了家人、朋友的共有资产。

随着年纪的增长，断发越来越多，发尾不再同往日般厚重，过长的头发不适合趋于职业化的装扮，工作以后，我开始考虑剪掉这头制造话题、又满载记忆的长发。

决定剪掉之前，我专程去照相馆留下最后的纪念，尽管难免有些不舍，但是我深知，再美好的事物，都有其保质期，不会一直永恒保鲜下去。我知道，或许自己一辈子都难以企及这个长度了。

走近理发店，一剪刀下去，长发剪短及肩，仿佛随之除去了我明显外露的个性。当我重新成为普通的背影，融入茫茫人海中的那一刻，再听不到来自陌生人发出的或惊叹、或轻浮的言语，瞬时感觉轻松了许多。

上班路上

小说里的上班路上总会发生种种令人心动的艳遇，而我每天上班路上遇到的人和事则平常得多。每天几乎是同一时间乘车，车上总有几个面孔熟悉的陌生人。我甚至知道他们在哪里下车，于是赶在他们下车前逼近那即将离开的座位。

尽管在车上没什么特别的事情发生，路上见到的人却各具特色。

一个小区的广场，甩鞭子的巨响会吓得人不由得随鞭子的落地声而闭上眼睛。夏天，有个年逾六旬的男子头包发带，赤裸着上身，露出健硕的肌肉。一条长长的皮鞭两手交替绕过头顶换着抡着，肩膀处的肌肉带动胳膊的肌肉蠕动着。一天看到两个徒弟用较短的鞭子抽着水泥地。因为不熟练，鞭子抽不到地表面，没有悚然的声响，却时不时地打到自己。后来，那个肌肉健硕的老者不见了，剩下两个徒弟日趋进步地继续着这项运动。

许多打工的白领阶层住在城中村居民加盖的房屋里，每天早上这站人最多。司机不断催促着乘客往里走，实际上车厢内早已紧紧实实。好心的司机站起来喊着：“都是上班时间，大家挤一挤。”随后开了后门，打过卡的乘客一个接一个插空挤进来，伴随人们的抱怨声，后门艰难地关闭了。

和我一起挤车的同事曾在公交车上丢了手机，当时只以为人多包被挂开，回办公室才发现手机丢了。这个教训告诉我，要在不同场合管好自己的包，防止伪装着的小偷光顾，尤其是上班路上。

路心的花坛旁，总有个一年四季戴着一顶不太合适的鸭舌帽，将半导体广播举至耳旁的中年人，看样子是在大声唱着秦腔。商场外不大的广场上，聚集着大量的老太太跳健身舞。两个摊子，两批人马，紧紧相邻却跳着不同动作。伴随着车载电视的音乐声，那群人的手势舞步仿佛与之合拍。远处有人慢半拍地学动作，笨拙的姿势毫无美感，有些引人发笑。

昨天上班堵车，遇到一对有趣的路人。一个是正在掏下水道的工人，一个是晨练的老人，二人同时有节奏地做着各自的动作——卷管子，原地转着拐杖。车里的人都盯着他们，因为他们都面对马路，并且节奏一致，相隔不远，各忙着自己的事。

一路上，这些人都不在意他人的目光，各自进行着喜欢、擅长的运动方式。而年轻的我们，只能带着困倦的双眼，日日挤公交上班，生怕迟到扣工资。谁又能有空去锻炼身体呢？我们的晨练，就是挤公交耗费的体力和防小偷的脑力了。

这也是一种生活，更是一种青春磨炼。

蚊子飞

按说A型血不属于招蚊子咬的血型，我却自小就特别招蚊子，妈妈说是因为人黑，爸爸说是因为血甜。记事以来的每个夏天，拼凑起来，就是一段同蚊子战斗的血泪史。

每次从外面玩耍回来，身上都会多几个大肿包，一看就是黑白花的毒蚊子咬的。其实很多时候被蚊子咬也是回家的理由，抹花露水的时候试探一下爸妈还能让我玩多久，得到许可之后再继续玩个痛快。此刻，红肿带来的瘙痒感早已转移。

那时还没有防蚊虫的“蚊不叮”，只能事后补救。风油精、花露水、清凉油轮番上阵，在抓挠得已经发烂的皮肤上涂抹，一阵刺痛之后，难忍的瘙痒不再。一次蚊子在我的脚上咬了个大包，奇痒无比，家里的花露水又用完了。年近九十的曾祖母说唾沫可以止痒，我用舌头舔舔手指，指肚抚着红肿处，抹了几下没见减轻，便嘟着嘴说：“一点都不管用！”曾祖母抓过我的脚，放在她的腿上吐了口唾沫打圈抹着，过了一会儿的确不痒了。

晚上睡觉，常常被蚊子咬醒。只要我迷迷糊糊地说一声：“有蚊子！”爸妈就会起身开灯，他们用警惕的眼神扫视满屋，找到蚊子后配合着打死——吸进蚊子肚里的鲜血在墙上留下一团斑驳的红印。

后来有了电蚊拍，爸爸每晚睡觉前都会拿着它到处扫，窗帘后、纱窗前、屋子角……只听得“噼噼啪啪”的声音，不知是真的有那么多蚊子还是灰尘的纤维。

如今，我还是怕蚊子，蚊不叮不离身，离不开蚊香片和灭蚊器。因为没有蚊子骚扰的夜晚才能睡好觉，第二天起床才能心情好。

昨天，我张着嘴走路，一只蚊子不偏不移正巧飞进了我的嘴里，黏在了喉咙上。很痒，但是咳不出来。漱口，依然没有用。只好喝口水咽了下去，顿时觉得很恶心。

想想还挺有趣，二十几年只有蚊子吃我的份，我总算吃了回蚊子。不过，我发誓——再也不张着嘴走路了！

没人替你坚强

最初听到这句话的时候，觉得好帅气，短短几个字充满了独自担当的勇气。可是，当所有事情变成自己一个人扛的时候，才尝到了其中的艰辛与苦楚。

同事走路跌跤扭伤了脚，请了十余天的假。在此不久后的一天中午，我脚下一滑，从楼梯上滚了下来，身上多处擦伤淤青，肩膀、屁股淤青面积很大，色泽发紫。那些日子，坐卧全靠一条大腿受力，连续压着另一边胳膊侧身睡觉，淤青处被压疼导致半夜醒来好多次。我没有请假，甚至当天下午就回到单位继续上班。

下了火车，独自提着大包小包的行李，倾斜着身体走到公交车起点站。出站口很多人接站，却与我无关。

天降暴雨，一只手拖着长裙在雨地中行走，一只手护着提包。四处张望寻找空的出租车，却屡屡被人抢了先。电话求助未果，转而决定还是乘坐公交，又被进站的公交车溅了一身污水。

公车上被陌生男子搭讪、骚扰，被三个小偷包围，发觉后只能往人多处躲。下车后奋力奔跑，来回过马路，只为甩开尾随的坏人。

夜晚加班回到住所，洗漱后插上灭蚊器电源却火星四溅，一时间跳闸停电。于是打着手电扳起电闸，发现插座已被烧焦，只好等到第二天找人来修。

周末约朋友逛街，他们都成双成对地享受二人世界。也曾被迫当过电灯泡，对面卿卿我我的样子让我觉得自己实在多余，此后发誓不再和情侣一同出行。

也偶尔回姨妈家。尽管姨妈一家对我很照顾，但仍因生活习惯的不一致，总感觉比不上自己家中的自在。特别表哥谈了女友之后，常拿我和他的女友比，在他眼里必然都是女友好。

工作中被领导委以重任，我十分感激。但一人独当一面身心俱疲，也开始理解了工作忙碌到无暇顾及个人的一切。

然而，我喜欢上班，至少上班时间我是有所寄托的。工作的繁忙，让我能够暂时放下心中的不快和纠结，不去想眼下难以解决的问题。可是，当独自一人的时候，总会持续地发呆。一次朋友发信息问我在干什么，我说："在发呆。"她笑说我真可爱。事实上，这是我每天生活必不可缺的一部分。

原先不明白自己为何总招年长的异性喜欢，后来推测是由于我总觉得同龄男孩子幼稚而很少与之交流。年长的他们几乎都有家室，而我必须十分介意与他们交往的度。有人说我清高，挑剔周围的一切。可他们不明白，这是种强烈的自我保护。

最近常回忆起逝去的大学生活，试想如果换一种方式重来一遍，就像普通女孩一样不那么独立，坦露出自己小鸟依人的一面，找个愿意对我好的男友，谈一场纯洁到只属于校园的恋爱，不顾后果地和一帮朋友玩玩闹闹，今天的我又会是什么样子？也许，就不会有合唱团，不会有陕西新闻奖，也不会有第二部文集《缘起西大》了。倘若真的可以重新选择，我想还是会追求自我的价值，那些设想，也根本不会发生在我身上。

大四保研失败的事让我的失望情绪延伸至很多人，仅有几个关系铁的学友至今还有联系。曾经在合唱团一起打拼过的同伴们，也因为走上工作岗位渐渐疏远了。新的工作环境需要我去适应，对我这个“职场菜鸟”而言，每一次挑战都是前所未有的，需要学习进步的地方还有很多。

再见到大学里的人，我甚至会心生自卑。从心底仍然感觉是大学抛弃了我，而我之前从未想过会这么快地离开它。而今，我并不后悔本科毕业走上工作岗位，这一年里我收获了很多。无论同事、领导，还是其他行业的合作伙伴，我们都相处得不错，也结识了不少新朋友。但在工作之余，又回到了一开始提出的问题——面对有伴朋友，我这个单身者被视作异类，仍然心存幻想，不断挑剔着每一个对我示好的男孩子。

今年上半年的一度时间，我觉得自己很幸福，尽管也总在怀疑他的真实度。作为一种精神寄托，每日抱着手机读那些温情的句子还是十分美好的。时间越久，越觉得缥缈，似乎他只是一个影子，永远跟着我，可又永远触不到。我们就像是太阳和月亮，仿佛联系紧密，却在不同地域重复着各自的故事，尽管心灵默契，但永远互不相见。正如我在十分无助时所说：“没有交集的两个人强求不来。”当我最需要帮助的时候，他不在我身边，我永远一个人勇敢，独自坚强着，只是手机短信收件箱和 QQ 聊天记录里多了千余条令我感动地翻看过无数次的句子。当我强忍着内心的委屈，故作平常轻松的口气在电话里说出“我很好”三个字的时候，多希望他能看到我眼眶里打转的泪水。距离很美，不同的经纬交织成了更强烈的孤独感，我承认自己败给了距离。如果没有与人分享的奢望，我想我会默默地撑下去，继续着那份坚强。

就这样，我似乎亲手斩断了这原本就无所谓开始，更无所谓结束的感情。如今，也能够坦然地面对过去的一切了。是啊，比起苦难中的人们，我的那些委屈又算得了什么呢?

工作一年多以来，的确比从前写得少了。每天回来常常感到疲乏，也就懒得动笔。不多的创作也越来越走向封闭的自我，开始少了讲道理的励志，少了抱怨和困惑，开始心疼起同我一样在异乡独自打拼的人们，也渐渐学会了报喜不报忧。QQ、博客、微博却难逃爸妈关切的双眼。我不想发布过多渗透着无助体温的文字，可是常常因为自己一个微不足道的心情状态，敏感的爸妈便立刻打来电话询问。曾经，也包括他。他对我说："不要在这种公共场合发布内心的苦闷，再难过可以给我讲，给父母讲。不要让别人嘲笑你窘迫的样子，要努力调整自己，最好永远让他们羡慕嫉妒着。"我记住了这些话，懂得了隐藏和伪装，把平淡的生活粉饰成缤纷多彩的样子，并且真诚地感谢他伴随我走过了一段成长的路途。

不知道这段文字该在何时公之于众，我发表的目的又何在？在博取周围人的怜悯？在有意让父母担心？还是在求得一个肩膀依靠？其实都不是，因为它原本就只是写给自己的。

依然，我必须要替自己坚强。

古城的光

当我们有可能离开一个地方时，总会念起那里的好。一度，我想过离开西安，只因追逐所爱的人。

我的家乡在距离西安 100 多公里的小镇，儿时的我没有地域概念，每次看天气预报，唯独关注首都北京的天气，妈妈说，我们要看西安的，因为西安离我们家近。虽然近，但至我上大学前，每年来西安的次数也是极少的几次。印象中最早的一次，是在幼儿园时陪妈妈来西安学习。

我们住在小雁塔附近的旅馆里，因为天黑才到住所，看不到妈妈说过的小雁塔。初来外地的我掩不住兴奋，妈妈哄我早点睡觉，明天一早就能见到小雁塔长什么样子了。那年，我三岁，第一次听说西安的大雁塔和小雁塔，不由十分好奇这两个有趣的名字。我问妈妈：“是不是大雁塔是大燕子的家，小雁塔是小燕子的家？它们离得远吗？”妈妈笑说，应该是有燕子在那里筑巢吧，又说长大后你就知道了。

清早迷迷糊糊地被叫醒，妈妈拉开窗帘，指着窗外说：“路路快看，那就是小雁塔。”我揉揉眼睛俯下身子朝上看，土色的砖瓦一层一层地垒起，每层边缘都有一个小沿，没想到小雁塔居然有这么多层。我心想，这得住多少只小燕子啊！

上学后从课本中得知，西安是十三个王朝的建都之地，又被称作“古城”，这里有大雁塔、小雁塔、钟鼓楼、古城墙……之后关于古城的记忆，就到了每年几度的集中采购。刚上初中一年级的那年冬天，爸爸陪我去西安领奖，我极不情愿地在南门外留影，心觉西安离我很近，以后有的是机会来。

明明年少却总认为自己是大人的我在那个特定时期产生了极大的不自信，来自对家庭地域的不自信。然而，我冥冥中认为，以后我一定能够跻身大城市，成为其中的一分子。

高考报志愿，还是实际地选择了离家近的西北大学。2007年仲夏，爸妈提着大包小包的行李送我去西安读书。地处终南山下的新校区远离了城市的繁华，而我始终希望把学校生活当成在是旅游，只盼着假期回到我的家，回到那个夜晚唯有路灯、静悄悄的小镇。

那时，每每从家回来，下了火车，我独自一人坐在公交车上。看着车窗外即将明亮起来的炫目灯光，都市的夜生活才刚刚拉开帷幕，我没有多少欢愉的感觉，更多是来自夜幕降临的恐惧，恐惧着种种不安全的事情发生。

直到走向工作岗位，我依然延续着上大学时的习惯。下班匆匆回到宿舍，很少在夜色中停留。即使城市里的霓虹灯多么绚烂，我渴望的，也只是属于家的温馨灯火。于是，我愿意放下在西安积累了近六年的资源，去成全自己的爱情。我舍不得离开，但也无奈——就算西安再好，可是这里没有我的家。

爸爸说，他现在最后悔的事情就是当年没有坚持调到西安工作。如果当年他来到西安，尽管开始几年苦一点，但至少我们在这个城市有自己的家，至少不用隔着百余公里每天担心着女儿独自乘车、倒车的一个小时车程，至少能够为我准备热腾腾的饭菜而不用让女儿孤零零地回到架子床组成的宿舍。他心疼一个女孩子在异乡独自打拼，承担着他本该承担的任务。爸爸每当提起这些，就十分动情。其实，我理解他当年的处境，肩负着上有老下有小的责任，时代的局限，那时的人又怎知后来交通会发展到如此便利的程度呢?

我开始设想离开这座城市，今天的一切都将成为记忆，哪怕是上下班途中再熟悉不过的风景。每当天色暗下来，我开始仔细地打量这座古城，尽力想把这熟悉的一切都深深地刻在我的脑海里。

没想到，我好不容易坚定的决心，换来了他害怕担负未来的躲闪。的确，他也不敢保证我今后是否会后悔，就像我担心他来到我的城市舍弃自己的全部从零开始一样。我很失望，随之而来的是继续在这个城市生活下去的烦恼。如果按爸爸原先的打算，我就得在那个没有阳光的宿舍里等待着一个男人带我步入新生活。然后等我结婚，爸妈给我一笔钱，让我风风光光地出嫁。可是，年龄的增长带来了心态的变化，住在宿舍一年两年可以，那么五年十年呢?

有天我与爸爸在电话里争吵，爸说宿舍只是一个过渡，不可能在宿舍住那么久。我说，自己准备月供房子，无论你们支持与否，只为在这座城市有个真正属于自己的窝。那天正值去省作协取会员证的路上，我激动地与他争论，直到满脸汗水挂了电话，这才气冲冲地上了作协的办公楼。办事员让我留下通讯地址，我留了单位的。她说：“最好留家里的地址，你如果换单位了怎么办？”我没看她，淡淡地说了句：“我没家，换单位我会告诉你们的。”人家好心的一句话被我看成是无比羞辱与讽刺，然而，她怎么会了解我当时的心态呢！

有多少外地来的孩子和我一样，毕业后离开家寄居在陌生的城市，拿着2000元上下的工资，有的住在宿舍，有的住在城中村，还有的和人合租单元房，好一点的公寓楼一个月的租金都在1500左右，除非家里支援，否则很难在西安生存，更别提攒钱了。与此同时，外来务工人员也涌入这座城市，或许为了这里相对高的薪水、或许是为了更多的机会，更为了让自己的家人后代在这个硬件设施齐备的都市乐享生活。面对城市中鳞次栉比的高楼大厦和逐年攀升的房价，从零开始的年轻人和抛却农村生活的打工者需要多少年的积累才能拥有自己的家，也许，过渡、凑合、吃苦，总是有尽头的。

后来我才知道，家人曾经支持我离开西安的背后其实包含着家族即将离散的泪水，姥姥姥爷甚至想到今后靠不上我们而不得不去敬老院度过晚年。周末回去看他们，我坐在沙发上，说了句：“我不走了。”姥爷明白了意思，握着我的手，微笑着应了声．“好！”吃饭的时候，他说：“当时听说路路要走，我和她姥姥难过了……”坐在一旁的姥姥开始擦眼泪，我的泪水也涌了出来。原来我一人的决定，会牵动全家人的心。

西安，这个我生活了六年的地方，从陌生至熟悉，再到难以割舍。更重要的，这里有我的亲人、朋友和我的事业，更是我梦想的巢。

举全家之力，我终于在西安有了自己的家，我比同龄的异乡人幸运。周末，我蹲在地上用抹布一点一点地擦完地板，光着脚坐在地上，看着那盏伴我走过六年光阴的台灯，有种别样的幸福感。

某个夜晚回家，走在繁华的街头，胳膊下夹着一个装裱好的相框，看着几年前不曾注意的在广场上起舞的人群，我不由得上扬了嘴角。回忆起两年前也是类似的情景，我抱着一面镜子下了公交车走在回宿舍的路上，一路生怕摔碰，小心翼翼地只顾保护着那面镜子，在夜色中匆匆而过。

我夹着相框穿过马路，妈妈打电话问我是否到家，我拿着手机，仰起头，远远地望着家的方向，在周围住宅楼灯光的映衬下，我的心也温热了。

古城的光，原来这么美。

回家的路

爸爸说，今年还在宝鸡过年，因为奶奶说，爷爷“三周年”还没过，她怕爷爷找不到回家的路，所以得留在家里。于是，我打开手机订票系统，开始抢购火车票。

关于过年的记忆，总离不开除夕前和爸妈费尽周折赶火车的匆忙场景。宝鸡和杨凌，奶奶家和姥姥家，我和爸妈刚好住在这两地之间，一西一东，每年换着跑，这是我们一家三口过年过节的常态。妈妈曾经攒过那些年我们往返的火车票，后来因为太多而被爸爸当作废纸处理掉了。长大后，我离开家到西安求学工作，节假日买票坐火车回家又成了我一个人的常态，与他们不同的是，我准备了一个盒子，存放着有我身份信息的作废火车票，那些车票，每一张都有着温情的记忆。

春运的火车站，永远挤满了形形色色的人群，他们提着大包小包的行李，希望早一点进入候车大厅，仿佛进去就能离家更近一步。每个人的脸上都洋溢着喜悦，回家过年，是大家共同的愿望。回家的路仿佛比从家来到工作地显得漫长，一想到亲人在火车出站口张望的模样，就默默祈祷火车能够准点到站。

父母身体好的时候，儿女回父母身边团圆，父母年纪大了，就开始到儿女家过年。我的姥姥、姥爷年已过八旬，这些年在两个孩子家轮换着住，而我刚过七十的奶奶依然坚守在宝鸡的家里，等待我们回去。

腊八前的周日，我跟随一民间社团向某老年公寓捐赠米面油。这里住的大都是空巢老人，有的因老伴过世、儿女不在身边，有的则因疾病住在这里。他们很热情，看到我们下车就直冲大家笑，那笑容真诚得像个孩子。身体尚好、腿脚灵便的老人主动出来帮忙扛东西，一个患过小儿麻痹症的爷爷坚持一次扛两袋米，见他负重而艰难地往房里走的样子，我心头一酸，而他却露出已经脱落的牙齿低着头"嘿嘿"笑着。临走前，有两位老人将头探出门帘，目不转睛地看着我们，还是一副咧嘴憨笑的样子，我用相机拍下了他俩的特写……

近日的一则新闻让我联想起那天的情景——《老人巴巴地问人家答应了没》，副标题很长："77岁田大爷在老年公寓一住四年，今年过年很想回家，公寓刘大姐正在给他两个儿子做工作，希望能把老人接回去过个年。"回家过年，原本是一件轻而易举的事情，却因亲情隔阂变得艰难。本应给予温暖心情的回家路，对于行动不便的老人来讲，竟化作眼巴巴等待子女来接的忐忑心愿。空巢老人剧增已然成了现代社会的一个趋势，社会养老却尚未普及，老年公寓的一位工作人员说："为了不给孩子们添麻烦，一些老人就不回家。有一个老太太前年回家过年，在家住了三天不适应，回来后哭了十几天。"

老人不想回家过年，也许并不是他们的本意，谁不愿意与子女团聚呢？或许他们数日子盼着回去，曾经关于过年的快乐依然鲜活在记忆里，那是内心最柔软的部分，那是关于亲情的甜蜜。

过年意味着亲情的回归，不管平日里多么忙碌，无论路上多么拥挤，都阻挡不了游子回家的脚步。旅途的辛劳，只为一家人围坐在一起吃顿年夜饭，聊聊一年的收获，举杯祝福彼此新年里平安顺利。

每每回家的路上，我总会想起平生第一次独自回家的经历。那年我还不到三岁，节假日说好和妈妈一起去单位值班，待了一会儿觉得没意思闹着要回家。妈妈说得让爸爸来接我，我坚持说自己认得回家的路，表现出一副小大人的样子，让妈妈回办公室不要送，自己走那几百米的回家路。这件事成了我童年的骄傲，爸妈提起来就表扬我小小一点很勇敢。然而若干年后，妈妈告诉我，那天她一直悄悄跟在我身后，保持着十几米的距离，直到目送我进了家门才返回单位。

父母永远无条件地抚养我们长大，接送我们回家，担心我们路上的安危，更多的时候只是无声地藏在身后。然而，当他们年迈到需要我们呵护照顾的时候，我们是否也该像他们从前一样，接他们回家，给予其亲情的温暖。不论身在何处，一家人在一起的地方便是家，热热闹闹、整整齐齐在一起的日子便是过年。

家人的期盼，让回家的路变得温暖。

围炉守岁

小小的蜂窝煤炉，是多少人记忆里的牵挂，那炉中蓝绿色的火苗和烧得发红的煤心，如同整个家庭的心脏，牵动着每位游子的心。

暖气尚无的年代，一个小小的蜂窝煤炉，便会使彼此的心贴得更近。加煤、换煤、封炉、通风，为保证屋内温度，每个步骤都需要家庭成员的接力配合。较大空间的角落放置着炉子，烟囱从其间架起，端直延伸至其他房间，为经过之处带去冬日的温暖。总会想起儿时冬天家里蜂窝煤炉子旁那只眯着双眼的白猫和裹着枕巾的松鼠笼，两个小宠物一边一个互不干扰，各自满足地蜷缩在炉边垫有棉布的小凳上，那里是它们能找到的最暖和的地方。

窗外雪花飘飘，屋内炉火冉冉。除夕之夜，恐怕是一年中最为温馨圆满的时刻。这一晚，孩子们可以理所应当地玩个通宵，晚饭可以跨年吃到零点以后，一家老小在旧岁的最后一夜不睡，围坐在一起看电视、包饺子、吃年夜饭，在噼啪作响的爆竹声中谈笑畅叙，熬夜迎接新春来临。年长者守岁为珍爱光阴，年轻人守岁为祖辈祈福增寿。通宵守夜，象征着把一切邪瘟病疫照跑驱走，期待来年吉祥如意。这项自汉代就有的习俗，而今却逐渐化作很多人心海深处的回忆。

生活越来越好，使用蜂窝煤炉的家庭越来越少，暖气将屋里烘得越来越暖，过年的气氛反而越来越淡了。这个独属于亲情的节日，被春潮般涌来的新生事物冲击得变了味道。从群发短信到“抢红包大战”，从电话拜年到语音留言，手机一跃成为众人眼里必不可缺的物件。老人好不容易盼来全家团聚，可子女们各自默不作声地滑动着手机屏幕，沉醉在虚拟的过年氛围里。虽然同是静态的围坐，却少了亲人间该有的欢声笑语。那个“众人拾柴火焰高”的“心脏”没了，人们眼中的天地似乎变得更加宽广了。

八十多岁的姥姥不止一次好奇地问我：“手机里有什么？”我把手机递给她，教她看别人的世界，姥姥略显笨拙地滑动屏幕，没等她戴上花镜仔细看完一段文字，手机不是自动锁屏就是被无意错按转入其他页面。这时，她往往不无遗憾地说：“社会快要把我们这代人淘汰了……”

旧时出生的老人相继故去，传统也随之离我们远去，可怕的是，老祖宗几千年流传下来的习俗仅用了几十年的工夫便退化成了书本中僵硬的文字材料。大街小巷门头窗棂的喜庆红色还在，而深藏心底那份过年的真实感很难再现，因为当初发给我们压岁钱、陪伴我们一同守岁的人不全了。

守岁的“守”，既有对即将逝去的旧岁存留恋之情，也有对即将到来的新年怀希望之意。“一夜连双岁，五更分二年”，除旧布新之际，亲人围坐一起谈天说地并非没有意义。快节奏、碎片化的时代，一次性的信息快餐充斥着日常生活，谁又有多少机会和时间能够静下心来与自己的家人面对面交流呢？子欲养而亲不待，时间不等人，尽孝也不等人，让这本该属于亲情的年味儿真正回归于家庭，究竟有多难？

不要让炉火温热过的心冷下来。

不做花瓶

爱美之心，人皆有之，没有几个女孩子不爱美。我三四岁就常趁家里没人的时候偷妈妈的化妆品化妆，还把纱巾裹在身上，给自己设计服装造型，赶在爸妈下班回家前小心翼翼清理好“战场”，洗掉脸上的颜色，但还是被早到家的妈妈发现过。意外的是，她并没有批评我，还笑称我能干，甚至允许我带着自认为满意的妆容出门。遇见相熟的朋友，妈妈还会介绍是我自己画的，引来叔叔阿姨异口同声的夸赞之辞。——其实我涂着粗黑眉毛，擦着绿眼影，抹着红脸蛋和红嘴唇。

童年的我衣着比其他孩子讲究，因而显得较为出众。一度时期，我梦想着成为一名服装设计师。上了中学，妈妈却对我的穿着观念发生了变化：不再以我的喜好为标准，买衣服也只挑最普通大众的。记得有次过年，我和妈妈因为购置新衣而产生了很大的争执。我们专程坐车到市里，逛来逛去，她还是买了我不喜欢的黄色外套，即使心里一百个不情愿，终究拗不过她。公交车上，我愤愤地说：“没见过当妈的这样，以后我挣钱了，一定想买啥买啥。”向来在外不声高的妈妈不顾形象地大声喝道：“我不想让别人说我女儿是花瓶！”

那年我十三岁，第一次听到“花瓶”这个说法。当晚，我画了幅画，画中的女孩就穿着那件白天看中的花袄——桃红、粉红和白色叠加的花朵图案，显得十分艳丽，又不失柔和。并且暗暗发誓，一定要让自己变得更优秀。也是这年冬天，我剪了短发，专心致志用功学习，并多年不剪发型，一任其自由生长。曾经留至过膝的长发，就见证了我自那件事情之后十几年努力奋斗的历史。

没有人知道，我青春期的叛逆体现在为穿漂亮衣服而用功学习上，无时无刻不严格要求自己，只为如愿以偿地拥有爱美的权利。

如今，衣橱里塞了满满当当的衣服，花色款式，各种各样。即使四季频繁更换，有些衣服依然没有上身的机会。无形中，妈妈的话早已成了值得时刻警醒自己的格言。外表好看是一方面，重要的是内在的智慧和才华。越长大，便越由衷地感谢妈妈当年的苛责。她让我在争取爱美权利的过程中不停地为自己加码，懂得思考，用心感悟，学会用手中的笔记录生活的点点滴滴，在自己设定的框架上串络起周遭纷繁的事物。其实，单纯做花瓶，我也不可能成为最漂亮的。

为文何尝不和做人一样？只重一时的语言快感，没有文化的依托沉淀，岂不成了徒有虚名的空空皮囊？为文和做人又互补相生，人从文中捕获思想，填补脑中空白，因他文引发思考，从而诞生新文。文以载道，言之有物，以史为鉴，文章才不会显得空洞乏味、干瘪无趣，更重要的，它可以成为一个时代不可磨灭的历史。

花瓶再美，也难逃岁月的侵蚀。有文字图案存在的古董花瓶，即使化作残片，也依然具有考据价值。光阴会夺走人的美丽容颜，却带不走因文而生的气度内涵。唯有气韵，会随着时光累积，形成属于自己的气场，散发出无以名状的独特光芒。

我很神往。

女红

原本准备买两个抱枕套，却在网上看到了丝带绣的半成品，挡不住美丽的诱惑，我买了两个决定实践。

丝带绣和珠绣是传统绣花基础上的创新，学起来也容易些。直针绣、双叶绣、折叠玫瑰绣、法国豆绣、轮廓绣……粗细不均的丝带和五颜六色的棉线在布料上正反上下穿梭，形成富有立体感的图样。我按照印刷好的绣图一点点琢磨绣法，凭着多年的绘画基础，一下针就把住了大形。

这两个抱枕套的主要花式是玫瑰花，绣第一个时稍显生疏，玫瑰的压褶与细小的绣花针配合不默契而呈现出高低不均的败笔。第二个有了经验，我仔细揣摩出了下针位置及盘丝带的方法，花型明显好看了。为保持绣花的平展，绣绷是必备的基础工具。相对最复杂、需要针倒着走的曲线轮廓绣，针脚越细布料则撑得越紧，每一针都拽得很累。花旁点缀的一颗一颗珠子看着很美，可是穿针引线过程中更费眼睛。不同大小的绣花针，区分使用不同宽度的丝带。接连几天照着图样绣花，由衷地觉得旧社会绣女的工作真不是一件容易事。注意力高度集中，头脑要想着花样和针法，颈椎、手指、手臂的疼痛只有试过的人才能体会。好在成品很耐看，装上枕芯，我不禁长舒一口气。

绣了几件成品过后，发现自己竟然爱上了绣花，而这作为我看电视时的附带，放松的同时加上一项具有创造性的活动，在休闲放空之余，也不觉得是在浪费时间。后来，我陆续买了十几块布料，用棉线绣人物、昆虫局部，用丝带绣花朵、枝叶，用珠子绣花芯、果实……每当预想好的图样跃然绣绷之中，内心得到的满足感如同我画了幅好画，写了篇好文章。

周围朋友听说我有这个爱好，在羡慕惊叹之余，话语里多少透着一股不理解的酸气。这个时代，似乎很少有哪个年轻女孩会有绣花的爱好。

有天晚上失眠，想起了我的曾祖母，她是位绣花高手。她做的棉衣棉鞋总能引来外人的赞叹，成为他人学习的样板，她还能倚着衣服、帘子被刮破的伤口绣出漂亮的花，让我们紧锁的愁眉变成笑颜。遗憾的是，曾祖母只留下了一两小幅绣品，其中一幅还是我要求她绣的《春夏秋冬》，可惜背景布料并不好。90岁的老太太像接到命题作文一般，没有任何图样参考，全凭几十年的绣花记忆组合成了一组小画。分别用桃花、荷花、菊花、梅花代表四季，还配以蝴蝶或蜻蜓，从不丰富的丝线中搭配出明丽的色彩。

老太太小脚，不喜欢乡土气息浓郁的俗气配色，她绣的花颜色大方，符合新一代的审美。我没有向她学过，只是一路忙着学业与考试，她唯一的女儿也因病早逝了。我是她的重孙辈，她的孙辈、我的姑姑们也没有一人学会她的手艺。我在想，很多传统民间工艺大抵也就是这样失传的吧，这算不算中国教育的悲哀?

绣花曾是旧时女人最基本的技能，如今的女孩子们都在忙着学习男人的本领，在外叱咤风云要求独立平等，这些中国传统女性的技能反而丢了。学生时代，无论男孩女孩，都为应试教育付出了十几年的心血，为的是一张大学录取通知书。书画、音乐、舞蹈等兴趣班仅是儿时牛活学习生活的调剂，真正属于女孩子的技能，只能靠家庭的影响和自己后来的努力。快节奏发展的社会把女孩子逼成了女汉子，一切事情都要自己打点，工作的压力使得她们难有精力去顾及那些属于女人的技能。又或许，它们已经与时代脱节，已经不那么重要了。

躺在床上，搓着手指上因绣花而生的老茧，我辗转反侧，等来了一只蚊子的骚扰，我不禁一笑。之前毫无绣花基础的重孙女在曾祖母过世十一年后也绣得有模有样，曾祖母在天有灵应该也会很高兴吧?

希望你们都好

不知不觉，手机里竟存了660多个电话号码。不同阶段，不同的交往面。参加工作后，很多号码拨得很少，甚至不再拨打了。可是每当换手机的时候，总小心翼翼地转存好每个人的号码，甚至会备份一套，以防小偷的光顾。闲时逐一回头去看，会发现其中的很多人自己都想不起来是谁，更不记得什么时候，因为何故得到了他的号码。

匆忙的生活中，人人都在为己奔波。生活在城市的我们，交往圈看似很广，常联系的也只是极少数，电话用到频繁的则更不多了，大都是偶尔一通电话而已。我们都希望随时听到他们接听电话后熟悉的声音，并且希望电话本里的所有人都健康地生活着。

去年我的新书出来，签了很多人的名字，原想给他一个惊喜的。他叫王建军，西北大学社科系中国近代史教研室的老师，大一时带过我们的《近代史纲要》。因为是公共课，没几个同学认真听讲，而我总坐在第一排，每节课认真听讲做笔记，从不含糊。课间王老师会走到我桌前和我稍聊几句，他说自己参与过每年的高考历史命题。

王老师几乎烟不离手，讲话声音很有磁性，他分阶段、分主题地讲述课本的内容，那曾经在考试前记背过无数次的近代史，从他的口里道出也变得生动有趣。当他得知我因为爱好文学而报考文学院，并且有志于投身创作和新闻行业时，他曾在回答我提问的邮件里说过这样的话：“作为一个刚刚步入大学的学生，能有此成绩，的确难能可贵。看得出，你是一位有才华、有爱心、有责任感、肯上进的好学生，只要你能以一贯之，努力不懈，将来一定会有大的出息。我一直认为，文学是人类的良心，是启智救世的良方。只要文化人不沉沦，我们这个民族就有希望。谨以此信念共勉。另外，有一条信息可能对你有用，或许是一种激励：陕西的新闻传媒界，几乎是西大中文系的一统天下，你们专业在此领域中有绝对的优势，并非外间想象的新闻专业如何如何。衷心希望你能够成为明日文坛新秀。”这些话对于当时刚进大学校门的我是何等的鼓舞。

大一第二学期，我的第一部文集《等待花开》出版，我特意给他送去，那天他恰巧给两个年级的研究生授课，王老师毫不吝啬地在所带学生面前夸赞我的优秀。课后还专门告诉我，他曾在校车上给我们院长谈起我：“你们院大一有个学生，将来能成大器！”

细想后来和他只是偶尔在学校里碰到过几次。每逢节日，我都会发去短信祝福。每一次，他都会很认真地回复我，比其他师长的短信要长，有一条我保存了几年，一直舍不得删——“好学生是不会让老师遗忘的。衷心祝愿我们的小才女更努力，更优秀，更幸福快乐，更成功。”发信息的人总是期待对方的回复，但在学生时代并非所有的老师都待人如此平易，即使回复本身就是一种礼貌的体现。

当打不通他的电话，去社科系询问得知王老师突然病故的消息时，我先是一惊，转身就泪流满面。2011 年教师节，他仍然回我信息，同从前一样，不曾想就在一个月之后离开了人世。那么，教师节回信息时他正在经受病痛的折磨，当时的情状又包含着怎样的心理呢？可惜换了手机，那条信息早已不在了。

2012 年，这个被古希腊人预言的世界末日年里，我的长辈、同学接二连三地离世。他们的电话号码还安然地存在手机里，可爱的头像还静静地躺在 QQ 列表中，可是不会再响起他们的铃音，不会再闪烁五彩的头像。那些曾经走入我生活并用实际行动鼓励过我的人，就这样悄无声息永远地离开了。

总以为还年轻，以后有的是机会见面，事实上的确是见一面少一面。不敢一一去细究手机里有谁的电话已停机，而那些已经离开我的人，他们的名字和号码还是舍不得删去。每次翻看电话本，依然默默地祝福那里面的每一个人都生活得好好的。

青春28岁危机

从小，
以学业优秀为荣、
以出色特长为豪的女孩步入他乡，
却在特定的年龄被突然更换了评价标准。

小名

对于幼儿园的孩子来说，小名的使用范围远远超出了全名。小时候，我的小伙伴们总被家人叫着叠字的小名，诸如：倩倩、玲玲、龙龙、静静、欢欢等等。一般来说，名字的最后一字重叠被用作小名，名只有一字的不必说，两字的更十有八九如此。我的小名却是名字第一个字的重叠，在伙伴中算是比较与众不同的。

打从记事起，周围人都叫我“路路”，无论家人、朋友，还是老师、邻居，甚至厂里所有认识我的人。和我小名谐音一致的女孩名也不少，但妈妈告诉我，我的小名和她们不一样，是马路的“路”，没有“王”字旁，也没有“雨”字头。因为我年纪小，个头矮，“路路”前又常常被人冠以一个“小”字，听来十分亲切，又带有一种蹒跚学步的可爱感觉。

那时，别人问我叫什么名字，我总会胆怯羞涩地回答：“我叫小路路。”吐字不清的我还将“l”发成“n”的音，自称“小 nu nu”，爸妈在旁边一次次笑着解释。我年幼时说话前总爱自言道“我小路路”如何的话，譬如：“我小路路自己弄，我小路路自己走，我小路路想喝水，我小路路想妈妈了……”至今印象最深的是那时一听到《北京的金山上》“把我们农奴的心儿照亮”的歌词，我总窃以为是在唱自己——“把我们 nu nu 的心儿照亮。”

我二岁画画开始变得有模有样，一向细心的爸妈给我的每幅画都签上了我的小名和日期。长大一些，爸爸教我自己写。“小”字好写，但“路”字对一个学龄前的小孩来说的确算很复杂的字了。我极其费力地写好一撇一捺，“路路”两个字总是一笔一划写得很大。

进了学前班，才知道了我的全名。爸爸的同事、我的老师们很熟悉我，因此依然叫我“路路”。刚上学的我总埋怨爸爸妈妈，为什么给我起这么复杂的名字，还是三个字的，笔画又多又难写，真希望自己只叫小名，这样就不用学写另外两个字了。所有课本、练习本上写的名字都由妈妈代笔，我只好一遍遍在书本的一角照着妈妈的笔体模仿那最难写的“晨”字，却总也写不好下面的部分。仔细琢磨后，发现“竖提勾”的笔画很像阿拉伯数字“4”，于是我每次写名字到最后都将本子横放，原本最后的三划由“4”代替，把本子放正看还真像那么回事。之后爸妈和老师发现了，还夸我聪明有办法。

也是从那个时候，“路路”前的“小”字很少再有人叫起。但我近 90 岁高龄的曾祖母仍旧亲切地操着河南口音叫我“小路儿”，这熟悉的称呼一直伴随着我，直到她 2003 年底去世。妈妈也在生活中不断给我发明新的小名：路蛋儿、臭路蛋蛋、小路乖、路乖乖、臭蛋儿之类的种种昵称。

童年的岁月中，猫也是我们家的成员之一。家里先后养过两只母猫，我每年都会有一段同好几只小猫崽共处的时光。我自幼喜欢猫，执意将自己归类成猫科动物，发音吐字还不清晰的我还特别喜欢逗猫，总爱一遍遍亲切地叫着："猫妮呀猫妮！"由此引发了爸爸由猫给我起的一系列小名：路猫咪、路小猫、路猫猫、猫妮、小路猫……而我自己也渐渐习惯并且乐于别人唤我这个动物般的小名。

除了家人叫我这样那样的小名外，从小到大的过程中，同学、同事也给我起了不少外号，一定程度上，这些有好有坏的外号也算我另一重意义上的小名吧。

小学时我皮肤特别黑，在和一个男生斗嘴时被他叫作"黑妹"，这个外号以风一样的速度不胫而走，调皮的男生还把这两个字刻入树干，写在电线杆上。每当看到、听到这两个字，便会激起我内心极大的愤懑，仿佛是莫大的耻辱。女生则委婉得多，叫我"巧克力"，因为是我喜欢的零食，便也不在意那颜色暗含的寓意了。初二的一个晚自习，坐在我前座的男生转身看到我刘海儿遮住半边脸写字的样子，不顾场合地大声叫道："哇塞！八神！"据说源自当时正流行的一个名叫"无敌拳王八神"的电子游戏，其主角"八神"的发型同我类似，于是我又一次极不情愿地有了一个特别男性化的外号。不少大学同学叫我"段姐姐"，这由来也许是因为平日作为班长的我总给他们一种大姐的感觉。

上班以后，同事几乎都比我年纪大，我便可以哥哥、姐姐地称呼他们了。他们总把我当成孩子，很多时候都对我格外照顾。熟悉之后，不少人唤我的小名"路路"，还有人加上我的姓："段路路、段段、段儿"地叫着，叠字和儿化比领导称我为"小段"更有家的温馨滋味。

学生时代，我的很多师长只叫我的名字——"路晨"，在我听来同样有种小名的舒心感。书法老师手拿戒尺用陕西话拖长音喊的那声"路晨，站直！”每每想起还会不由自主地精神抖擞一下。比起通用的小名“路路”，“路晨”二字则显得郑重而不失亲切。

不敢去想当我成为奶奶辈的时候还有多少人知道我的小名，而我又该花费多长时间去适应没有人再唤我小名的日子。听到别人呼唤和自己同样的小名却不再是叫我，又该是何等的失落情绪啊！或许唯有在睡梦中被故人再一次甜甜地叫着……

这些属于我的小名，是我生命不同阶段不同人对我的赐予，字字都包涵着长辈的关爱、同辈的爱怜，饱含着我每个阶段或喜或悲的记忆，我没有理由不好好珍惜它们。

相亲

“宽厚肩膀，手指干净而修长，笑声像大海，眼神里有阳光。我想象你，一定就是这样……”少女时期，我唱着这首《远方》憧憬过美好爱情，而在那个上音乐课不敢将爱情歌作为期末考试曲目的青涩年华，我们还没有“爱”的权利，甚至唱歌遇到“爱”字都得含混过去。懵懂对异性产生好奇的女孩子，也常悄悄讨论身边的男生，可我对他们的关注很快被课业的压力冲淡了，并且从内心反感那些冲我示好的男孩，认为他们在学习阶段不专心，没有远大理想。

校园恋情空白让我有更多的时间去做想做的事，于是和很多同龄人渐行渐远。那些被动地从我生活里消失的男孩子，也逐渐有了自己的女友，有的已经结婚，成为人父。

当发现闺蜜几乎都有了男友，当家人开始操心我独自生活，当周围人不断催促找对象，当被定义为“单身公害”，当相亲成了认识同龄异性的主要途径……我才恍然觉得当初那么决绝可能是错的。二十几岁的女人可以理所应当地结识各种各样的单身男人，需要擦亮眼睛捕捉他的每一点行为特质，这短暂的了解将决定自己以后的生活。

在走出一场柏拉图式的恋爱后，为我个人问题操心的好心人以不同形式介绍对象给我，从一开始的尴尬抵触、无言以对，到后来的随机应变、失望心烦，一次次失败的相亲经历似乎在惩罚着我从前对那些男孩们的狠心拒绝。

细数这些形形色色的相亲对象，已然是现代年轻男性生活状态的缩影，曾经坐在餐桌对面的男人，化作我不同角度认识世界的窗户。从他们身上，我也依稀感受到了介绍人的真诚度和价值观。

有个男孩的妈妈和我聊得来，热情地安排自己的儿子和我见面，疲于应付母亲介绍的各种女孩，对方决定将自己最真实的一面展现给我。聊着聊着，他越坐越低，直至将头枕在不足三十公分高的椅背上。他眯缝起眼睛点燃香烟，吐了一口烟圈，说道："咱俩今天见面总得有个结论，对我而言，你当我女朋友也行，结婚也行，我被我妈逼得没办法，只要她高兴，我娶谁都行。"

有个学音乐的男孩气质不错，介绍人看重他不滑头、很诚恳。我们看过一场书画展，不懂装懂的评价暴露了他文化知识的匮乏，那双眼睛透着单纯和无知。我下意识瞥了一眼美术馆的反光玻璃，我和他站在一起俨然就像姐弟俩。

有个一天到晚西装革履的银行柜员，介绍人欣赏他衣着整洁和每次办理业务的热情耐心。他醉心工作，几乎每天 10 点以后下班回家，与前任女友的感情纠葛尚未化解，处女座的犹犹豫豫、瞻前顾后的特质在身上表露无遗。

有个据说最适合过日子的男孩，介绍人掏出事先准备好的两张电影票递到我们手中。等待电影开场的十几分钟，我发现他厚厚镜片下的眼睛一大一小，其中一只有点歪斜。他倒没有回避，说他眼睛一只远视一只近视，所以一只是放大镜一只是显微镜。

有个在寒冬里穿白衬衣黑西装打领结的男孩，鹤立鸡群般站在身着羽绒服的人群里。他冲我绅士地一笑，我仰头看见他脖子上冻出的鸡皮疙瘩。“我一般见女孩都很注意形象，以表示对对方的重视。”他是关中人，却操着一口浓重的港台腔，他约我在自己熟悉的母校附近见面，地下川菜馆的环境与其庄重的衣着呈现出强烈反差。

有个发美颜自拍照给我的男孩，吃饭中间不停地往我盘里夹菜。他的嘴唇很厚，全程嘟着嘴讲生活琐事，他喜欢做饭，最爱和哥们打麻将，将此视为一种社交手段。说他从前暗恋过的女孩若干年后反过头来追他，一开始很欣喜，接触之后发现不知何时已经不喜欢她了。女孩给他送饭，自己远远看见又以加班为借口溜走，边走边笑：“三十年河东三十年河西，你也有今大！”

有个高校考古系老师先加了我的微信，几分钟后，他说：“从你朋友圈发的内容看，你是个不折不扣的文艺女青年。”当我问及他的兴趣爱好，他给出了好长一串答案：“我只热爱考古，这是一项富有探索意义的职业，每当我修复完一件古物，那种快乐是什么都无法比拟的……”没等我想好该怎么接，微信提示音响了，他说：“我看咱们没必要见面了吧。”

有个家境优越、留学归国的富二代，每句话音刚落都伴随着无意识的翻白眼，他只挑绿色的菜吃，将自己描述成一个自立自强的好青年。看到他手里拿的最新款苹果手机，我提出能否看一下与老版有什么不同。他递给我，一个仰拍的女人屁股映入眼帘——这是他设置的手机屏保。

有个高知家庭的男孩，出于对其家庭教育的认可，我同意跟介绍人一起与他们全家吃一次饭。他话不多，全程笑脸作陪，在他父亲提出让儿子先开车送我回家时，其母亲迟疑地掏出车钥匙，疑虑地问了句："行不行啊？"等第二次见面，我便发现了种种不正常：目光呆滞、逻辑混乱。几番试探性地问及原因，他说都怪父母逼他看医生、吃药，如果不吃，父母就会比他还疯狂。又说怀疑身边所有人要害他全家，走在街上，觉得路人全认识他并报以可怕的嘲笑……

一个结婚前与100多个男性见过面的学姐如今有了幸福的家庭，我问她最大的感受是什么，她告诉我："走在马路上，看到很多人感觉很面熟，他们好像曾经和我相过亲。不过就算擦肩而过，谁也不会跟谁打招呼。"听罢，我们相视而笑。

相亲也是一门需要智慧的学问，短时间内必须判断出对方是不是自己喜欢的类型，有没有致命问题，然后根据情况展示自己性格的某一面。有时和盘托出、毫无保留，有时隐藏缺点、去粗取精，有时刻意释放向左的个性特质，以期吓跑对方。我学会了因人而异，那些见过一两面的他们或许也是如此，口口声声喊着不再相亲，却还是不忍拒绝那些忙前忙后为自己张罗的"媒人"们。

热心人的牵线，让本不该有交集的两人相识，尽管曾经离得很近，但大多不过是彼此生命里的匆忙过客，成了属于远方的陌生人。随着时间的推移，那些不堪回首的相亲经历终究会被忘却，无论如何也要重振旗鼓，坚信那个注定与自己相伴的人就在不远方。

缘起西大

这个题目在纸上搁置了整整一周，我一直酝酿着心中的感情，极力整合凌乱的思想，总想寻个恰当的环境，以便静静地言述与西北大学的情缘。家里太热闹，宿舍太嘈杂，自习室太冷清，或许那弥漫油墨香气的图书馆是最好的背景氛围,只可惜南校区的主楼图书馆尚未建成。不过，近日在阅览室里竟偶然找到了感觉，那缕淡淡的书香足以引发自己在西大一年多的心语。

在西大，我见证了夏秋冬春完整的四季变化。一棵梧桐，树叶由葱绿到枯黄；一株枫树，由红叶满身到凋零入土；一棵松柏，树梢由积雪到嫩黄；一株玉兰，由繁花锦簇到枝叶茂盛……植物在轮回着它们的容颜。转眼，已是来到西大的第二个年头了，身旁的景物又在悄然地变化着，不同的是树冠大了、树干粗了。

报考西大，不仅仅因为我和姥爷是校友的缘故。姥爷乃西北大学生物系 1947 级学生，我则于 2007 年进入文学院学习，和姥爷整整相差六十个春秋。由于西大这一共同的纽带，姥爷在我报到前夕高兴地展示了当年的毕业证。从老人的回忆中，我还了解到他走过的由学习到投身革命的艰难历程，这也使自己更加珍惜如今稳定的学习生活。

报考西大，更是因为西大有着悠久的历史和博大的名气。六十年里，西北大学在陕西的地位未曾动摇；历经百年风雨的西大，同样走过了曲折而艰辛的道路。

1952 年，全国院校调整开始。先是医学院从西北大学拆分出来，而后演变为西安医科大学，最终在 50 年以后中国又一轮的高校大调整时成了西安交通大学的医学院；接着，经济、银行、会计三系合并至兰州大学，外语系独立为西安外国语学院，英语系被划归到北京大学，民族系后来是西北民族学院的主干，还以师范学院和教育系为基础建立了陕西师范大学，法学院转为西北政法学院，财经学院转为陕西财经学院……一次又一次的拆分之后，到了 1962 年，这所后来被高教界称为“西北高校之母”的学校，只保留了中文、历史、地质、化学、生物、物理、数学少数的几个院系。她带着满身疮痍一步步艰难走来，却依然保留了自己的综合优势，终于重振旗鼓，跻身全国百所“211 工程”重点建设院校之列!

为了确保固执的我能如愿以偿实现单纯的专业梦想，爸妈和我选择了在陕西招收人数更多的西北大学。当满怀忐忑地在网上查到自己通过招生审核被顺利录取时，我便隐约地知晓未来日子将会烙上一枚深深的印记，其内容则是涵盖西大精神的暗语。

刚入校，我就经历了百年西大首次军训的洗礼。与同学们在一遍遍练习踢正步以求一致的同时，明白了什么是“公”；在清晨的“一、二、三、四”口号声与嘹亮的军歌中，体味到了什么是“诚”；在炙热阳光下品尝汗水酸涩的同时，懂得了什么是“勤”；在穿着浸满汗碱的绿军装席地而坐之间，知晓了什么是“朴”。“公诚勤朴”的四字校训，在校园很多地方都能见到，而它则更多地化作不同的理解折射进我的心灵。

《礼记》曾言：“大道行也，天下为公”。“公”则是公正、公平，以大局为重。不以一己之利牺牲他人，不以一方优势否定他人。西大奖学金的设置就囊括了这一点，优秀学生、优秀干部以及在其他方面有所擅长的同学都会得到获取单项奖学金的机会，从而支持大家全方位发展，以具备更好地适应社会的能力。

中国传统的四书之一《中庸》这样解释“诚”：“诚者，自成也，而道自道也。诚者，物之终始，不诚无物”。西大是一所允许学生发挥个性和创造力的综合性大学，尽管平日鼓励走出课堂、多方位地充实自己，但其考试制度却向来严格，每年因作弊而被取消学士学位的通告则为投机取巧者敲响了警钟。诚实无欺、真诚做事、真心待人的思想内核由此可见一斑。

古语说：“书山有路勤为径，学海无涯苦作舟”“业精于勤荒于嬉，形成于思毁于随”“勤能补拙，学可医愚”……大学阶段是闻鸡起舞、充实自我之时，确实需要用“勤”来常常鞭策自己。而今，西大正积极响应国家“阳光体育”的晨跑活动。这项强健身体的群众运动，也恰好成为督促大学生养成早睡早起、勤学苦练的一种简单易行的教育形式。

“朴”的本意是指未加工的木材，又有“敦厚质朴”之意。有些人总说西大很穷——学校建设了近五年，主楼至今仍未盖好。“什么时候能看到新的图书馆啊？”一届又一届的毕业生在拍合影照时发出了同样的感慨。然而，就在2006年“最受中国尊敬的十所大学”的排行榜上，西大恰恰位列其中，所获的评语是：“西北大学每年的经费排在全国高校150名后，但产出的成果却在50位之前。”如此高的评价足以激励每一位西大学子昂然奋进！

如果说一种植物代表了一种品格，那么被繁花簇拥的西大，其中盛开的紫藤与木香则是她最佳的代言——清幽而不招摇，花小却不平凡。它们或高居或盘旋，俯瞰着大地，不极力展示自己的美丽，却将缕缕清香送给众人。或许，这就是西大的品格！

生活在西北大学校园的我，不禁深深地感动于她厚重的历史底蕴、坎坷的发展经历和浓厚的学术气息，还有一代又一代西大人永恒不变的坚持：被中国教育部授予“长江学者”称号的舒德干教授发出的“我爱西北大学”的宣言，名誉校长张岂之先生在105年校庆之际回母校时提到的“难忘母校”的感慨，以及那些无数坚持在科研教学前线的教师们辛勤耕耘的英姿……

西大如同母亲一样，时刻关切地注目着我们的成长。我深知今后的人生定位将来自于四年的西大生活，这无法言喻的烙印终会悄悄沁入自己的一言一行、一颦一笑，正像忠诚敬业的老师们将西大独特的精神无私地传递给莘莘学子一样。

玉兰、紫藤、火棘、腊梅，永远以旺盛的生命力迎接着新来者，目送着远去者。校园里，一条走过无数回的路，穿行着一个个或背着书包、或提着水壶和拿着饭盒的青春身影；一个进入过无数次的借阅室，我们从中带出的知识丰富了原本困窘的精神世界；一间争抢过无数回的自习室，记载了大家几多考前的努力拼搏；一处等候过无数次的开水房，长长的队伍伴随着上课铃声而消散。

我非常喜欢观看大四学生穿着学士服拍毕业照的情形，学长学姐们脸上呈现出的自信情态令我无比神往。那些曾为誓言而努力挥洒的汗水、与同窗好友共同奋进的岁月以及在师长教诲下的成长，都化作了他们不同于初进校门之时的成熟眼神。

而我，则要继续着这份与西大的缘分，在她深邃而丰富的精神中练就着坚强和自信。我会紧紧抓住余下的学习生活时间，以梦想和实践做画笔描绘一幅美丽、多彩、青春的图画；更会在遥远的未来，捧着自己努力后的收获来感谢西大赐予的馈赠。

但愿到那时，西大也会如母亲一般，依然张开强健慈爱的双臂迎我归来。

持温西大情

离开学校的每个早晨，在我上班的途中，几乎都能看到西大的校车缓缓驶过。深浅蓝的车身、熟悉的鲁迅题字，开往我曾经四年学习生活过的地方。

四年前的夏天，我带着家人和老师的期许进入西北大学。报到时，爸妈陪我完成了一系列入校手续，看到穿着印有校徽标志 T 恤的高年级同学，我的内心没有丝毫归属感。我强睁着前一天在家哭肿的双眼，在文学院楼前留下了第一张照片。

这是我第一次离开家独立生活，任何事情都要自己处理，加之军训的辛苦，我十分不适应，想到家就难过落泪。开学典礼那天，阶梯教室里黑压压地坐了一片，来自全国各地的同学考入文学院，满载着心中的梦开始各自的大学生活。

还记得宿舍临睡前的侃侃而谈，还记得防止校园里迷路而画的简易地图，还记得社团活动的缤纷多彩，还记得见到知名教授的激动心情，还记得食堂打饭的长长队伍，还记得考前自习占座的疯狂行为，还记得考研还是工作的疑虑困惑，还记得散伙饭上的东倒西歪……

曾经多少次代表西北大学参加活动：招生宣传、三下乡、合唱比赛、志愿者……每一次都提醒自己此刻不单代表个人，而是一个群体。在不同的场合，不同的人询问我就读于哪所大学，当我道出“西北大学”后，人们大都会投来歆羡的目光。

我满意于自己所学的专业，因为它是与西大同步发展的。2008 年 10 月以来，西大校友贾平凹、迟子建同摘第七届茅盾文学奖桂冠，年底召开“西北大学作家群研讨会”；2009 年 3 月，雷抒雁诗歌朗诵会在西安人民剧院成功举办；5 月，我校作为第二届中国诗歌节论坛的主会场之一……如此众多的文学盛宴接踵而至，让这所百年学府处处弥漫着文学的气息。

回想这四年，我过得十分充实。从未放松任何一门课程的学习，更没有无故缺过一节课，通识选修课也认真做笔记。直到大四的最后一堂课，也依然静心享受学习的状态。与此同时，我是各种演出、实践、讲座的常客，希望从中获得一种阅历，让生活变得丰富多彩。在这兼顾学习与课余活动的过程中，我懂得了倾听，学会了谦让，更明白了团结的价值。我喜欢和不同的人交流，从老师到学生，还有校园里的保安、打扫卫生的阿姨、食堂做饭的师傅、饰品店的老板……听他们对生活的不同感触，激起我思维的火花，有时也会从中获取力量。安静下来，我会背着写作本在自习室或图书馆将平日脑海中一闪而过的想法倾注笔端。

大四最后一个学期伊始，我认真重读并精心修改了曾经写下的文字。它们饱含着我从父母呵护下走进大学以及初入社会的心路历程，每一篇都会令我回想起落笔之间的情景，也许这就是文章的妙处。我的第二部文集定名为《缘起西大》，近日将由三秦出版社出版发行。之所以定名于此，是因为我感恩于西大给予我的一切，无论成功、荣誉，还是挫败、伤害。我很幸运，一路得到了许多人的提携帮助。结识了不少西大人，同时他们深深地影响着我。

转眼之间，入校时的小树已经连荫，毕业论文答辩已经结束，我也从校园活动的参与者渐渐成了局外人。五月份，我进入了所签的工作单位实习，成为一名劳动者。离校手续全部办好之后，我就要告别西大，融入更广阔的天地了。

西北大学就读的四年，我迷茫过、绽放过、失意过、坚持过，这里承载着我成长的过程，这些经历也是我人生的一笔宝贵财富。看照片的时候，在不经意的表情中明显可以发觉自己气质的变化，不言而喻，这是在西大锤炼而成的。

明年，母校将迎来110周年的生日，很遗憾自己不能够亲历校庆的始末。一百多年来，西大培养了一批又一批的莘莘学子，见证着每一级同学从入校时的青涩到走出校门的成熟面庞。无论何时毕业的西大人相聚在一起都会无比亲切，因为彼此都将自己最美好的时光留在了这所朴实庄重的百年学府。

常常一个人在路上，可并不觉得孤单。因为我深知，自己身后有很多热心人的支持与关注。但愿不论何时，我依然能保持真诚的做派，去触摸阳光的温暖。

临别之际，真想再说一声："我爱你，西大！"

青春浐灞

五年后的盛夏，再次回到西安浐灞生态区，不由感慨时光的流逝。在浐灞，也许没有哪个时间比 2011 年迎接的年轻人更多。西安世界园艺博览会举办的 178 天里，1.3 万名世园会“小蜜蜂”为 1500 多万名游客提供了志愿服务，而我也作为其中的一员，在广运潭见证了 15 次的夕阳西下。

2010 年世博会期间，我们全家去上海参观，大学生志愿者专业友善的态度给我留下了深刻的印象，期待着有一天自己也有机会体验一次志愿服务工作。那年底，当得知西安世园会面向高校招募志愿者的宣传大篷车开进了西北大学，我毫不犹豫地报了名。各院系通过笔试、面试，学校从 4137 名报名学生中选拔出 500 个学生代表，经过前期理论和实地培训，西北大学志愿者将于 2011 年 5 月 23 日至 6 月 7 日“上岗”，负责每天下午 3 点至晚上 10 点的园区服务工作。

那一年，我大四，十分珍惜最后一次代表母校参加社会活动的机会，却在此间面临着工作与志愿服务冲突的难题。与单位沟通之后，我做出了“连轴转”的决定：上午 8:00-12:00 上班，中午坐车赶到学校，下午 1 点跟车统一出发，晚上 11 点回到宿舍……没有双休日，没有体力缓冲期，辛劳程度可想而知。和我一样，学弟学妹们的所有课程也都安排在上午。

连续的日晒雨淋，却丝毫不减我们对世园会服务的热情。

世园会志愿者被称为“小蜜蜂”，衣着装束由黄、白、红、灰四色构成，这个名字也传递出辛勤劳动、无私奉献的品质。设想在繁花丛中，志愿者们忙碌地穿梭其间，还真有蜜蜂采蜜的感觉。有一次，一个背着蝴蝶翅膀的小女孩从我的岗位前走过，身边的导览员说：“看，你的同类！”在孩子的眼中，“小蜜蜂”是个有趣的名字，我们不止一次被孩子们追着喊道：“小蜜蜂！小蜜蜂……”每一句都伴随着手臂的上下挥动，模仿着蜜蜂扇动翅膀的模样。

我所在的岗位在自然馆排队入口处，负责为游客解答问题。而这些问题五花八门，却也相去不远。“排队需要几个小时？”“什么时候排队人少？”“自然馆里有什么？”“XX 馆怎么走？”“最近的出口在哪里？”“在哪里坐电瓶车、租自行车？”“最近的直饮水在哪？”“晚上花车巡游、水幕电影的上演时间？”……起初因为不熟悉业务，我时常会拿出地图查找。后来，园区各个方位有什么全在我的头脑里了，也变得愈发专业起来。我们不住地提醒游客：“排队需要 X 个小时，自然馆内最高温度 45 度以上，请您考虑自己的身体状况安排参观时间。”

不同的岗位由不同的小组负责，志愿者实行轮班制度，平均一小时轮一次岗，不在岗位的时候大家就在每个区域的休息室里休息，每次大约 15 分钟。自然馆的休息室设在地下一楼，相较于室外的炎热，那里十分凉爽。地下室里有桌椅、饮水机，低年级的同学把课本和作业带去，利用休息时间学习功课，我则修改毕业论文，还有的看书、用手机上网。志愿者来自不同院系和不同年级，大家时常放下手中的事情谈天说地，在共同的“小蜜蜂”标签下，年轻的心贴得更近了。

20 岁左右的年纪，看待一切事物仿佛都无比清亮。我们容易执着于一些事物，并且持之以恒，不辞劳苦。尽管每天下午到晚上几乎一直在户外站立工作，但谁也不曾抱怨，只为践行当初郑重签下自己名字的承诺。

如果不请假，志愿者每天会得到一枚徽章，大家把它们别在胸牌的带子上。一天中，休息室里最沸腾的时刻便是发徽章的时候，拿到一枚新的徽章，仿佛是对自己一天辛苦工作的肯定与奖赏。长安大学负责前半天的值班，我们每天来到园区与他们对接换岗时，总要仔细打量比较一番对方的胸牌，推测着今天发的徽章会是什么样子。

除此之外，园区特许店和各国展区还售卖其他造型各异的徽章，几天下来，几乎每个人的胸牌带子上都被大大小小、五颜六色的徽章挂满了。它们大都是金属质地，很沉，但的确好看。志愿者胸前的缤纷色彩也成了园区一景，不少游客因为徽章漂亮而提出合影的请求，还有人询问从哪里可以得到，能否送他一个。据说有位徽章最多的志愿者还曾被游客“围攻”，并且遭到了投诉，起因于一些小朋友问他索要徽章而不得。

园区里还有收集徽章的发烧友专门和志愿者交换徽章，他们或戴着缀满徽章的帽子，或拿着一串挂满徽章的带子。集合前的半小时，志愿者、营业员、徽章发烧友将特许店挤得水泄不通，那里是每日换徽章的交流场所。小物件没有高低贵贱之分，只要双方愿意，彼此各取所需。当谁得到了自认为十分值当的交换，总忍不住向同伴炫耀着成果，这种喜悦感足以延续好几天。

最后一天，我们终于集齐了所有徽章——印有“微笑、耐心、荣誉、热情、勤劳、坚强、真诚”字样的彩虹色水滴章，感动章、金蜜蜂章、五月章……越发沉甸甸的丝带上被徽章缀得满满，是纪念，也是坚守岗位得来的荣耀。

自然馆恰对着广运潭，每晚的音乐喷泉配合着各种灯光效果为辽阔的水域增添了青春的活力。休息的时候，我们常常面对彩色的水雾出神。离开了大学的象牙塔,前路对于20出头的年轻人来讲犹如那美丽的喷泉，一时间打破了水面的宁静，随着音乐激起澎湃的水花，美轮美奂之余，却有些虚无缥缈，而青春也许就是那一瞬迸发的激情。

为期15天的志愿服务，对很多大学生来讲是第一次与社会接轨的工作经历。在这里，我也初步完成了由学生向劳动者的转型，懂得了坚守岗位的重要及团队力量的伟大。在生态浐灞的花丛间，青年们挥洒过自己的青春热血，将20岁那年对未来的期待与困惑留在了这里。

如今，当年的小树已经连荫，昔日红黄相间的道路也被时光浸染得不再明艳。而荷花池的粉色荷花依然娇艳如初，晚间的长安塔还是赤橙黄绿青蓝紫的璀璨灯光，一切都是那么相似，但总感觉少了些什么。只要踏上这方土地，那首世园会中循环播放过无数次的歌声便萦绕在心头：

“畅想在翠玉单香，草木丰美的乐园。这一派春和良辰的美景，实在是让人留恋。有你参与的世园，为你记录这座城市，每个流泪感动的画面……为你奉献的世园，为你描绘出无与伦比的明天。”

那些与我一起在浐灞奉献过青春的“小蜜蜂”们，如今还好吗？

纯净

尤其爱看孩子的眼睛，明澈的双眼没有一丝杂质，纯净透明。

遇到可爱的孩童，我从不逗他们，只喜欢静静地与之对视，任那双纯净的眸子好奇地打量我。不同性格的孩子会表现出不同的状态，有安静，有胆怯，有按耐不住，有着急发狂。大多数，都只会睁大眼睛看着我，然后很快转移自己的注意力。

他们无所想，只想看看我在干什么，或者心里觉得这个阿姨好无聊。

在孩子的心中，从来就不把自己当做孩子。

他们有自己的想法，甚至会觉得身边的小朋友幼稚发傻，认为自己力大无边，唯一的阻碍就是没长大。只要长大，就能靠一己之力赢得一切想要的东西，成为自己渴望成为的人。

可是，他们依然纯净。这纯净或许源自单纯的理想，源自父母为其构筑的梦幻前景。

理想与现实的转换间，往往太过生硬。不知从什么时候起，那份伟大的憧憬变得越发世俗化。

记得小学三年级的时候，老师让同学们在一张小纸条上写下自己未来想要成为的人，然后交上来。科学家占主流，也有写教师、明星的。一个素日表现平平的女孩子写：“国家主席”，老师专门叫她站起来解释。她十分坚定，无论目光还是语气。那种坚定让我至今记忆犹新，可是班上的同学们已经对她嘘声一片了。我回家告诉爸妈，说这位同学的想法是多么理想化，根本不可能实现。先是女的不说，她的家庭环境也无法送她成全自己的。妈妈问我写了什么，我说只是一堆爱好，爱看书、爱画画、爱唱歌、爱跳舞。因为我觉得理想只是嘴上说说，以后成不了会让人笑话。

那时我只是一个三年级的小学生，从什么时候开始有了这种转变至今都觉得诧异。也不记得自己缘何在这时就没了儿时的画家梦，也知道了画画不可能成为今后固有的职业。如今想来，我无忧无虑的童年似乎结束得比同龄孩子早些。

背负了太多的期望，与很多乖孩子一样一步步按部就班地完成了九年义务教育，读了高中，考上大学，进入人们普遍认为稳定可靠的国有企业，开始了自己朝八晚六的工作。日子平淡得令人害怕，但又不得不日复一日地重复，只为了挣得能够养活自己的酬劳。

朋友曾在 QQ 上回答我的追问。——人为什么要工作？为了挣钱。人为什么要挣钱？为了买漂亮衣服。人为什么要买漂亮衣服？为了打扮自己。人为什么要打扮自己？为了自己开心，也让别人高兴。

那么，是不是可以推出这样的结论，人工作，是为了自己开心，也让别人高兴。事实上，很多时候，我们都不开心，至于别人，也许一些人是因为我们的做为而高兴的。

我依然在思考自己的理想从何时起变得世俗。这世俗，并不代表不好，只是失去了孩子对这个世界无所畏惧的纯净目光。最根本的，还是源自中国式的教育。我的老师只是好奇地发问有如此远大志愿的女孩，用略带笑意的语言调侃希望她成为新时代的武则天。这样的话语更加剧了班上孩子对她的嘲笑。这哄堂大笑伴随着女孩满脸通红地坐下，又意味着她要承担起多大的勇气。一意孤行，奋发努力下去，又或者，早被别人数落得体无完肤。可惜的是，这个女孩连高中都没有考上。上个月得知，她已为人妇，也不知做什么工作。

于是，人们会用类似的教训去告诫孩子，想问题干事情一定要现实，不要怀抱各种不切实际的幻想。正如当年梦想成为国家主席的女孩，最终还是成了普通的家庭主妇一样。

可是，没有幻想并为之努力过的人生又何尝不是一种平庸？我的那位同学至少敢于直视自己的理想，并在最纯真的年华迸发过为之努力奋斗的勇气。长大的我羡慕她，羡慕她没有早早地失去内心的纯粹，不像我，过早地步入了大人们认为的现实。

但愿她在以后教育自己孩子的时候，能够鼓励他朝着个人的目标勇敢前行，怀抱纯净的心灵长久一些，尽管终究会遭到现实的冲击。怕就怕这个孩子意识到不能事事如意时，会受不了当头一棒的打击。从这点上说，是不是早一些变得世俗会好？

春天的美丽

樱花盛开的日子，周末和友人相约去听交响乐，艾伦·科普兰的《阿巴拉契亚之春》和维尔瓦第的《四季》。乐曲的轻重缓急与不同乐器的搭配运用，体现了春光普照下或宁静辽阔、或沸腾勃发的场面。

充满画面感的音乐让我不由联想起过去的日子，那四季分明的心路历程。尽管我的解读与一般意义上的音乐表达大相径庭，但我的确深受感动，闪现着自己生活的途径。任何事情，如果换一种方式去做，会不会是另一种结果?

春天里小心翼翼地搜寻着彼此爱的心意，像破土的小草一般，鼓足勇气说破双方心知肚明的蜜语。尽管相距遥远，也要每天分享生活的点滴。那时，从未想过今后如何能在一起。

很多话，说到一半，但彼此都懂，体会到了从未有过的默契。我在电脑上看电视剧，随意看了《新西游记》女儿国那集：唐僧离开后心神不宁，让猪八戒为他背一段心经，猪八戒推给孙悟空，孙悟空又推给沙僧，实际他们三人都不会背，唐僧无奈地叹了口气。我关了电脑，不出半小时，他发来心经的全文。我惊住了，问他为何要发这个：“唐僧徒弟不会背，原来你会啊？”他说只是突然想起来发给我，让我存在手机里辟邪，他也觉得太神奇。去年春天的那晚，我们认为这是多么地心有灵犀。

谁也舍不得放弃现有的一切，我们败给了距离。换种方式想，或许牵绊太多，或者我们爱得还不够深吧！于是，开始误解，开始怀疑，进而冷战，进而置之不理。与此同时，彼此的工作也面临着新的挑战，都陷于从未有过的境地。

音乐会回来那晚临睡前手机上网，突然看到辅导员老师发布了大学《马列文论》的任课老师时晓丽当日下午去世的消息。不知正值中年的时老师因何病倒，印象中那么健康有活力的人怎就突然离开了我们呢？

大学里，理论类的课程较之其他文学科目显得枯燥无趣，同学们大都不那么争先恐后。记得有同学说，时老师的心理承受力真好，下面都看别的书，可她依然全情投入地讲课。那学期末，我稀里糊涂地答完卷子，不知是好是坏。一次见她，她说我考得很好，90分——这是上大学最令我诧异的高分数。

谈起我和时老师相识的渊源，说来也是种缘分。刚入校，院里组织新生在阶梯教室组织师生见面会，院长向大家介绍全院的老师。我恰巧坐在时老师身后，便认真地打量着她，心里对比着大学教授和中学老师的区别。大二帮辅导员老师组织08级迎新大会，我坐在讲台的一侧播放PPT，时老师作为教师代表发言，讲述大学应该怎么学。大三的马列文论课堂，时老师走上讲台，咖色的包里装着满满的书，脖子上搭着一条驼色围巾，这一身咖色系的装扮透着知识分子的端庄气质。课后，我帮她收拾多媒体设备，她说我头发收拾得精致，还说看我面熟，还十分认真地问我怎么盘头发。

不知何故，从去年开始，我常常无缘无故地心悸。得知时老师病逝，我更是辗转反侧，脑海中闪现着她在讲台上的一幕幕情景。关了手机，躺在床上，往事历历浮现，怎么也睡不着，心想第二天一早打电话询问情况。凌晨三点，又不自主地打开手机刷了最后一次微博查看消息，这才不安稳地昏昏欲睡，却又一小时醒一次，直到早上 8 点。洗漱完毕打电话给院领导，书记说他们现在就出发去时老师家里，我可以同他们一起过去。

我大学毕业那年，正逢时老师作为交流学者赴美考察实践，我和时老师近三年没有见过面，谁又能想到年纪轻轻的老师就这样去了呢？据说是因染发诱发了哮喘病发作，从而导致心脏骤停陷入昏迷，在重症病房抢救了一周，却最终没能挽回年轻的生命。时老师的家中布置了简易的灵堂，和文学院领导老师一样，我恭恭敬敬给时老师的遗像上了三炷香，轻烟悠悠盘旋至书香满溢的屋顶，我的泪水止不住地往下掉。

周二，我特意请了假，起了大早前往殡仪馆为时老师送行。追悼会上，她丈夫讲述了两人相识相恋、相知相守的经历，还有春天发生的故事。原来，时老师是在外地成家后，自己先来西安打拼，之后丈夫才调来落户。我能想象到她是多么珍惜这个亲手筑成的小家，原以为会牵手度过每一个春天，却在美丽的年纪戛然而止了生命。听了时老师丈夫的一席话，很令我动容，甚至联想到了自己。在生命面前，似乎什么都显得不那么珍贵。

在向时老师的遗体告别之际，播放着《春光美》的歌曲。前奏悠扬的笛声一出，白色鲜花布满的灵堂瞬间仙气起来——

“我们的故事，说着那春天，在春天的好时光，留在我们心里。我们慢慢说着过去，微风吹走冬的寒意，我们眼里的春天，有一种神奇。啊，这就是春天的美丽。”

婉转的歌声暖至心扉，句句歌词涵盖了美丽的往事。三年来，没想到是在此情此景再一次也是最后一次见到时老师，并且是第一次见到她画着这么浓重的妆。岁月的时光定格在她不到50岁的脸颊上，屏幕上滚动播放着她不同时期的照片，却没有我记忆中忘情投入讲课的形象。也许，那些画面将会一直深藏在我们的回忆里吧！

大二的春天，我结识了一个朋友，和她相识在玉兰花开的季节，那时的她正纠结着要不要接受一个男孩的感情。两人出自同一个院系，男孩家境一般，但对她非常好。我问她，你喜欢他吗？她说喜欢，只是有些顾虑。两个月后，他们走到了一起，她专门带他认识我。看到他们甜蜜的样子，我也很高兴。后来，女孩工作了，男孩被保送了研究生，陷入了异地的状态。他们共同开设了一个博客，男孩每天发博文介绍自己的动态，表达对女孩的爱意和思念，女孩也偶尔会添上几笔。偶尔，我会访问他们的小空间，读那些甜蜜的文字。看到他们逐渐筑起自己爱的小窝，为明天的相聚朴实地努力着，我的心也跟着温暖起来。

春天里，气温回升，万物复苏，植物开始萌芽生长，花红柳绿，满园春色，人们也有了精神。春天有足够多的美好意象引人共鸣，春雨、细雨、花瓣雨，和风、清风、杨柳风，草香、花香、泥土香……任何一个单拿出来生发联想都会显得那样别致。春天的等待平添了一层浪漫的诗意，思念随风化作春雨，情感的衬托，使得春天有了别样的美丽。或许，是时老师轮廓定格的美丽，是情侣幸福沉醉的美丽；是孩童眼里风筝高飞的美丽，是受伤病人痛处新生的美丽。

我们还能记得多少春天的美丽呢？

尚好的青春

汉白玉雕像，稚嫩却坚毅的面庞……七十多年前，八路军小号手崔振芳一人独守山门，用120多颗手榴弹炸死了数十名日寇，最终在此光荣殉国。那一年，他才刚刚十七岁。黄崖洞保卫战历经八个日夜，毙敌2000多人，以敌我伤亡6比1的辉煌战绩创造了中日作战史上前所未有的记录，殉国的43位烈士长眠于青松翠柏掩映的烈士陵园。他们本该拥有更完整的人生，却在尚好的青春里定格生命。

硬红的石英砂岩、页岩组成的山岳切出道道峡谷，连绵几十公里。地壳运动带来的巨大能量使得峭壁拔地而起，形成了天然的山门屏障，由东进山只有“瓷圪廊”一条唯一的通道。特殊的地形条件使其在抗日战争时期成为华北敌后最大的兵工基地。在崖内陡壁的半空中，有一高25米、宽18米、深72米的天然石洞，石洞口小里大，沿直立的梯子攀爬方能进入。这便是黄崖洞，曾作为八路军兵工厂的物资和弹药仓库。

一座拥有悬崖、峰峦、叠嶂、岩洞、流泉、瀑布的壮丽河山，在战争时代被赋予了一重新的使命。与此同时，正青春的热血青年也因为战争走向了不一样的人生。

此次跟随全国首届青年散文大赛采风团来到位于山西省黎城县的太行山战场，我们脚下的每一寸山石土地都可能留下过斑斑血迹，不敢想象青山秀水下曾经被鲜血浸染过的悲壮画面。那时，日本帝国主义的武器装备已领先世界，而我们的军队只能用杀伤力甚微的枪支弹药对抗其十足的火力，甚至还得用大刀长矛与敌人展开肉搏……望着蓝天白云映衬下的葱笼绿意，我在想，视死如归的年轻战士们难道不留恋这美好的世界么?

深处于大山中的黄崖洞兵工厂对面，有一所依石壁而建的简陋土屋，房顶仅用茅草、防水布搭成，上面覆以碎瓦片固定不致被风吹落。这座房子的背后，是几间高低错落的砖砌房屋，因长久不住人而显得有些破败。土屋里住着一个老太太，我路过的时候她正无比淡定地点燃同行人购买的六支冲天炮仗。噼噼啪啪的声响震彻山谷，她家门口腾起阵阵白烟。嗅着火药的气息，我走近了这间小屋。房外最显眼的地方挂着几个大相框，其中两个是政府颁发的奖状和烈士证书，门口支了一张小桌，摆了几样小商品售卖。老太太身着蓝色粗布衣站在一旁，继续抽着用来点炮仗的香烟。

以老太太的年龄推算，1941 年保卫战爆发的时期她还是个孩童，她的父辈或是兄长用生命捍卫了兵工要地，成为 43 位烈士中的一员。而她却舍不得离开这片土地，或许住在这里，仿佛能够离过世的亲人更近一些。身为烈士家属，她在不知不觉中成长到亲人定格生命的年华，然后自己青春逝去，花容不再，用余生继续守护这座大山。

沿着山路前行，我不断回看各个角度的风景，一派水色山光、云卷云舒，透出无限宁静安详。日寇没有侵犯前，这里应该也是这般祥和的景象吧？大自然的鬼斧神工造就了如此壮美明丽的风光，谁又能忍心让它落入敌手，被铁蹄践踏，被烈火笼罩，被烟雾弥漫，被鲜血沾染，被尸骨沉积呢？也许，保卫美丽家园不受侵害是战士们扛枪上战场最简单而神圣的理由。

黄崖洞保卫战之水窑口战斗中，敌人连续进攻四天，伤亡近千才突破几百米。情急之下，他们使用了杀伤力最强的火焰喷射器和燃烧弹。我军特务团八连八班班长王振喜率领战士一跃而出，带着满身烈焰向敌群猛烈射击、投弹、与敌肉搏，直至壮烈牺牲。战士温德胜举起最后一颗冒着烟的手榴弹冲向敌群，与敌人同归于尽……为了家园安宁，为了民族尊严，无数勇士们在各自的战场上浴血奋战，用生命铺就了一条通往新生活的道路。路的那端不再有战争与牺牲，最终回归于他们儿时记忆里的宁静故乡，这是属于和平年代的纯净怡然。

带着对美好明天的殷殷期望，先烈们尚好的青春在战火中终止，换来了一代代年轻人对于青春自由选择的可能。他们用火热生命打下的红色烙印，化作飘扬在小学生胸前的红领巾，这光荣的红色闪耀在每个孩子的童年，并影响未来的一生。

摔跤梦不灭

不久前，由于撰写陕西省摔跤队奠基人、国家级摔跤教练陈建虎的传记，我得以接触到了不同时期的摔跤人。其中，有著名的冠军、教练、裁判员，有离开摔跤领域却仍然心系跤坛的商人、工人、公务员等。后者之中，很大一部分人没有赶上正式恢复该项目比赛的好时候，终因年龄关系和生活所限远离了体育。而成为一名真正摔跤队员的梦想，是他们过去、也是后来持之以恒的践行。

起初，搞文的我对这个略冷门的体育项目一无所知。没有实地观看比赛训练之前，给予我摔跤启蒙的，竟是几位六十多岁的伯伯。他们是陈建虎三十出头当中学教师时所收的弟子，是他的第一拨老徒弟——王顺安、张国权、吴应洲、吕利利……

当我问及摔跤基本功，他们说自己一辈子都不会忘记那些做了成千上万次的动作。这些动作的名称很怪，口语化的词汇很多，我让他们将其写在纸上，试探性地提出是否可以把动作大致演示一下。身材瘦小的吴应洲主动请缨，在楼道的瓷砖地上按顺序分别做得近乎到位。看到六十多岁的他依然保有如此好的身手，我惊讶得目瞪口呆。

时间倒回五十年前，上世纪六十年代末这些花甲老人还是十来岁的学生。在全国陷入武斗混乱、比赛被迫中止的情况下，摔跤名将出身的陈建虎私下计划组建业余“中学生摔跤队”。一时间，消息传遍了西安城，很多人慕名前来拜师学习。中学生摔跤队里不止有学生，还有工人、农民、干部。体育运动面前，没有地位等级差别，每个人都是平等的。

每天凌晨四点，男孩子们早早来到学校，在操场做热身运动，一丝不苟地跟着陈建虎学习摔跤基本功。无论严冬酷暑、风霜雪雨，日复一日坚持训练，从未松懈。他们在曲江寒窑附近就地取材，在类似坟堆的高地上练“跑坟”，即沿着坡地往上跑，将要到达高点时身体突然反转，一条腿随之后踢，两腿之间至少呈180度，另一条腿着地不倒方算成功，这样的动作一天要练上百次。学生们根据体重配对，每个人根据自身情况从中选一个拿手动作强化训练。陈建虎经常说：“过去外国人把我们叫做东亚病夫，说我们身单体薄、面黄肌瘦、形同病夫。到了这一代，一定要锻炼体魄，增强身体素质。现在虽然没有机会参加比赛，但将来总会有用得上的时候。我们做好准备，总有一天会为国争光，在世界运动场上展示中国人的风采。”

渐渐地，昔日以防身为目的训练的学生开始从心底喜欢摔跤这项体育运动。有了对未来的期待和憧憬，尽管每天大汗淋漓在操场、苜蓿地里滚得一身土，但他们的身体素质提高了，技术水平长进了。连一向严厉的陈老师都说，这批人都初步具备了专业运动员的水平。后来，不论陈建虎工作调动到哪里，这些老队员就始终追随至哪里。他们有的已经工作，但依然利用业余时间从事着摔跤运动。

那个年代，尽管没有比赛，他们却不放过每个展示摔跤项目的表演机会。逢年过节的广场公园，号召劳动的田间地头，都有过这群青年的身影。这项接地气的民间体育项目从此回归于人民大众的生活视野，这种表演更是一种宣传。陈建虎告诉徒弟们："只有打破了人们对摔跤运动的偏见，扩大其影响力，我们所钟爱的摔跤事业才有可能重新恢复成为正规运动会的体育项目。"

为了成为一名真正的运动员，为了实现心中向往已久的冠军梦，这群热爱摔跤的青年认真地对待每一场表演性比赛。不论土地、草地、麦场、戏台，还是砖地，每当他们换上老师的摔跤衣，便开始把自己想象成运动场上拼搏的运动员……

1983 年 9 月 16 日，在省体委"陕西体育要打翻身仗"的号召下，陕西省摔跤队正式成立了，陈建虎带着后生们组建起了正规的摔跤队。遗憾的是，昔日那群在田间地头燃起胸中梦想的青年们早已因各种原由离开了心爱的摔跤事业。然而，当他们看到师弟们参加省级、国家级甚至国际级大赛，且凭借自己的实力站上领奖台，真正为陕西、为中国争光添彩的时候，他们始终心心相连、情有独钟。每一次庆功、每一次师生联谊会，甚至在训练困难时筹资捐款，只要与摔跤有关的事情，他们都义不容辞地忙前跑后。尽管没有将摔跤作为终生从事的职业，更没有机会在跤场上证明各自的实力，可他们年轻时扎根于心底的那份炽烈的挚爱却从来未曾改变。

采访中得知，这几人退休后起初计划开办一个摔跤俱乐部，但由于经费限制及缺少核心组织者等原因没有付诸实施，不过，他们还在为这个梦想努力着。大家常说，摔跤是师父陈建虎为之奋斗一生的梦想，是他将这份梦想传递给了一代代的摔跤人；不论花甲还是弱冠，他们也心甘情愿为之奋不顾身。也许，对于他们而言，摔跤不单单是一项体育运动，更是一种梦想的寄托，是在逆境下坚定信念、顽强不屈的奋斗精神，是队友间相互托付生命的充分信任，是最纯粹持久而永恒的情感回忆。

我惊奇地发现，不管离开或从事这个行业多久，只要一提起摔跤，他们每个人的眼睛都会透着光——那是属于梦想的光芒。

（据 2016 年 8 月 5 日《陕西日报》：我省青年作家段路晨创作的体育题材长篇纪实文学作品《跤坛谱春秋》由三秦出版社出版发行。作品反映了陕西摔跤队创始人、国家级摔跤教练陈建虎的一生，以及他在经历年幼落孤、骨癌截肢、中年丧子后，为摔跤事业无私奉献的事迹。作者历时一年半采访 100 余人，通过亲自深入主人公生活实地走访，查阅主人公生前影像、文字资料，时间跨度 76 年，共计 30 万字。全面描绘出新时代“体育之家”的荣耀、平凡和悲伤，侧面展现陕西省摔跤事业和中国体育事业的沿革变迁。）

28 岁危机

终于，我长到了尴尬的 28 岁，这曾经惧怕过无数次的年龄。

人们说，这是女人的一个坎，标志着皮肤的衰老，体力的下降，自身的美丽也绽放到了极致，从而由盛转衰。

在这个可怕的年纪里，我冷静地发现自己居然变成了曾经不理解、甚至不喜欢的那类人。这种印象来源于单位里那些早工作几年的姐姐们，对新事物提不起兴趣，对新人态度冷漠，甚至连照面时都挤不出半点笑容。几年后，我也在不知不觉中变得对新人新事不那么感兴趣，再也提不起精神去关心单位新进的同事，好像一切变化都与我无关。直到某天，在楼道里碰见隔壁部门来了半个月的实习生，她友善又青涩的眼神触到了我目不斜视的冷漠眼睛，我才猛然意识到这种变化的可怕。从她那炽热的目光中，仿佛看到了刚参加工作时的自己，可是，我还是没有开口问她姓甚名谁。

时光带走了什么，又带来了什么？

四年后，我住在刚工作时宿舍附近的酒店里，开始了我为期 45 天的巡察工作。报到那天，我望着从前住过的跳水馆出神。多少个周末，因为无法忍受宿舍没有窗户的潮湿环境，我不得不选择在晴好的天气里外出晒太阳。那时，走在人工湖的岸边，望着围墙外的高楼，多希望有朝一日可以居住在明亮的房间里，当某一天，自己的收入可以够得上房租的费用，在此之余，可以生活得足够安逸。

工作第一个月，700元的收入，兴奋地打了很多电话。所有人都觉得莫名其妙，因为实习期的工资实在少得可怜。而我生活在西安，这个最低工资在1500元上下的城市里。

一千上下的工资拿了整整一年，我没有其他过多的开支，每个月除去日常开销，居然还可以攒下几百块钱。那间没有窗户的黑屋子是我攒钱的源头，那里，先后有过三个舍友，她们每个都大我几岁，比我早几年面对生活的种种变化，承受着来自外界对那个年龄的女人固有的压力。她们常常会莫名其妙地一言不发，会在打电话时因为一言不合狠狠地摔掉手机，会在小长假把自己闷在宿舍的小黑屋里哪儿都不去，直至昼夜颠倒。

那几个姐姐是在初入社会时给予我无私解答各种困惑的朋友，也是这个陌生的城市中最亲近的倾诉对象。总是不理解她们口中相差几岁心理状态怎么会产生如此大差异的原因，不理解她们略显古怪的沉默，以及操着家乡话跟电话那端的父母又哭又叫的表现。20出头的年龄，我的生活中只有工作，似乎这将给予我今后的一切，以及好像随时触手可得的安全感。

从不在意她们的忠告，从不认为成家迫在眉睫，从不珍惜身边向我示好的男孩，也从不将谈恋爱这件事情列为生活中的重中之重。时间过去了四年，今天，我依旧因为工作关系与当年居住过的地方相遇，仿佛，也与那时单纯的自己相遇。可悲的是，我的生活依旧只有工作；可喜的是，我已经成为真正意义上的城市人，尽管独立的户口本上只有我一个人的名字。

近几天，高强度的工作使得我没有一点跑题的机会，结束了一天的工作，坐在房间里，看窗外的路灯一同亮起，映照出道旁鲜绿无比的树叶。成片的新绿一直延伸到路的最远方。从前，在跳水馆围墙内，我并不知道这里其实有个街心花园，也不曾从高处看到过直通南北的城市森林。而今，每到夜晚，我会关了房灯站在落地窗前凝视那美丽的夜色，看稀疏的车流，以及夜色下的静谧城市。几度，我竟会涌起丝丝酸楚。

宿舍的姐姐们一人闪婚，一人辞职不知去向，还有一人离职后找到了人生的归宿。我见证过她们尴尬的 28 岁，也很快到了这个尴尬的年龄。评判一个女人成功与否的标准悄然间变成了婚否或者是否为人母，相熟的、不相熟的人们见面三句不离成家的话题，每个人都会若有其事地询问你的标准，并对你的另一半该是怎样的加以判断。人们大都停留在口头关心，也有人乐此不疲做媒的。每一次应对，都伴随着无奈，这像心头的一块石头被一次次地加压，压得我们喘不过气来。

一个人的自由就是可以去做想到的一切，不过要习惯一个人。独处中的静默，听空气流动的声音，周末一整天不说一句话，做饭、吃饭、看书、看电视，只能在下楼买东西时说出所要食物的名字。

其他同事不住酒店，不管多远都要回家，而一个“反正你回家也是一个人”可以成为领导要你留下加班的理由。也对，反正回去也是一个人，何苦第二天起大早再赶来呢？

累到什么都不想做时，一种莫大的孤独感也常常袭来。28 岁，孑然一身，看不到事业的方向，找不到托付生命的对象，回忆起从前的无忧无虑，很想念那个能量满满的自己。前途的迷茫令我懒得关注与已无关的事情，因为连自己的未来都是个未知数。他人的关切也令我懒得再三回应自己的生活，因为局外人永远不理解这种心理落差。从小，以学业优秀为荣、以出色特长为豪的女孩步入他乡，却在特定的年龄被突然更换了评价标准，烦恼与无助接踵袭来，如何逾越心理的鸿沟，成了28岁女人急需面对的难题。

一部分人继续坚持自我，成了他人眼中不食人间烟火的“仙女”；一部分人转向偶像崇拜，把男明星当做自己精神上的“老公”；一部分人选择沉默，变得性格孤僻、难以接近。男权社会下，如何独自立足于世，成了女人迈向成熟的必经之路。

中午休息时，听到隔壁房间一男一女吵架，女人不停地打开房门，大喊着希望所有人听见。她说“五一”回家被父母催骂，问男人何时离婚给她一个名分，她说自己28岁了，等不及了，骂男人为何一直遮遮掩掩不给外人说，不公开他们的关系。房门一会儿开，一会儿合，男人先是语速极快地大喊强力制止女人的歇斯底里，接着一言不发，最后甩门而去……同样的28岁，多少女人做了不明不白的小三，追求着似真似幻的爱情。

可怜的28岁，可叹的28岁！

我问年长的结婚早的朋友，问她28岁孩子已经几岁时是否也曾陷入过一种恐慌，还是仅仅单身的姑娘才会患了这种通病？她努力回忆了自己那时所处的环境，确切地告诉我说，那时也经常无缘无故地哭，有次甚至抱着一个女同事大哭起来，吓得对方不知所措。她说：“那是一种将老的恐慌，但过了30岁就好了，又从一开始数年龄，一切都很正常。女人生命中何种阶段，终究要独自面对，而你现在，就该好好享受单身。”

度过28岁危机的女人坦然面对了从前，那些给予我“28岁印象”的姐姐们如今似乎也变得亲切可爱起来。她们有时会同我一样想起几件我刚工作时干出的糗事，调侃我穿衣打扮变化的同时语重心长地说：“不要着急，你看我们都是30多岁才结的婚，缘分还没到，一定要找一个志同道合的，千万不要勉强自己。”似乎只有在她们眼里，才没有将我看做是异类，也只有刚刚走出28岁阴霾的女人口中，听不到过多为我寻找另一半而操心的迫切感。听过了千百遍类似的询问，看过了各式各样相同又不同的惊讶表情，28岁上下的女人本能地屏蔽起种种非议，但情绪上还是多少会受到一些影响。

由来已久接受的平等教育让女孩从小在各方面不输男孩，独生子女政策使得每个家庭为自己的孩子投入了百分百的关注和支持。老师、家长骄傲于子女优异的考试成绩和出众的才华特长，并三令五申不允许孩子早恋，也很少给予子女两性关系的教育，直至步入社会，跟男孩在很多领域竞争抗衡取得胜利的女孩才发现自己终归要嫁人的事实。女孩变为女人，价值评判体系仿佛在一夜间发生了变化，这变化显得生硬而又不近人情。

28岁时，突然发现自己从前视为生命中最重要的工作所带给你的，并不像预期的完美，需求越来越多，开销越来越大，经济的独立常常伴随着现实的窘迫，学会了精打细算，掌握了很多日常生活技能，为的是在力所能及的范围内让自己一个人的生活过得有滋有味。别人羡慕于那种多彩，惊叹于各项全能，其实，背后的辛酸只有自己知晓。

渐渐地，20 岁出头时渴望找到一个男人来照顾自己的女孩发现自己也能将生活料理得很好，她们不再希望找一个比自己大很多的男人来依靠，更愿意与同龄人携手白头。同龄的男人却更愿意追求 20 出头的女孩，不懂得他们眼里那个“强势的女人”是经历过怎样的磨难将自己锤炼成而今的模样，不懂得她们现今拥有的一切都是靠自己的能力一点一滴积累换来的，不懂得在外人看来不可企及的事业其实是她们唯一可以抓牢的依靠。于是，剩女成了“圣女”，却也的确拥有不同于一般女人的能力，最起码，她们拥有独立的生活能力，拥有在所谓关切言语中不迷失自我的能力，拥有在任何境遇下能够调整心态的能力。

尽管不愿提及，时光还是悄然流逝，转眼间，我的 28 岁已经过去了一小半，幸而，终于在这个特别的年纪里找到了自己人生的方向，那是值得去托付一生的事业。好吧，收起牢骚与消极，努力享受我自由的生活，现在的每一天对于未来都是年轻的岁月。

度过危机，便是柳暗花明。

黑洞思哲理

人的内心之所以能在黑暗中保持强大，
源于一个支撑他的基石，
这基石往往是他最在意的东西。

丑梨

它和别的梨长得不一样，放在梨堆里很扎眼，不是因为它漂亮，而是因为长得丑。

出自同一棵梨树，共同经历了孕育、开花、结果。只是这段不长不短的过程中，因为不得已而化成了这般模样。那时候，这只梨还不叫“丑梨”。

繁茂的树叶蓊蓊郁郁地覆盖着枝头，遮挡住了光线，梨儿们努力插空长着。密密麻麻的树叶仅留下极少的空隙，每一只梨不可能都完全裸露于阳光之下。这只梨很谦让，又可以说是别无选择，只能在树荫最狭窄的缝隙中存在着。

日复一日，阳光、雨淋的程度不同，让它变得别样。但长得好的梨儿们知道它的苦楚，没有梨笑它，更不曾将它视作异类。

当农夫将它们一同从树上摘下，已是果实累累的时节。它们被载入同一辆车，拉往清晨的集市。

丑梨原本被排在最上面，可没有人愿意挑它，于是一次次地被沉入梨堆里。终于，它被人拿起来了，却是卖梨的小贩将它作为搭附品，买家并没有注意到。

它们被送往一所单位的后厨，梨儿们作为餐后水果被呈上。很多人挑走了漂亮鲜黄的梨，依然没有人选它，丑梨有些失落。

终于它再次被一个女孩拿起，又有个声音劝她放回重选一个。女孩却说："难看的梨甜。"人们问她为什么，她竟说出"梨丑是励志"的话。

所有人笑了，丑梨也笑了，笑得很甜。

等待花开

已不记得这是第几个午后，偌大的校园里只有我轻扬的脚步声，偶尔还有风吹树叶的沙沙声和小鸟在枝头欢快的鸣叫声。我喜欢这种宁静，安于这样的心外无物之感，静静地等待着心海中的睡莲悄悄绽放的瞬间。

你知道吗？花开是有声的。那样神奇悄然的音响唯有你和它心与心的交流才可以领会。夜间绽放的花因为少了份白昼的嘈杂，这样的轻响才更显得珍贵动人。当房间里静到可以听见空气在流动，你便会听见花儿因绽放时刹那间力度而激起的“啪”的一声。夜间的花开少有人关注，但它们依然全力地开放，去迎接那皎洁的月光。

每一个人都是一朵花，也许你是迟开的一朵，但你一定是最美的。

于是，我们都满载着这样的希望，在不同的领域奔走忙碌，等待着花的绽放。

曾经的我喜欢在春日的朝阳下等待着阳台上那株郁金香开出火红的花朵，期待着它的芳香——那吹一口饱含着淡淡泥土气息的沁人芳香。而今，我并不奢求清晨的第一缕阳光洒落在自己身上，西天即将落下地平线的夕阳则与我相伴。那玫瑰色的余晖，映射在青色砖楼上的暗红，则更有另一番美意。自然地，我喜欢一个人静静地感受傍晚花儿绽放的声音——那种冰裂般有力度的音响。

灯下漫笔，我不愿拉上窗帘，这样可以享受着黑夜带来的广阔静谧。眼睛酸困了，看一眼窗外杨树叶在昏暗的路灯下映出的斑驳剪影，想想今天完成的任务，便有种忙碌后充实的快乐。不再想以后会发生什么，只是静静地等待。也许就像冰河等待着春风吹动粼粼的小河，也许就像秋天等待着收获园中累累的硕果，也许就像大地等待着雨露滋润干涸的土壤……而这样的形容则更恰当：迟开的花儿在等待绽放环境的就绪——自我、季节和温度。

宠辱不惊，闲看庭前花开花落；去留无意，漫随天外云卷云舒。如此的境界或许不仅仅属于圣人，芸芸众生也有机会达到这等达观。忙碌之中做好每个阶段应该做好的事情，不必在意其结果如何，对己无愧足矣。当你无法抵抗或无力主宰的时候，索性怀抱一片等待的宁静，虔诚地等待着心中的睡莲迟迟绽放。

夜里，花儿一定悄悄地绽放！

黑白之间

早上打扫卫生，听见广播里播报地球日熄灯一小时的倡议，各旅游景观、大型商场都将响应号召，在晚上八点半至九点半之间熄灯一小时，我有些将信将疑。怀着几分好奇，还是决定当晚去感受钟楼熄灯一小时的模样。

赶在八点半前坐上公交车，一上车便留意起车载电视右上角的时间，距离半点还差三分钟，车已经行驶在了南门外。城墙被彩灯装点着，穿过南门城洞的瞬间，灯光全然熄灭，只剩下漆黑一片，古城墙完全融进了夜幕里。我很惊喜，这一幕瞬时打破了存留心底的点点疑虑。到了钟楼站，我下了车。

见到钟楼环道中心黑黢黢的，真的有些不习惯。平日里，无论白天还是夜晚，钟楼都以它绝对抢眼的地位成了西安城中心的形象。看不到晚上被有层次的灯光包裹得如同玻璃般的建筑，其间行走着的感觉就像到了另一座城。街边的高楼大厦也熄了霓虹灯，除此之外，依旧是络绎不绝的人流和车流。这景象如同某部电影里主人公梦中呈现的城市一样，素净而安静。我独自站在开元商城的楼梯上，用快门记录下钟楼卸妆后素颜的模样。

不清楚钟楼的灯饰自哪年开始启动，但作为一座城市的名片，它很难在夜里没有灯光的映射。据说西安市的第一盏电灯点亮，便在开元商城的所在地。当时这里是西安最有名的高级妓院， 位官员为博青楼女子的开心，拉了电线，装了电灯。

我静静地等待着钟楼被重新点亮。看着手机时间，告诉自己还有三分钟。我紧盯着钟楼顶端，不知它将从哪里开始明亮起来，于是举起相机，冲着钟楼方向，试图捕捉亮灯的瞬间。蓦地，自西向东，绚丽的霓虹灯被点亮，我才猛然注意到是从鼓楼开始的亮光。钟楼从顶部向下依次有了色彩，仅仅一两秒的时差。

有人曾诗意地将钟鼓楼比作恋人，鼓楼永远是背后的坚守者，站在不远的后方默默地与钟楼站在一起。鼓楼爱慕着钟楼，却永远与其保持着不近不远的距离，守望着钟楼挺拔的背影。这一晚，他们同样与黑暗融合，在一同被点亮的刹那成为最登对的一体。这一刻，它们一起呈现在夜幕里，比任何建筑都要璀璨明晰。然而，鼓楼有一排灯光并没有顺畅地点亮，经过几次闪烁挣扎也未果。与之相对的，是钟楼水晶玻璃般剔透的容颜，完美得没有一点瑕疵。

灯光重新披在钟鼓楼身上的时分，我心底涌出无限的幸福和感动，竟羡慕起这两座走过几百年风雨历程的古建筑来。陪伴是最深沉的爱，为所爱扶助左右，让对方持续光鲜，不惜自己变得残缺。

回家的路上，我打开手机微信朋友圈，友人在我的状态下调侃：“如果我也在，多好！”

黑洞思

车辆行进在高速公路途中的山洞里，尽管洞顶有光，我们内心还是会期待着明亮的洞口。即便洞外也是漆黑一片，依然能够感受到大自然的豁然开朗。曾经在被开发成景区的溶洞中游玩，尽管洞内被多彩的灯光映衬得光怪陆离，还是会因山洞的封闭而产生本能的恐惧。深洞常被描述成妖怪出没和神仙修炼的地方，因为黑暗幽深而引发人的种种猜测。

人类发现了煤可以作为能源之后，便开启了凿洞采煤的历史。对弱小种族的压迫、对矿工的奴役之路延续了千百年。没有谁天生喜欢长时间呆在漆黑的洞里，何况是危机四伏的矿区。数不清有多少矿工因山体坍塌、瓦斯爆炸而死亡，更数不清有多少人被恶势力诱骗到偏远地区被迫做了矿工，有的甚至流亡海外，不知下落。

此次跟随省青年文学协会采风团赴铜川陈家山煤矿采风，才知晓《唱支山歌给党听》的歌词作者就是当地一名普通的煤矿工人。这首歌的谱曲很好地展现了其中感情的起落，中间一段回忆性的铺叙更真实反映了当年矿工的工作生活状态——“旧社会，鞭子抽我身，母亲只会泪淋淋”，除了流泪，无法反抗，民间流传起“活着干，死了算”的无望呻吟。煤矿博物馆的玻璃展台内，我们看到了曾被煤矿主使用过的带着血印的皮鞭，讲解员说，不管矿工干得好与不好，走得快与不快，每天都要被抽上三鞭。一代又一代的印象中，矿工总是脏兮兮地游走在社会的底层，不被视作一个体面的职业。而矿工本身，也出于养家糊口的种种无奈，只得咬紧牙关冒着生命危险一次次走进漆黑的山洞。

去过陈家山煤矿才知，现代化的井下操作系统早已替代了传统的作业方式：移动救生舱、永久性避难硐室等紧急避险系统提高了防灾、抗灾能力，井下超市、班中食品、防爆饮水机的配备改善了井下生活环境。"快乐工作，体面生活"一度是铜川矿业公司的企业文化口号，而今"体面"换成了"幸福"，一词的改动涵盖了主体感官的变化，他们希望矿工由内而外产生幸福感，而不是体面给别人看。

矿区外，我们见到了坐在小火车里正要去上晚班的矿工，他们的工服因为煤炭粉尘的弥漫而看不清颜色，这些人唇齿间的笑容却给我留下了深刻的印象。他们下午六点半进矿，凌晨三点出矿，需要在没有阳光的深洞中工作八小时，无法想象他们忍受着怎样的寂寞。

我曾在没有窗户的房子里住过两年。如果不开灯，24 小时就是伸手不见五指的黑。那是刚刚参加工作的时候，初来乍到，宿舍十分紧张，起初只听说屋里空调暖气俱全，但没人告诉我这是间用板材隔成的黑房子。刚搬进去那天，看到高高的天花板上挂着一顶昏黄的灯，微弱的光线不足以映射至房间的每个角落。由于没有阳台，白天又要上班，洗过的衣服只能在室内阴干，以防拿出去晾晒而丢失引起尴尬。每逢春秋的雨季，屋里变得尤为潮湿。每个周末，我很少呆在宿舍，一定要外出大半天，只因难以忍受阴潮房间的压抑感。我常常以此类比穴居生活，更理解了原始人为何一旦有了保卫家园的能力，便抛弃洞穴倚靠坡地建造明亮的房屋。

芸芸众生于天地，就像一棵棵小草，需要阳光的照耀，机体才能焕发出更加旺盛的生命力。那段穴居般的光阴让我收获了珍贵的友谊，我们换了瓦数最高的灯泡，每天开门通风，经常去晒被褥，最大限度去改造潮湿的环境。如今坐在新居的沙发上，阳光透过客厅的落地窗洒进房间，我常常想念那段和舍友共命运的日子。记得在我心情低落的时候，她说过一句耐人寻味的话：“每次白天从外面回来开灯总会觉得宿舍好黑，但渐渐呆久了才发现屋里其实挺亮的，而我们每次出门从不因为外面太亮而抱怨。”人从高潮走向低谷便极度不适应，而一下子踏上高点很快会欣然接受；人往往十分在意不利的因素，却对表面的有利条件放松了警惕。其实，无论明亮还是黑暗、高潮还是低谷，都各有利弊。平和些去面对，会发现坏事情并没有想象的那么糟，正如人极强的适应能力足以消除掉那些困难和不安。

能够在黑暗中行走的人，有着十分强大的内心。没有最直观的视觉作为引导，只能最大限度调动起身体其他的感官力量，摸索着前行的路。此次矿区行第二天专程到访了铜川的大香山，也让我再次见到了那只患有白内障的小狗。

去年夏天单位组织活动到过这里。在大香山寺的石阶上，我遇到了一只缓缓下楼梯的小狗，它的毛色掺杂着泥土，但依然看得出来纯白的本色。起初我走在它的身后，小狗小心翼翼地往下走。没几步我超过了它，回头想逗逗这只笨拙的小家伙，才发现它的眼珠泛白，没有丝毫光泽。我在它面前舞动着手臂，小白狗停下了脚步，循声望来，瞬间我才意识到它是盲的。可是，小狗虽然看不见，却散发着人一般笃定的神情。我十分感慨，用相机记录下了这一瞬间。回来后，在空间里建立了名叫“小美好”的相册，封面照片就是这只坚强的盲狗。

时隔一年半，我再次见到了它。小白狗安静地卧在尚未完工的殿门外，下山时同行的人以吓唬的方式逗它玩，盲狗站了起来，不知所措地原地踱着，但仍然不做声。与此同时，从一堆木材后跑出一只体型稍大的狗，以最快的速度挡在盲狗身前，竖起尾巴战斗似地保持高度警惕。出乎我意料的是，它也没有叫，直至目送我们离开。原来盲狗之所以能够很好地存活下来，是因为有一个不顾一切保护它的伙伴。

人的内心之所以能在黑暗中保持强大，源于一个支撑他的基石。这基石往往是他最在意的东西，为了生计的信念，温馨美好的家庭，同甘共苦的友谊，刻骨铭心的爱情……此类的小美好、小幸福与战争年代的战士相比，后者的目标则宏伟博大得多。

由于当地特有的丹霞地貌结构，形成了很多深洞，共产党与国民党周旋的时期，这里是藏匿军火和伤员的好地方。此时，深洞承担起了它最初的防御价值，革命者在这里积攒实力，时刻等待着薄发的良机。沿途经过的薛家寨有很多这样的山洞，在特殊时代发挥着举足轻重的作用。从洞内向外看，深秋的山林依然有盎然的新绿，一束束阳光打在叶尖，灵动而美丽。或许那年躺在洞穴角落的伤员曾无数次被那抹绿意打动，爬上枝丫的绿色如同新思想一点点萌发，总有一天会遍布神州大地。

革命志士在黑暗中一步步探索救国救民的道路，不断修正着角度和步幅，以确保不偏不移的走向。从工农阶级的维护者，到全民族中国梦实现的助推手，在歌曲中被亲切地比作母亲的共产党，正在努力践行着实现民族复兴的誓言。

星星之火，可以燎原。当昔日受压迫的矿工也在旷野中唱起甜美的歌谣，明媚的生活就展现在眼前。

关山听雨

雨滴落在物体上，会传递出带有其特性的独有讯号。雨打荷叶，清脆如珠击；雨落屋瓦，叮咚如泉响。高处落下的雨拉长了线条，在它滴落的时刻则有了反映在物体之上的鸣音。

春雨贵如油，北方的春季雨量稀少，严寒冬日里几乎停止生长的植物茎叶由黄返青。与此同时，那些开始播种的农作物也等候着甘霖。

来到阎良关山，这个以农业生产为主体的陕西省级重点示范镇，我们恰好遇上了一场春雨。站在温室大棚里，听得雨声尤为真切。耳畔回响着密集的沙沙声，脚下连片生长着阎良特有的早春甜瓜。

古时的关山曾是商鞅变法的中心地，也是渭北联通东西官道、大道的一个重要驿站，汉代始建城池，以后历代都有遗存的积淀。世代累积，此地建成了集农业种植、新技术开发、农耕文化观光旅游为一体的现代休闲农业园区。

这雪白的甜瓜有着 10 万亩的种植量，被称作“坐着南瓜车的白雪公主”。它采用双根技术，将甜瓜秧苗和南瓜秧苗根部嫁接，然后去掉南瓜植株，使得两种根系一同为甜瓜提供营养。这取二者之优点的特有品种，既缩短了生长周期，还提高了生产质量。一年四季，因为有了温暖湿润的大棚而不受外界气温降水的影响。那棚外的雨滴便成了甜瓜的生长插曲，自行敲打出属于大自然的音律节奏。

同行的一位中年人感叹道：“若能搬把椅子到温室里看书，将是件多么惬意的事！”静谧之余，唯独留下头顶的雨声。此时，物我相忘地在这方安静的场所默默地汲取书本中的一切，消化、思考，直到某天酝酿出智慧的硕果。温室隔离了外界，形成如丝的雨帘，将人渡到远方，思想也跟着放空延展开来。

读书是门槛最低的高贵。不论何种出身、何种环境、何种条件下，书本提供给人们的知识都是相同的。在这个远离大城市的农业小镇，设有多所教学硬件齐备的学校，求知若渴的孩子们同样经历着春雨的洗礼，绽放着灿烂的笑靥。麻雀虽小，五脏俱全，这里的教育尽可能地与城市同步接轨，一批批放飞梦想的少年在小镇上度过了无忧无虑的快乐时光。

“少年听雨歌楼上，红烛昏罗帐。壮年听雨客舟中，江阔云低，断雁叫西风。而今听雨僧庐下，鬓已星星也。悲欢离合总无情，一任阶前点滴到天明。”同一个人听雨，却因时间、地域、环境的不同而有着迥然的感受。时空的跳跃中依次展示了三幅听雨画面，而将一生的悲欢歌吟渗透其中。

关山的少年终有一天会离开故土，通过平等的升学考试去改变自己的命运。或者有朝一日学成后回到家乡，像改良农业技术的先辈一样深入祖祖辈辈耕耘过的土地，沉下心来将每项传统做到极致。灰姑娘会乘着南瓜车变成白雪公主，但前提是通过不断努力而争取到成功的机遇。那时，他们年少听雨的日子便成了闪烁在记忆深处的甜蜜记忆，或许还弥漫着淡淡的书香和家乡特有的甜瓜香，想必还会生发出新的人生感悟，只希望晚景不要像词人蒋捷那般萧索凄凉。

温柔的春雨带着泥甜花香轻轻飘洒，一夜间，整座小镇就被滋润得花团锦簇、莺飞草长。每个人的心中都有着一份浓浓的故乡情怀，而淅淅沥沥的雨滴总带有一种凄婉的美丽，勾起你我淡淡的乡愁。

回到城市，听不到大棚上反弹出的美妙雨声。尽管雨还是轻柔地来，却溅落于水泥路面，声音如沉闷的锣鼓，没有跳跃在心头的灵动感。

多想再听听那雨声，远离浮躁，洗去浮华的疲惫，洗净心灵的尘土。

百川东到海

黄河自西向东流淌了千年，携带的泥沙逐年累积，绵绵不断地更新着土地。一群来自十三朝古都西安的年轻人，前往黄河的入海口东营——这个被誉为“共和国最年轻土地”的所在。接待我们的，却是一群叔伯辈的长者。

年轻和年长，在年龄和历史上出现了有趣的倒置。东营的老师们如同其他地方的人们一样，交谈的言语间透露着对这座古城的向往，同时也十分看重每一位沿黄河顺流而下的到访者。

一心想看看卷携泥沙的黄河汇入蓝色大海时的情景，5400 多公里的长度，沿途的万千细流汇入这个被称作“母亲河”的长河，冬去春来，一路向东，义无反顾地汇向海洋。很可惜，我们没有机会亲眼看到黄与蓝交融的模样，据说两种色彩的差异即便到了跟前，也很难用肉眼分辨，那些黄蓝参半的照片，其实是通过卫星拍摄的。来到黄河入海口，却看不到黄河入海，遗憾之余，不知等待我们的将是怎样一场旅程。

围绕东营市所辖的几个县区，我们开始了采风活动。作为 1983 年建市的东营，在历史上是一个移民城市。听导游讲，传说中最早的移民便是秦始皇征战六国时期从秦国带来的一群士兵。秦始皇东征胶东半岛时，曾在现在的东营驻扎休整，东大营所在地为现在的东营村，西大营所在地为现在的西营村。许多年之后，胜利油田在这里会战并建市，用了东营村的名字，由此起名为东营市。黄河入海，每年新增的冲击土地面积可达 3000 平方米，因而历朝历代都有外来移民迁入。崭新的土地如同上天的赠与，引得众人来此割地造田，新鲜的土地给人以强烈的诱惑，一传十、十传百，人们不远千里来到东营，把自己的家安在了这里。

正如黄河接纳百川一样，东营也无私接纳了来自各地的人群，多元包容的文化，使得这里拥有众多与社会接轨的新事物。参观完万亩槐园，景区里播放的 3D 电影居然是一部以猫为探险视角的恐怖片；在广饶县的孙子祠，环幕电影播放的是中国版图上的秀美山川。

景区宣传自己的历史风貌似乎是某种常态，而给人以如此出其不意的视听感受却不多见。尤其作为一个县区，将孙子文化挖掘到极致，并且持有胸怀全局的视野展现中国大地各省的建筑风貌，跟随电影行走一圈，最后回到县区所在的黄河入海口。放眼世界的目光让这个小小的县城显得与众不同，后来才知，广饶是全国百强县，不论经济发展还是文化建设都走在前列。

行走在高大雄伟的孙子祠里，我不由联想起去年的另一次采风经历。我们去往某个贫困县，吃饭时和接待人员交谈，说到贫困的问题，他无意中道出了一种普遍的心理：“贫困帽子不能摘，不然就没有国家经济的投入了。”

沿海城市发展快于内地，这点无可厚非，而总固守着已有的东西等着外力来改变现状则有悖于本身问题的解决。对比全国百强县和贫困县，外人能感受到的，便是胸怀与气量上的区别，一个自主走出去，一个等人投进来，应对姿态上的差别，也许就是事态产生两级变化的根本原因。

悠久的历史文化，使得陕西人似乎有一份与生俱来的优越感，不论耄耋老人还是垂髫少年，不自开口，便有人会拿我们的家乡作为话题的开端，一方面是羡慕于“一锄头下去就是文物”的传说，一方面是某种刻意恭维。而我们几乎从来照单全收，越发会将这座城市的历史文化与当地进行比较，实际上，是用自己的长处比别人的短处。

当我们为家乡骄傲的同时，也该清醒地看到与其他地方存在的差距。旅行或是采风，它的意义在于将自己的思想散发开来，用发现的眼光寻找其间的不同。最精彩的行程，从来不是发生的外在，而是在每个人的灵魂之中，发掘内在的自己。或长或短的时间里，离开熟悉的地方，随后不一样地归来，接着重新回到出发的原点，重新去审视现在的生活，思考哪里可以做得更好，哪里需要作出改变，从此迎接更好的明天。

海纳百川，有容乃大，滚滚黄河不断接纳来自小河小川的水源，才能够日日流淌，经久不衰。百川东到海，何时复西归，我看到了博采众长的进步，更看到了固步自封的悲哀。

紫红

米白色的古堡前，是连片的葡萄园。云朵变幻的模样，揉碎了夏日的时光。一颗颗直径一厘米的椭圆球体，簇簇垂满了枝蔓的缝隙，那或绿或紫的葡萄外皮，个个包裹着饱满的红色浓浆。

这是酿红酒的专属品种，一串葡萄足有两个手掌大小。在它们尚未成熟之时，每串的色彩都是恰到好处的渐变色，浅至绿，深至紫，中间以粉、蓝过渡。大自然将果实不同的成熟步骤反映以最直观的色泽，精致而奇异。葡萄内部的汁水越红其外皮越紫，待整串全部被阳光催成成熟的紫红色，采摘的季节就到了。

选粒、输送、除梗、破碎，昔日惹人爱的圆润葡萄早已辨不清形状，唯有同样的紫红浆液似乎在诉说着它挂在枝头的明艳模样。经过发酵罐的持续发酵，再经压榨机的精粹提取，紫红浆液逐渐发生变化，另一种芳香悄然滋生。

葡萄的糖分逐渐转成酒精和二氧化碳，糖分越来越少，酒精度越来越高。氧化处理之后再经沉淀、换桶，不同的沉淀次数和时间决定了口味的差异。橡木桶特有的清香与这些紫红色液体一次次交融，日积月累，在漆黑的酒窖里升华。几个月后启封，酒香四溢，当装入红酒瓶盖上软木塞的那一刻，透亮的红色液体完成了它的华丽转身。

果实的成熟启动了葡萄酒的生命旅程。每种葡萄酒的生命周期不尽相同，短则半年，长则数十年以上，上好的甚至能达百年。窖藏过程中，其品质会不断变化，据说红葡萄酒年轻的时候会呈现出紫色或者深紫色，到樱桃红和宝石红说明酒已经开始成熟，此时饮用最佳。一旦到了棕红、砖红色，普通的红葡萄酒就老了。至于茶色的普通酒，便意味着死亡。

从果实的成熟历程到红酒的生命周期，那紫红色的浆液历经了两段完整的孕育过程。也许作为葡萄，第一轮出落得晶莹剔透足以让它美到定格芳华，第二轮借助外力的加工，远比之前自我生长要崎岖坎坷得多。先是去除了依附于果实的桔梗，再打破了已有的漂亮外表，经过黑暗中漫长的发酵、萃取、沉淀、窖藏，葡萄在不知不觉中获得了新生。即便不及坠在枝头的甜美可人，却幻化成了一种成熟深沉的美，这极具岁月感的透亮红浆令多少人如痴如醉。

一种环境下呆久了，往往适应了日常的规律，看惯了风调雨顺、云卷云舒。安逸的岁月将一切打磨得平静，一旦有外力强行作用，我们会本能地表现出不适，甚至与之抗衡，期望继续维持过去的安宁。植物自身无法反抗，只好顺应突如其来注入的人力，它们以自己不变的汁液，去接受人类万变的改良。意料之外的是，时间与技术让它们发生了质变，最终反而比以往作为果实时更加持久保鲜。

以不变应万变并非固步自封，而要坦然去面对周围的各种诱惑，在外界力量介入时予以适当的调整，并勇敢地坚持下去。哪怕更改了外貌、经历了蛰伏、修正了方向，可赤诚的初心从来不曾变化。某一天，当足够醇厚绵长的气息飘散到每个人的鼻端，大家才恍然发现，那颗红色的心竟变得更加澄澈干净。正如流淌进高脚杯中摇曳生姿的红酒，向着光，又透着光。

云中歌

拥挤的城市，林立的高楼遮挡了多彩的天空，我们往往只能看到天空的局部，也很少抬头仰望头顶的蓝天。事实上，那天色常常发灰，尤其是在一年中最寒冷的季节。所以，我们每到一个陌生的处所，总会留意起当地的天、当地的云，我们的心情也随之明朗或沉郁。

越走向辽阔的大自然，天空在人们视野中所占的面积则越大。头顶笼罩的广袤空间，有着属于大自然的神笔：那是在苍穹中勾勒出一团团棉花糖似的柔软，或是被风划过如刀剑般的丝丝缕缕，是数笔点染成绯红的渐变，又是随性泼洒而成的点点星尘。不论白天还是夜晚，七彩之光都能在天空中找到。那五颜六色或隐匿于正午的艳阳下，或夹杂于黄昏的晚霞中，或闪烁于夜幕的星河里。它那多姿多彩的表现形态，承载着目前所知的自然界物体运动速度最快的光，而那变幻无常的天空，则是人类最原始的创意启蒙者。

关于天空，自古被赋予了众多美妙的词汇。上苍、长天、长空、青空、云天、天宇、天穹、穹碧、穹汉、穹宇、碧落、凌霄……辽阔空间罗列着日月星辰，是至高无上的神秘寰宇。神话传说中的天宫是天帝、神仙居住的宫殿，紫薇星与北斗星遥遥对应的地方，就是天界的入口处。天庭九层浮空，云盾承托，仙岛林立，扶摇直上。

《封神演义》《西游记》《红楼梦》都有对天宫圣境的记载，那是文学家想象中的奇幻世界。天庭中的神灵各自主管一方，保佑着人间的风调雨顺。凡界与天宫遥相呼应，连接成无形的纽带，俯仰之间，人类与上天息息相关。

不久前，随车于陕北高原穿梭，天空中的云朵悠悠地翻卷舒展，时而聚集，时而散开，勾起心中无尽的遐想。世代耕耘大地的农夫面朝播种希望的黄土，背负变幻莫测的蓝天，而蓝天给予他们的则是与生俱来的灵感与天赋。

也许谁都不曾料到，这片贫瘠的土地竟会成为红色革命的摇篮。小米、红枣、洋芋、南瓜，最接地气的简单食物养育了一批批志士仁人，他们在解放区明朗的天空下成为缔造新中国的生力军，他们从陕北出发，怀揣奋斗的梦想遍布全国各地。几十年后，这方蓝天白云下沸腾的黄土地同样接纳了上山下乡的知识青年，不论日子多么单调，生活多么清贫，他们从少不更事到逐步健全人格，为漫漫前路打下了牢固的根基。

在这个叫“梁家河”的村庄，朴实的乡亲们给了一个知青以充分的信任，让他做赤脚医生、做记工员、做农技员，后来又选做大队党支部书记。或许，这位城市出身的20岁毛头小伙也曾在湛蓝的天空下眺望着洁白的云朵，从而心怀憧憬，与社员一道打井、打坝、修公路、发展生产，用自己的双手改变着乡村的面貌。身在小小的山坳，头顶的天、脚下的地便是最大的舞台。其实，无论处于何方，天与地的大小，都不局限于范围的广度与否，它们不是用单纯地理坐标丈量的尺寸，而是存在于人的胸怀之间。

一方水土养一方人，在不同地域成长的我们，头顶却有着相似的天空。无数次抬头眺望云卷云舒，看那奇趣无比的造型，还有那游动变幻的模样。正午时分，站在高处俯瞰连绵的山脉，大团的云朵会挡住直射而下的强光，在山间投映出一坨坨黑影。那影子随着云的游走而挪动，亦步亦趋地携裹着其下的土地。静静地看云，实则是静静地同自己对话，目光注视着天空的鬼斧神工，总不自觉地思索着关于自我、关于未来的打算。

诚然，小环境里尽自己所能所做的行为，日后可能会化作一种难以忘却的初心，随后带着它步入更广阔的天地，日积月累，便将释放出更为强大的能量。倘到那时，再回看过去的时光，总会想起曾经的天空和看过的云彩，还有脚下坚实的土地。

射击的哲学

童话故事里，小红帽的外婆最终因猎人用枪打死了假扮外婆的狼而获救，那是我第一次从插图中看到猎枪。小时候和表哥玩，他将一个手枪皮套如获至宝地挂在腰间，虽然里面没有枪，却常常用手比划着枪的样子，声称自己的真枪被爸爸锁在抽屉里，以此威胁我不能和他抢玩具。再后来，在公安局工作的亲戚执行任务佩带手枪，我第一次见到那个装了子弹的真家伙。冬日的严寒，加剧了手枪的冰冷，我不敢拿枪，只是小心地摸了摸枪把。那一年，我上小学五年级。

从小就听爸爸说，他年少的梦想便是成为一名军人。穿上军装、扛枪上战场保卫国家，想想都觉得英武。长大后，我经历了大学军训，并有机会去射击场打了枪。当他听说我在射击中击碎飞碟时，从听筒中传来爸爸羡慕的语调，因为他至今仍没有机会体验真枪实弹。

相比军人、警察用枪威慑敌人，运动员的射击训练更讲求精准。国内国际比赛中，运动员排名间都是零点几环的差距，射击规则的变化，将预赛成绩带入决赛，每一次发枪都十分关键，容不得半点差池。和大多数体育竞技项目不同，射击是同自己的较量，是属于一个人的心理战。

亲身体验之后才知，旁观者听来震耳欲聋的枪声，持枪者发枪时是不觉得吵的。瞄准目标，凝神聚气，需要心无旁骛方能击中靶心。没听说过谁在射击中双眼同时睁大，相反，睁一只眼闭一只眼才瞄得准。扣动扳机，子弹在枪膛里回弹之后才有更大的气力冲破向前。不去关注他人取得怎样的成绩，必须专注于自己的靶子，不能偏移，一旦错打到别人的靶上，是不算数的。

对人对事，很多时候需要睁一只眼闭一只眼。面对家庭的摩擦，工作的误会，朋友的矛盾，试着睁一只眼闭一只眼，于人于己都会舒服许多。不要一味直击挫折，学着主动后退回旋，懂得借力，给自己缓冲时间，这样才能积聚更大的能量，在最好的时机有力度地爆发。正如拳头直冲冲地打去没有力度，肘关节弯曲后再出击的力量至少会增加几倍。

每个人都有自己的人生道路，就像射击时对应着自己的靶子一样，大家都在努力瞄准靶心，希望得到最好的结果，但是难免事与愿违，甚至脱靶。不过，只要有着坚定的目标，日复一日去努力，终有机会击中靶心。即使到头来没有射中，至少在靶上留下过痕迹，哪怕仅是一环，也是属于自己的人生。或者，一不小心将子弹射到别人的靶上，尽管不能算作自己的成绩，也是彼此曾有过的交集。

站好自己的位置

坐公交车，常常遇到这种情况。当我们站在某个座位旁，坐着的人不下车。当我们离开那里走向别处，座位上的人却要起身离去，与之临近的站立者自然有了座位，而我们却因为频繁换位置只能始终站着，直至到达目的地。

不少同龄人工作不到一年后就辞去了工作，或者毕业至今换了多家单位。换来换去，目的在于薪水酬劳，在于希望重用，在于发展前景。对于一个刚毕业的大学生，毫无社会经验和工作经历，又怎么谈得上与高收入相符相配呢？往往认为自己很优秀，一腔热情无处施展，便有了怀才不遇的感慨。因单位里有年长者，又少被委以重任，达不到预期的工资标准，自认为没什么发展前途。

工作中，每个人都有自己的岗位，如何使个人才华在有限的区域内得到最好的施展，则需要多方位的努力，用心做好手头的工作，摆正自己的位置。初出校门，正义感十足的我们看不惯很多不好的现象，于是带着不满情绪去工作，甚至会表现出来，从而引发正面冲突。年长者在教育年轻人时，常常抱有一种理解和同情，从他们身上仿佛看到了自己刚刚步入工作岗位时的影子，一样的热血沸腾，一样的易于冲动。慢慢地，生活总能将年轻人的棱角磨平，增添了理解和换位思考，日趋成熟圆滑。

每个阶段都有自己该有的位置，由低到高，都需要脚踏实地，稳步前行。就像公交车上一样，只要耐心等下去，坐在你周围的人总会有人下车。如果频繁换位，获得幸运的概率几乎一样，甚至更低。

然而，我们坐上公交车的时候本身就面临着选择。一上车，我们有机会选择座位更多、空间更大的后排，将自己能等到座位的可能性提升到最大。一旦开始挤不到概率最大的地方，不妨站在相对空的角落。因为那里总有自己的一席之地，并存在着坐下的可能。倘若一味挤来挤去，也许还会意外遭到小偷的光顾，得不偿失，那么，何不在空档处站好自己的位置呢？

艺术谈

画眼观天

我是个低产画者，
但无时无刻不保有一双『画眼』，
用它去看世界、爱生活。

文品

有位书法家题字写“品”，从来都是将两口置于上方。求字的人问个中缘由，他说现在社会将“品”颠倒了，所以有意将“品”字倒着写。

文如其人，文章的立意取材很大程度上与作家的人品相关，文品即人品。心胸狭小刻薄之人难以写出大气魄的东西，而见识短浅之人就算偷师他人语言结构也会露出马脚。文字好坏是决定文章优劣的一方面，而独到的思想见解则是文章的精气神。

文学创作是一场马拉松，许多作家年纪越大写出的作品越厚重。也有不少中老年为文者依旧倚靠着年轻时用恣意才气写下的文字继续混迹文坛，好似某一些歌星一辈子就靠几首歌闯荡娱乐圈一般，即便偶有新作，但也鲜少流传。相比于歌手与歌曲，作家与作品的关系则亲密得多。歌手大都演绎他人创作的歌曲，而文学作品则真切地出自作家之手，代表着其本人某段时间的心境与状态。

今年四月底的某个清晨，微信朋友圈一时间被一个人的故去刷了屏——他是文坛巨匠、被誉为陕西文学的“三驾马车”之一的陈忠实。我的朋友圈里不全是作家，而他们都在字里行间表达了各自的哀伤，想必其中的很多人并没有完整地读过《白鹿原》，而如此大的反应究竟因为什么？虽然不排除跟风的因素，但相信绝大多数人应该是发自内心的。

接着，与陈忠实先生交往性的回忆文章占据了悼文的主流。内容大都是叙述自己的文学路如何起步、何时见过陈老师，陈老师或题字、或鼓励、或合影并和蔼交谈之类。读着这些文章塑造出的模糊形象，我竟一度有些反感。连续几天，这种文章愈演愈烈直至自我标榜，不少人仿佛将陈老的故去演绎成一场文学盛会，各路英雄好汉纷至沓来书写同题作文进行着同场竞技。

很遗憾，我从未与陈老有过亲切会晤，只是在某个文学场合距他两三米远默默地看他抽烟。再后来有篇散文与他的大作同一版面发表，我的名字近在他文章之下，这件事曾令我兴奋了许久。或许，那些回忆与陈老交往二三事的基层作者与我一样，都对与文学巨匠发生交集的画面耿耿于心，而多数人与陈老也只是几面之缘，他们没有机会真正走入陈忠实先生的生活，却也从他的只言片语以及大量文学作品中窥得这位作家的人生。于是，每个人都似乎成了他的亲人，因为陈老用心创作的文字所呈现出来的世界从未把任何人拒之门外。

陈老去世的这年盛夏，陕西省青年文学协会组织举办“陕西青年作家论坛”，邀请全国20家知名期刊的编辑与25位陕西青年作家一道采风创作。那些天西安持续高温，火热的太阳炙烤着大地，升腾起滚滚热浪。第二天到达白鹿原时，大家纷纷把大巴车的窗帘拉开，目光追寻着原上的一草一木。坐在我身边的老师自言自语道：“哦，这就是陈忠实的白鹿原。”我望着她，心中有些触动，进而注视着窗外草木如茵的山坳，似曾相识，又有些陌生。

近几年，我去过白鹿原三次，见过它春寒料峭的模样和樱桃成熟的山色，去过陈老的旧居，还在他门前的竹林旁留过影。每次匆匆地来，匆匆地走，从未给这里留下些文字。西安与白鹿原相去不远，而我渐渐对这地名习以为常，心中的感慨逐步被消磨殆尽。殊不知还有多少人为此慕名而来，渴望着有一天能踏上这方神奇的土地，幻想着白鹿奔跑而过的模样。

《白鹿原》话剧在陈老过世后开始全国巡演，首场在西安，我有幸前去观看。剧终所有演员谢幕时，主角转身抬起手臂指向台后的幕布，陈老戴着花镜俯望的照片缓缓降下，所有观众爆发出经久不息的掌声……一部《白鹿原》，详写了两个家族祖孙三代的恩怨纷争，表现了清朝末年到二十世纪七八十年代长达半个多世纪的历史变迁。每个中国人的家庭里，都能找到与书中人物经历相似的原型，这取材于人民真实生活的鸿篇巨著，让所有读者都能产生一种亲切感，都认为是在写自己。这部长篇小说之所以会引起如此大的轰动，单从选题上来说就足以印证。它是一个民族的史诗，超越了历史的界限，陈老以博大的胸怀包容了其中的一切，有条不紊地叙述着关中大地几十年的风云变幻。那四年的艰苦创作过程，不知陈老是如何熬过来的。只知道他独自一人回到乡下老屋，在破旧的圆桌上埋头创作，整日饱受着各种人物在脑海中较量的痛苦，与笔下人物同呼吸共命运的纠结心情化作一条条皱纹，一刀刀刻在他的额头。

话剧首演这天早上，西安市殡仪馆人山人海，人们在最大的咸宁厅送别陈老。群众们自发举着当天印有陈忠实像的报纸，庄重肃穆地站得整整齐齐，很多人热泪盈眶。这是震撼人心的文学带来的力量，更是对陈忠实先生一生人品的褒奖。

一个人的一生会遇到无数人，但大多与己只是泛泛之交，而在公众场合呈现出的状态则是个人涵养的集中体现。陈老参加过无数文学会议，见过无数热情的读者，对每个人都持有尊重亲和的态度是多么的难能可贵。听说过有关陈老的一段佳话，某次会议开始前，一位文学爱好者拉住陈老合影，正巧会议即将开始，于是被陈老婉拒了。被名家当众拒绝令这个人有些不好意思，于是羞着脸尴尬地听完了前半场。中间休息时，陈老走了过来，说：“来，咱俩现在照张相。”对方一时间被感动得无以名状。回想我唯一见过陈老的那次，也是他在会议间隙出门抽烟，结果被一群大学生围住签名。他左手拿烟，右手签名，烟没抽几口，签着签着便把烟灭掉了，直至每个学生心满意足他才转身回到会场。当时我与那群人相隔两三米，看得清陈老眼睛下面的一个个肉瘤，密密麻麻地缀在那满是沟壑的脸颊上。

心性所致，文章所及。一部垫枕的巨著为陈老赢得了生前身后名，而人们口口相传的好口碑更为这本书作了注脚。无可非议的好作品，无可非议的好老汉，他亲和得像是邻家的爷爷，他用鼓励的话语点燃了每个与之接触过的文学爱好者心中那把希望之火，从而久久不能忘怀，以致在陈老过世后引发了大家相似的回忆。这些人中，有的已经颇有名气，更多的仍在基层坚守着自己小小的文学梦。

搞文字的人，对某个人某件事最大的礼遇便是将其纳入笔底，这也是我们所能做的最真的行动。刹那间，我理解了那些在陈老过世后写就的有些自我标榜意味文章的作者，他们或许身处窘迫的环境，或许饱受着家人的不解，或许被单位视作不务正业，又或许不堪现实的重负早已放弃了年轻时持有的初心……然而每每想起与陈忠实先生交往的时光，他们的心头总会涌上一股暖流，那是一种对话偶像的激动感，是一种不被嫌弃的接纳感，是一种企及梦想的满足感，更是一种屈服现实的失落感。在那段光阴里，他们离陈忠实先生很近，而在文字里相去很远。相信陈老在天有灵，对身后的各种追思演绎也会报以微微一笑，依旧宽容地面对一切。

而今，白鹿原影视城已经开放，陈忠实先生留下的文化遗产将继续造福于他深深热爱的那片土地。照片中的陈老从来都是腰杆笔直，他站得正、行得端的品格，一如“品”字坚实沉稳的三角结构。而那“品”字的外形，也正如同陈老永远坚挺的脊梁。

临帖

任何起步，均由模仿开始。学画者临摹名画，学书者临摹碑帖，写文章者亦然。

初学隶书时，早知《石门颂》与《石门铭》，当听说其原碑就近在陕西汉中，我不觉感到惊讶。第一次亲眼目睹这两座原碑，是同陕西省青年文学协会采风团一道参观汉中市博物馆的“石门十三品”陈列室。玻璃隔着十三块被切割保存的石碑，较大的两块便是有名的摩崖石刻《石门颂》和《石门铭》。

佛学自汉代传入中国，到魏晋南北朝，佛道之学融入社会意识，写经被视为一大功德。凡新建寺塔、塑造佛像，必聘请文学之士撰文记事，或凿石作碑碣，或直接刻写于天然的岩壁摩崖上。摩崖因山高险峻、人迹罕至、少有人为破坏而得以保存。

《石门颂》共计655字，内容为汉中太守王升表彰杨孟文等开凿石门通道的功绩，刻字书写不刻意求工而流露出恣肆奔放、天真自然的情趣，它与陕西略阳《郙阁颂》、甘肃成县《西狭颂》并称为“东汉三颂”。《石门颂》被称作草隶，是汉隶成熟时期纵逸奔放书风的代表作，也可见书法“上承篆隶，下启行草”的过渡特点。清代张祖翼曾为其作跋：“然三百年来习汉碑者不知凡几，竟无人学《石门颂》者，盖其雄淳奔放之气，胆怯者不敢学，力弱者不能学也。”杨守敬更在《平碑记》中高度评价：“其行笔真如野鹤闲鸥，飘飘欲仙，六朝疏秀一派，皆从此出。”

《石门铭》是北魏摩崖石刻的代表，因崖面广阔、得以摆脱纸张限制而显得气势雄峻，疏宕舒展。它吸取了《石门颂》苍劲凝练的篆隶笔法，集汉隶跌宕开张、奇崛大气的特点，被康有为誉为“神品”。《石门铭》正书28行，各22字；后段题记7行，每行9至10字。书者王远在正史中没有记载，但被康有为推为南北朝碑十大借鉴的尚佳范本之一。

都说字如其人，写字与用气息息相关，但鲜少有人推荐临《石门颂》帖作为隶书入门。陕西省作协主席贾平凹曾与青年文学爱好者交流文学创作中提到：“看别人写字，每当看到有人把字缩成一团儿，我就猜想他肯定有心脏病，一问，果然心脏有毛病。遇到一些老年人，身体不好的，他们要练字，我常常建议他去练《石门铭》，笔画舒展，写那个对血管绝对好。”

不论孩童还是老人，《石门铭》由于有章可循、笔法明晰而屡屡受到推荐，相比之下，汉隶鼎盛时期《石门颂》因为过于恣意奔放而对临帖者来讲难度甚大。一方好碑需要书者和刻工兼备双重高超的艺术水准方可诞生，《石门铭》可以延续发展《石门颂》的形态，而真正汪洋恣肆的内力是学不来的。

字的外形往往容易被模仿，整个书体的气脉却难以被揣摩，练就形神兼备则更非一日之功。细想《石门铭》易被效仿的原因，或许是它本身是依托于《石门颂》而出的缘故。

东汉到魏晋，隶书被无数人临摹推广，至《石门铭》出现之时，已形成一套成熟的书写体系，文人工匠将其总结成规律代代相传，并在日常的书写、篆刻中施行开来。后来的著名碑刻字里行间无不透着不成文的规矩，因此易被后人从碑帖中识破。戴着镣铐跳舞不会出格，却会少了浑然天成的气韵。好的书法家从帖中汲取到营养，逐渐形成自己的一套理论，然后自成一派。更多的书法爱好者则脱不开碑帖的古意，经年累月重复着古人的体例，可始终逾越不了被世人公认的辉煌。

作家的定义里，55 岁以下均可被划作“青年”范畴，如此，我在文道上还只是名少年儿童。不久前，一群在各自擅长的文体领域中探索实践的“少年儿童”以诗歌的名义共聚一堂，在“青年文学”的旗帜下努力坚持着自己为文的爱好。

文字风格尚未定型之际，喜欢的作家、读过的作品再加上独一无二的思想便形成了我们特有的标签。起步之时，大都渴望得到前辈的鼓励与推介，与其说希望文章得到认可，不如说希望让过来人看看自己究竟有没有潜力在文学创作的道路上继续走下去。

去往汉中的漫长旅途上，昏昏欲睡的我被后排某名家的一番慷慨激昂的叙述吵醒了。他说全国各地有许多诗人将自己的诗集快递给他，他很烦这一行为，快递需要下楼去取，取回来还得用力去拆，有时候好不容易拆下来塑料袋发现里面还有一层包装，遇到这种情况他直接把诗集扔进垃圾桶了。还有人通过挂号邮寄，说是害怕诗集在邮寄过程中丢失，而他最厌恶这种做法，还得麻烦他去邮局取。“就寄平信嘛，丢了就丢了，反正也是垃圾！现在我办公室还有一大堆没拆的快递，叫收垃圾的一起拿走。”

想问这位如今被众多诗歌爱好者仰慕的名家是否记得自己创作起步的日子，难道真是不借任何外力的一步登天？又或者曾经受到过编辑、前辈友善而真诚的鼓励，日趋成熟才坐稳了今天的位置。

想起某次文学活动中与我分到一室的资深编辑，退房时留下十几本没有名气的作家送给她的书，并直言道出自己的无奈：路途遥远加之行李超重让她不堪重负，有时扛回去也不看，后来只好不带走了。她允许我挑走感兴趣的书，其余放在房间等服务员收拾。翻看写着“某某某雅正”的扉页，想象着它的作者送书时的虔诚模样，不禁为这些人伤感。想必，我的书也遭遇过类似的待遇。

现如今，写作的门槛变得越来越低，文学爱好者出书也变得愈发容易。“作家”，这种被大众化了的身份，被不同的人冠以不同的诠释：有人觉得是一种殊荣、一种身份的象征，有人觉得是一种负担、一种怪癖的体现，有人视作一种追求、为之耗尽毕生的心力，有人视作一种寄托、带有些许玩票的思想。有意公之于众的作品必然带有写作者希望获得共鸣的愿望，很多时候，初涉文坛的写作者努力接近有名望的作家，或是四处找寻见多识广的编辑，渴望求得进步的渠道，那些给予过他们肯定和帮助的人们也许会成为其一生的贵人与知己，若干年后，他们之中的小部分人成名成家的那天，总会念起当年作为无名小卒时鼓励过自己的前辈，同样也不会忘记泼过冷水、将自己心血酿成的文字视作垃圾的老师们。

凡事没有一蹴而就，年龄不可被颠覆，文笔与思想也是趋于成熟的过程。千军万马中，不乏一些永远写不出大作品的平庸之辈，可是每个人又享有追求自己爱好的平等权利。由此看来，无声息的碑帖真的是最好的老师，至少不会对拙劣水平的初学者报以重重的打击，它们呈现给大众的模样是一致的，只需去参悟、去理解、去实践，而从中获取、生发的多寡全凭各自的天赋与慧根。

的确，临帖只是迅速模仿成形的一种途径，如何形成自己不可替代的特点，需要日后的长期探索。这漫长的过程，要守得住清贫、耐得住寂寞、忍得了无视，当熬过那段没人帮忙、没人支持、没人嘘寒问暖的日子，在不知不觉中强大起来的内心才会变得越发丰盈，之后化为个人独到的视野角度，去再现身边的善恶美丑。

丰碑

去年与一群青年作家同去延安参加活动，到的时候已是傍晚，我们参观完位于延安大学的纪念馆之后，匆匆用罢晚餐，接着又进行了一场座谈。时至将近晚上十点才回到房间，主办方通知明天一早去祭奠路遥。第二天早餐时听说，有几人昨晚已先行前往，摸黑爬到了位于延大校区旁路遥的墓地，在路遥雕塑前敬了烟，还说了好多话。

那个墓地实则是路遥的衣冠冢，却被诸多文学爱好者视作不得不去的圣地。一个用生命书写的作家，他的作品是一个时期国人生活的写照。大学汉语言文学专业的课堂上，不同专业课的老师在教学中都会提到路遥的《人生》，这本书影响了一批人，尤其是五六十年代生人。它记录了一个时代的集体宿命，故事的典型性涵盖了绝大多数青年人从乡村走向城市的人生。现实面前，匹配与合适，远比单方面的付出重要得多，没有谁好谁坏、谁对谁错。

区别于同时期及以往的小说人物塑造，路遥将人性的复杂表现得淋漓尽致。生活中的人不能简单地用好坏区分，但大多文学作品经常带有脸谱化的塑造倾向，着墨甚微地简单将人物划定为“好人”和“坏蛋”，简化到如同孩童眼中黑白、爱憎分明的世界。路遥思索透了农村与城市的关系，两种截然不同的经济制度和生存方式对应着不同的文化特征和价值观念。

城乡差别是二十世纪八十年代的中国社会存在的明显差异：城市工作的职员有固定的工资收入、相对完善的医疗制度和分配制度，同时享受国家的各种福利待遇；乡村农民则要按时按量向国家缴纳粮食，在很长时期内只能有限度地支配自己的劳动产品，同时还要完成国家规定的各种税费，参与无偿劳作。这种强制在土地上的政策直接导致了农民在整个社会发展中长时间处于相对贫困的状态，由此，城市与乡村的对立直接被凸显，并且衍生为城市知识分子的高贵身份与农村贫苦农民的卑贱地位、达官显贵与普通百姓两个不容交织的平行线。

路遥将《人生》依托于这种历史背景展开创作，强烈的等级观念和城乡差异在小说中被强化，在面临城市化浪潮冲击的八十年代，农村知识青年如何抉择，是他在作品中抛出的思考。读者一方面痛惜高加林与巧珍的爱情悲剧，一方面思索着如何避免类似生活悲剧的重演。

文学作品最大的功用在于有一定的社会指导意义，让人们从小说人物和故事情节上瞬间找到自己不曾真切留意的事物，跟随作者深刻的思维去参悟其中的合理与不合理之处，然后反观自己的生活，从更高的角度看待另一重生命体验，试图重新梳理情节去反转深爱的主人公的命运。然而，《人生》带给我们的，是一场极其复杂的人生悲剧，而在这复杂的悲剧表象之下，是生活一步步推进而来的宿命。谁也无力改变小说人物面临的社会困境，更不能轻易地评价谁的选择是对是错。

相比于大学老师那一代，上世纪八十年代之后在城市里长大的年轻人少有对路遥作品的普遍共鸣。社会环境变化、生活距离偏远是其中的一点主要问题，而路遥于我们而言，像是一座不可逾越的丰碑，一种难以企及的高度，一个立在高处的明灯。他拥有优秀作家应当具备的素质，扎根土地、扎根人民，不骄不躁、笔耕不辍，同时将思想锤炼到一定的高度，让每部作品渗透出浓厚的个人魅力，那是现实地直面人生与浪漫地恣意奔放融合的情感，是足够浓烈到引领读者与之同悲同喜的炽烈激情，是足够细腻到再现社会点滴入微的真实图景。

身处于社会生活中的作家，离不开社会给予的一切。而如今不少从事创作的写作者，似乎活在一个自己设定好的玻璃罩中，笔端的文字看不出所处的时代，也从不关照现实生活。玄幻、武侠、穿越、历史等题材规避了赤裸裸的现实，他们辩解说其中融入了一定的现实意象，传达出了想要表达的道理。抛开题材不论，对于优劣不谈，“抚琴品茶”的年轻作家脱离了以往文字中常见的小资生活，相对于此，真正养家糊口的人牢骚反而少了，因为他们直面的是比许多文学作品更为精彩的现实。作家轻飘飘地活在自己的小世界，而不去用作家该有的眼光去体验生活，所写的作品读者读不懂、不理解，这些与生活相去甚远的文章当然难有路遥般普遍的影响力。

时代呼唤有担当、肯思索的生命体，文学创作同理可得。路遥在《人生》一举成名之后恪守着自己创作的信条，依然脚踏实地创作出《平凡的世界》三部曲，他用整个生命去打造的文学作品为奋斗中的青年带来了持久的感情共鸣和精神鼓励，那一个个朴素可爱的年轻形象，为浩瀚的文学史带来了青春的光亮。那些超越文学范畴的人物命运，记录了一个时代的社会精髓，让每个由底层奋斗的年轻人知晓自己能够走多远。

省作协有次开会将路遥典藏五卷本书籍作为与会代表的礼品，回到家，我特意将那厚厚的五本书放在书架外侧。长路漫漫，既然将文学创作定为毕生的追求，我便做好了吃苦的准备。每当看到“路遥”两个字，就会联想到他脚踏实地的创作态度，扎根基层的创作风格，以及“路遥知马力”的积极力量。这个名字在我眼中，是一种提醒，一种警示，一种高大又永久的智慧。

作家摇篮

第七届茅盾文学奖于 2008 年 10 月下旬揭晓，2003—2006 年间发表或出版的长篇小说中，贾平凹《秦腔》、迟子建《额尔古纳河右岸》、周大新《湖光山色》和麦家《暗算》共四部作品获奖。其中西北大学两位校友贾平凹、迟子建榜上有名，文学院以此为荣，学子们也决心在先锋的旗帜下努力学习。这一结果自然激励了很多文学青年，他们原本泯灭的作家梦再次被点燃。

二分之一的获奖比例，文坛上便开始关注“西北大学作家群”现象。有关媒体机构和西北大学文学院一起，邀请了历届校友和陕西文化名人同聚一堂，探讨这一文化现象。两场讨论会，我都有幸旁听了，更多的人将此现象称作偶然因素，并一致认为，西北大学开放的环境使得大家有话可写。

所谓作家群中的作家，大都是四五十岁的中年人，或许只有到了那个年龄被称为“家”才当之无愧吧。前些天去了图书大厦，当代小说书架上的各色封皮让我觉得如今真是百花齐放啊！而那些作者和我一样，最多只能称得上是“写手”。那么，究竟什么叫“作家”呢？

从字面上讲，在写作方面有一家之言的人就是作家。抑或作品可以自成一派的人，在文字方面有一定影响力的人，有读者受众群的人……

总之，作家不是人人可以当的，“作”可以，但要成“家”，一定是要被人认可的。这过程需要时间，需要写者的自我完善，需要大众的推崇。这“大众”又该是哪些人呢？

有时候，“大众”不一定是群众，张爱玲、钱锺书的作品曾经一度不被学术界主流认可而限量出版发行。因此，其第一读者群反而在国外，随之被推向了相当的高度，旅美华人学者夏志清用大篇幅论及两人在文学史上的地位，方才引起了国内的广泛关注，成了当之无愧的作家。

仔细想想，古代被称为作家的很少，甚至没有，只是被称作“诗人、词人、小说家”。不知这个概念是否来源于近代，单纯“作家”二字就将用文学糊口的人予以了一个美好的称谓。与此同时，无数怀着作家梦的学子走进文学院，走进作家班，希望自己和所崇拜的作家一样。

我不羡慕专靠写作谋生的人，却也钦佩那些用笔杆子养家糊口者。选择这样的路需要太多的勇气，唯有非功利心的写作才能做出好文章。可是，由于生活所迫不用作品换取日常开支又能如何？如果有一份稳定的工作再坚持创作，听起来不错，然而，这样能成为作家吗？

没有任何顾虑，一心一意专情于写作才有机会写出大作品。而现实中的人们却不得不为自己的生活谋路，即使那些专情于写作的人也会有所顾虑的。作品问世，没有人响应，仅仅留在自己记忆里，就违背了作品创作的本意。不想公之于众，埋藏在心底就够了，又何必要花大力气写下来，甚至以出版作为发表的方式？

似乎我说的这些都是矛盾的命题。

不久前，文学院教学楼前的空地立了一方巨石，上面是贾平凹先生题写的“作家摇篮”四个字。伫立在凛冽的冷风中，我曾久久注视着那几个大字，有很多感慨——大学是否乃培养作家的地方？文学院真的是作家摇篮吗？从目前来看，都不为知晓。那巨石是块一人多高的页岩，层里状的结构似乎可以剥落一片下来。蓦地，我竟神经质地想到倘若让每位从文学院走出的学子都剥一片，多少年后，这方巨石恐怕只能剩下前面刻字的一层皮了……

几经徘徊，我在巨石后面的泥土里，寻到了一小片掉落自母体的页岩，定睛细瞧，仿佛是沙粒组成的，一掰就成了两半。我小心地将它们用纸包好珍存起来，因为它曾是“作家摇篮”的一部分。

麦田书香

第一次听说“麦田”是在两年前，一个多年不见的朋友邀我加入“麦田群”，他说里面大都是社会中上游人士，出于共同爱好在微信里相聚，几乎采用实名制，可以将其作为社交的渠道。抱着几分好奇，我陆续被请进了几个群，平时只是默默旁观，很少活跃其中。直到成为“麦田书馨群”的群秘书，我才真正感受到了“麦田”的魅力。

每日清早及时分享麦田早报和麦田财经，已成了我习以为常的惯性动作。七点二十以后打开分发分享中心，将其中发布的最新资讯分享至“书馨群”，随后获得群主五朵动画玫瑰的点名嘉奖，收获大家的微笑感谢，带着融融暖意开启新的一天。

虚拟中的小社会，靠的是一份自律，“向上、向善、向阳”的理念贯穿至麦田的每一个群落，人们怀抱一份真诚的心，在这里找寻内心深处因相同喜好生发的共鸣，尽管难免面临摩擦，但都自觉地保有足够宽广的胸怀。

因为爱书，近 150 人相聚一堂，在温馨书香里畅谈所思所感，这在当今浮躁的环境下显得难能可贵。

对于社会问题、图书作品的争论与推荐，是书馨群讨论的主调。不定期开展的书评征文活动，足够调动起各类爱书人士的热情：有人荐书，有人评书，有人赞助奖品书，有人发红包作为大家买书的赞助费。揭晓评奖结果那晚是群里的狂欢，好好读书，好好写作，有人阅读，有人欣赏，是再快乐不过的事。

人与人之间真诚地倾诉倾听，随着社会快节奏的发展变得越来越遥不可及。出书日渐容易，送书者日渐增多，买书的人却日益减少。常常在想，自己潜心写就的文字，真正认真阅读的人有多少呢？见过多少专家抛离书的本身，根据自己的发挥对书进行评论，给予作者游离于其本身文字、思想之外的恭维，给予一些虚空的高度评价，而不实在地说明全书传递的中心思想，评论中看不出作品本身的魅力，找不到其中的问题与遗憾之处，或者，评书者根本没有细读过文本。

我曾在麦田的书馨群担任过书评的总分人，汇集总分计算平均值的时候，清楚地发现大家一致给予文字真挚的作者以高分。这些书评优于其他的特点在于明显能够感受到书自身的价值所在，认真读过书的评论与大致翻看之后的概述有着显而易见的截然不同。

爱书，不能单单是爱，不能单单在收集、收藏，而不去读、不去分享，这样便违背了书原本的使命，人也变得如同“葛朗台”般只是习惯积累，发挥不了好书的功用。

作为麦田书馨群的服务者，我感动于“麦友们”真诚无偿的付出，感念于有人愿意去品读这些书目，也在这虚拟的世界中看到了书在当下的魅力与悲哀。然而，作为一个可能一辈子离不开书的人，依然为找到些许同道而感到丝丝欣慰。想必，其他 120 多个麦田群中的三万人大军，也会有类似的感受。

赠人玫瑰，手有余香，没有报酬，只求信仰。步入互联网时代的今天，深处高楼耸立的都市丛林中的我们在这里抱团取暖，在多元文化之间找寻灵魂的家园。每个人的心海，都该有一方麦田，这是属于我们自己的圣土，在这里独立耕耘，默默守望，见证麦子萌芽、出苗、生根、长叶、拔苗、孕育、抽穗、开花、结果……享受每个阶段的美好。又或者，我们本身即是一株株麦苗，迎着阳光，相互扶持，倔强生长。

属于我的麦田，还伴随着一份淡淡的温馨书香。

归园短歌

用很短的篇幅将读者带入自己设定的情境是一种能力。和谷先生的散文集《归园》大都短小精悍、构思精巧，似札记又像随笔，行文看似随意却都从心底里流出，娓娓道来人与自然相互交融的体悟。

一生供职于主流文化单位，退休后回到位于铜川的家乡，时隔四十年后，和谷重新操起锄头在伴随他儿时成长的土地上耕耘劳作。尽管时过境迁，一切仿佛依稀如故，经历风雨回看这片厚重的土地，依然带给他沉静与安然，而他将这份沉静安然融进作品之中，采用最简短朴实的句子，带领大家放慢脚步，细细品味田园的简单生活，聆听每一寸土地上的生物生长的音律，传递出天地万物悄然幻化的节奏。

能够告老还乡，何尝不是一种幸福？在乡村长大的人们有着浓浓的故土情结，生活在林林总总的高楼之间常觉得不踏实，似乎只有回到故乡，内心才能够得以安放。然而，城市的扩张使得很多村庄消失不见，也使得不少人失去了故乡。每当看到类似的村庄，总会触动他们内心最柔软的部分，那是身处故乡才有的宁静。

未曾体验过乡村生活的我有些羡慕这群人，不管故乡的村庄如今存在与否，至少他们心底都会留有一方热土，保存着关于这片土地的美好回忆。而我，只能从别人的文字里感知面朝黄土背朝天的脚踏实地，想象着锄头与大地的亲密互动。

抛却过往，回归自然，还原人最初的本真属性是人生的另一重境界。道教修行觉悟者被称作“真人”，能够做到洞悉宇宙和人生本原，真真正正觉悟，最终修真得道成仙。古往今来，陶渊明自然天成、恬淡旷远、平淡质朴的诗文被不同身份背景的人们共同喜爱，想必大家无论何种出身、经历过什么，都有着对安静生活的向往。置身于能够给予自己充分安全感的环境里，可以不拘泥于外界、不受任何人左右，只需全神贯注地叩问内心，而这地方最好是故乡。

好文章不一定要长，几千字需要步步架构的散文难免会引述其他相关的材料，其中真正生发自己思想的文字不过百十字。相反，寥寥数笔便能达到同样的效果并不是一日之功。放弃了多余冗长的堆砌，用最平实的语言创造情境，轻而易举地表达出所思所感，呈现出干净明快而又意犹未尽的韵味，这才是真朴淡远的艺术境界。

一切描摹得太实，便没有想象的空间；一切讲述得太透，则没有思考的余地。点到即止，往往更加耐人寻味，具有无尽的美学生命力。能够瞬间触发最广泛共鸣的写作主题，往往是家乡、是故园，是每个人内心深处最向往的自然。那里足以承载起太多深刻的内容，可它总是以最真实素净的面貌坦然迎接所有到访者的注视揣摩。或许，这就是“归园”带给人最持久的满足与感动。

画眼观天

写作是我的主业，画画纯属业余。

凭着儿时学画的“童子功”，2012 年底，我立志重新拾起画笔。当清洗调色盘的那一刻，我才意识到这残留下的颜料至今已时隔八年之久。小时候看到美的事物，便想到用画笔记录下来，后来，方方正正的汉字取代了有明暗色相的绘画线条，文字成了我表达心声的途径。

看到天空中的云彩，或是黑板、墙面、地板上斑驳的疏影，我常常望着它们出神。因为感知到了其形象的图案，看得再久也不觉累，还会迸发出关于自然图景的小故事。在白纸上作画，也能在头脑中预见出落笔后的模样。绘画给予人无穷的想象力，它可以不受约束，天马行空地任意组合。

艺术是相通的，而绘画所通的行当恐怕是最多的。音乐、文学表达的画面感，设计、搭配所需的艺术性，书法、刺绣基础的大样把形，甚至烹饪、烘焙涉及的食材配比、摆盘装点，都离不开绘画潜移默化的力量。

我是个低产画者，但无时无刻不保有一双“画眼”，用它去看世界、爱生活。

笔尖舞蹈

久不握笔，居然会怀念那种笔尖舞蹈的跳跃感。一笔一划、一字一顿，手中的笔在纸上轻重自如地收放转化。钢笔、铅笔、圆珠笔，不同的笔像是不同的舞者，用上下摆动的姿态跳出动人的舞蹈，用不同颜色的“舞鞋”划出不同质地的色彩。

尽管于 13 岁就已经在刊物上正式发表文章，但我真正喜欢上这种感觉是在初中毕业那年，开始主动用文字记录下令自己感动的人和事。从此，我用不同的本了将能够公之于众的文章和较为隐秘的日记分开，使用各异的叙事口吻，字迹潦草程度也有所不同。前者往往在创作时就带有强烈的读者意识，后者则更天马行空，显得随意得多，这几篇散文自然归于前列。

出于对文学的满腔热爱，我读了汉语言文学专业。与用笔写作的传统习惯一样，我读书也相对保守。小学似懂非懂地读中国古典名著，中学读余秋雨、贾平凹、周国平，大学则按照老师列的书单逐一找来阅读，均为文学界公认的知名作家作品。相比当今片段式、世俗化的文学快餐，我还是欣赏那些有厚度、有分量的文字。一直觉得，好的文章不看内容仅看文字的排列，视觉上都十分舒服，粗糙的语言呈现出的铅印效果则是杂乱跳眼的，恰如我笔尖或柔美、或蹩脚的舞蹈一样。

自中学起，父母每年会带我外出开阔视野，感受不同地域的文化。

回家后，我会将特别的感受记录下来。随着岁月的沉淀，游记变得不仅仅是单一的旅行记录，逐渐形成了类似文化散文的东西。

这组文化散文是我近年来比较满意的作品。文章大都从我感悟最深的某个点切入，形成脉络，调动我所知与其相关的素材，力求恰到好处。因为崇拜白居易，所以有了《踏歌行》；因为同情孟子，所以有了《第二的寂寞》。行至周庄，决定用文字勾勒出江南小桥的姿态；观赏佛像，感悟到其中蕴藏的哲理以及被人曲解的用意。《木塔寨》相比于其它四篇更倾向于写实，侧面抒写在城市夹缝中生存的农民工。他们是城市的功臣，却也同兴盛一时的木塔寺一样，不得不让位于新时代的建设。我希望这篇文章能够填补木塔寨的历史，若干年后，当它完全融入西安高新区现代化的建筑群时，后人还知晓有过这样一群人，曾经寄住在脚下这方土地上。

史实可以使文章变得厚重，也可以出自文章，由此成为新的历史。发生过的瞬间在影像和文字的定格下成为永恒，文字能够重新架构起一个时空，赋予他人更多的想象空间，或许这就是它的独特力量所在。

其实，在现实和历史中时进时出的文化散文只是我创作的一类，我也常常下笔于生活的琐事，沉浸在自我的世界，独享笔尖舞蹈带来的快乐。手握钢笔的我好似教练，收放自如，任它造就美丽的曲线。线与线独特的交织相错，构成了舞蹈的每一个段落。

由于灵感所至，有时舞蹈会难以控制。此时的笔尖仿佛是自主的，带动着笔身和我的右手直通纸上。事后细细读来，自己也觉得十分优美，竟然不信是右手所为，而完全出自那灵动的笔尖了。

揭开的疤

有人建议说，有的题材不要写成散文，而要写成小说，因为小说具备足够的体量，加之可以虚构，而散文太实，很多内容不好延展。我的散文很少有自己过于私密的小情调，因为这部分内容鲜少入题，就避免了一些隐私的公布。但是，少了这部分的真情实感，文章就少了点亲和。一直认为，散文是极具个人魅力的文体，太具主观色彩很容易将作者暴露于“光天化日”之下，也很容易将自己可人的一面展现出来，进而让别人喜欢自己。很多作者喜欢写散文忆童年、忆乡下，却避免书写当下现实生活，那么，就有了诸多乡愁散文。

上半年，我原打算出版自己的散文集，打问一圈才发现事与愿违。“散文不好出，没市场”成了出版社与出版商拒绝的理由。于是，我陷入了深深的困惑：这个文体还要继续坚持下去吗？

谁出版了一部长篇，很多人说不简单，而听说谁出版了一部散文集，关注度顿时就下降了。可是，写好每一篇散文所耗费的心力其实并不比小说少，小说可以用篇幅结构支撑，作者不必费心将每个句子写得漂亮有内涵，而好散文的谋篇布局一旦出现问题，往往一眼就能识破。不过，真正用心写好每篇散文的人不占多数，质量也必然参差不齐。

上午与一位出版过十几部长篇小说的作家通电话，向他询问散文集的出版渠道。他毫不回避地说，投去出版社也是石沉大海，何况现在小说也不好出，关键问题是没有读者，出版商喜欢那些妖魔鬼怪之类的仙侠题材，普通的写实题材市场不行。他最近已经封笔，潜心作画，直言已对写作失望，他看不到读者，也不愿迎合市场去写自己不想写的东西。如果写书耗费了精力，出书再赔上金钱的话，我们为这个爱好也投入得太多了。

写作本身就是不断去回味令自己伤心痛苦的事情，作者将自己的伤疤通过文字展现出来，然后成文发表。而读者又有几成呢？是求得“圈内人”的刻意恭维，还是自己的孤芳自赏？身处文学圈的我有些疑惑了。我们苦心揭开的伤疤，不论关于自我或是关于社会，谁来欣赏，谁来买单呢？

生活节奏越发快速，人们的自我意识也不断增强。诸多年轻人加入“直播”队伍，享受着陌生人的赞美与关注。每个人都渴望成为明星，都想成为中心人物，而选择用文字这种劳心费力的方式去表达自我，渐渐弱化成某个圈子的自娱自乐。想到这些，不免觉得可悲。

在某次文学会议发言后，一个大我十几岁的女人专程给我敬酒，她不无遗憾地说：“这么年轻漂亮的姑娘为啥就爱了文学呢？我真为你感到悲哀！”同桌人顿时沉默，我也惊得不知如何作答，熟悉我的朋友笑着对我说：“我不觉得你悲哀啊！”

13 岁发表文学作品，19 岁出版第一部文集，直到今天，我的文学之路也走过了十几年。最初纯粹因为喜欢，享受写下文字带给我的快感。到后来经历了瓶颈与困惑，被圈子及周围人定义成“作家”，这身份像是种使命，逼得自己坚持走下去。初心不再单纯，诱惑也渐增多，这个年纪，的确可以选择很多种生活方式，埋头创作的过程往往伴随着孤独与艰辛，并夹杂着各种复杂的情绪。

单纯经历生活的普通人不必总停下来去思考，就算思考也不必用文字去再现表达。而写作者的生活是不断往复的，他们需要从生命中提取素材，经过自己的头脑加工创造，反映成文字，然后公之于众。写作者是一群敢于把自己的内心拿到阳光下晒的人，他们比很多人活得干净纯粹。不论纪实或是虚构，总能从故事中发现作者的影子。

作者历经思想斗争把潜心熬成的字句分享出来，是希望获得共鸣，不然仅作为日记留存就好，何必寻渠道发布呢？然而，社会将越来越多的新生事物引入原本干净的创作中，能够不惧其他，安心去做一件事的人少之又少，何况是如此入不敷出的脑力劳动。

偶然一天，收拾东西翻到几年前写的字条。有一张是我在大学毕业找工作前写下的对未来工作的期望，其中有这样一句话："工作不以全部的写作为生。"潜意识里，我不想让自己的爱好成为职业，却也难逃这样的宿命。

不想为现实所累，却又不得不屈服于现实，这个时代，我们面临前所未有的的冲击与挑战。作为写作这个古老方式的坚守者，只希望那些揭开的伤疤不要一直裸露下去，有一天能被抚平，而不单单是被自己。

文采焕发，更要脚踏实地

——在第五届中国西部散文家论坛上的发言

关于散文的引证解释中，提到了晋代木华《海赋》中的一句话："若乃云锦散文於沙汭之际，绫罗被光於螺蚌之节"，意指云锦散落在水湾边的沙滩，绫罗闪耀在贝壳的骨节上。沙滩、云锦、绫罗、螺蚌本身都光彩照人，再加之阳光的反射，夺目的样子不难想象。用这些美好的词汇来形容散文"文采焕发"之势，可见散文的特殊魅力。

去年，我有幸参与编选了一部散文集，选稿过程中，遇到的最大困惑就是文体界限的模糊。汉语言文学科班出身、一贯走传统文体创作路线的我有些搞不清楚如今多样的散文体式：通篇一句话即分段、频繁分小标题组合、冗长感悟性札记、人物情节环境要素同样具备、大半引用古人诗作、文史资料大段粘贴、研究性论文、书信、读后感体会……如此种种形式让我实在感到有些"四不像"。

就此，我与一位编辑朋友讨论过，发去几篇感觉不符合传统意义上散文体的文章让他做以评判，他看后回复："算散文。"我问他原因，他说："因为散。"

肖云儒先生早年总结出了"散文形散而神不散"的特点，所谓"形散"，主要指散文的取材十分广泛自由，不受时间和空间的限制，表现方法不拘一格，组织材料、结构成篇也比较自由；所谓“神不散”，主要是说其表述的中心思想明确，一切零乱的材料都集中地为主题服务。

每个人喜爱的表达方式不同，散文更是大家焕发文采的主要媒介，它可以让人不受约束，用自己最擅长的形式去表达内心预定的主题。写人、叙事、记游、咏物、描景、抒情，这些一般意义上认为的单纯的散文概念已经满足不了创作者的需求，或者说不足以承载作者想要表达的主旨，从而加以糅合改良，形成符合自己审美的文体特点。

有各自的写作理念，有不同的风格追求，这一点无可厚非。而我所追求并努力践行的散文理念，便是传统意义上的——文章取材于生活，关注眼下，用平白易懂的语言生发主题，在生活中找寻哲理，要气脉贯通，表达出具有思想的魂。

从小到大，有六个作家对我的影响深重：白居易、孔尚任、贾平凹、余秋雨、龙应台、柴静，这几人有古有今，出身职业不同，特点风格不一，但各有其优势，又有共通之处。

早在唐代，白居易在“新乐府运动”中倡导“文章合为时而著，歌诗合为事而作”的现实主义创作原则。他主动请在自家门口晒太阳的老妪听文，将她们听不懂的部分一律换成通俗易懂的词语，此举重振了诗歌日益萎靡的风气。他的长篇叙事诗《长恨歌》《琵琶行》都是一气呵成，用情将声与事紧密连接，声随情起，情随事迁，使诗的进程始终伴随着动人的情感力量。白居易在《新乐府序》中提出：“其辞质而径，欲见之者易谕也；其言直而切，欲闻之者深诫也；其事核而实，使采之者传信也；其体顺而肆，可以播于乐章歌曲也。”这里的“质而径、直而切、核而实、顺而肆”分别强调了语言的质朴通俗、议论的直白显露、写事的绝假纯真、形式的流利畅达。

距今1200多年的观点放在今天依旧不过时，能够流传下来的好作品是具有时代气息的，并且是别人读得懂的。明末清初的戏曲大家孔尚任所作《桃花扇》中的句子，至今令我记忆犹新：“山松野草带花挑，猛抬头秣陵重到。残军留废垒，瘦马卧空壕；村郭萧条，城对着夕阳道……”尽管是一出戏，但其中没有拗口生涩的文字，令人读起来一点不费劲。

然而，当今很多作者写散文有几种现象，通篇凌乱、气脉不畅，虚无缥缈、不知所云，活在古代、滥用典故，小资情怀、只书自我……这些文字共同之处在于读者看不明白，有的自己生造词、不合常规，有的主题晦涩、读完没有印象，有的东拉西扯、华而不实。

既然要发表出来公之于众，写作者就得有受众意识，让大家能读懂，而不能封闭在自我的小世界里。处处留心皆学问，人情练达即文章，写作离不开社会，写作者也不应抛开社会。

上世纪九十年代初期，《美文》杂志创刊并提出“大散文”的观点，为当时沉寂的中国散文界吹来了一股新鲜的风。他们一方面呼吁散文的内涵要有时代性，有生活实感、境界要大，另一方面鼓呼拓开散文题材的路子。

站在时代的前沿去抒写一种大情怀，而不是琐碎甜腻地抒发一些小感觉，陕西省作家协会贾平凹主席以自己的实际行动践行着“大散文”的概念。他用简短的篇幅，以一个亲历者的身份讲述一个个富有哲理的故事，娓娓动听，亲切而从容。可是，在实际传播中，很多作者不满足于这种用精短之笔写就主题博大、形式小巧的“大散文”，却用几千上万字的篇幅，细细描绘分量看似更重的“大散文”。于是，由此衍生出了历史散文、人物散文、文化散文、学者散文等等。

余秋雨先生的文化散文是很长时间内反响最大的一种散文体例，这种分小标、大部头叙述历史的文字影响很多人至今。我的学生时代深受此影响，喜欢的原因最初源于一位高中语文老师，她总是在黑板上板书大段的余秋雨散文让我们抄写。老师的粉笔字很漂亮，配上沉甸甸的语句，使我们在一笔一划地誊写中逐渐欣赏起秋雨先生的散文。尤其在高考备战前夕，她的摘抄作业更加频繁，老师不止一次地告诉我们：“你们抄写下来一可以放松练字，缓解备考的压力；二可以了解更多的历史知识，顺带复习历史；三可以在不知不觉中锻炼你们的文字感觉。”对于十六七岁的孩子来讲，我们更佩服的，是作家本人的知识广度，大家渴望有朝一日能够掌握同余秋雨那么多的文化知识。

我见过很多文学爱好者喜欢模仿这种文化散文的结构模式，作为游记写法的一种，围绕一个观点，用历史串络出散文的脉络，颇多的引用、转述，以显示其文化性。最极端的甚至将这些已有的历史素材大段照搬，几乎占全文通篇的大半，让人不禁质疑该文章的版权问题。散文不能像论文写作一样标出序号和出处，网络的便捷则让这种写法更为轻而易举。然而不可否认，不读书无以知晓历史，复述中间难免得参考过去人的论述，这种写法必然会存在一些争议。

早年间，我喜欢将游记写成文化散文，也获得过许多称赞，而这种不食人间烟火、写作主体不明晰、埋藏在象牙塔间的写法在近年来很少再触及，转而更倾向于写生活化的东西，这种转变与工作后迷上龙应台等台湾作家有关。

龙应台以其细腻的女性视角捕捉生活中感动心灵的点滴，她直面生活，愿意分享自己的经历，用平静淡然的文字带领大家与她一起去领悟生活中的哲理。《目送》结尾的升华尤其令人感动："我慢慢地、慢慢地了解到，所谓父女母子一场，只不过意味着，你和他的缘分就是今生今世不断地在目送他的背影渐行渐远。你站立在小路的这一端，看着他逐渐消失在小路转弯的地方，而且，他用背影默默告诉你：不必追。"

生活里有着比历史典籍更为鲜活的故事。柴静作为一名知名媒体人，被我称作作家似乎有些牵强，可她的新书《看见》却长时期稳居图书排行榜的前列。这部以采访手记为主体的作品可以看作一篇篇长散文，因为它们虽然零散，但有总纲，每篇文章围绕一个话题展开，用新闻调查的冷静观察和其在之中之外的体会构成全文。这本书是我读得最快、最上瘾的书籍，尽管每一篇很长，但总有兴趣细细看完，并且很想再看下一篇。她写的都是对社会问题的思考，步步推进，气脉贯通，这又回归到了一开始我说到白居易的长篇叙事诗，声随情起，情随事迁，一气呵成。

能写文章，必定是有表达内心的冲动，笔下所言，也必定是动容己心的事物。无论何种外在形式，不管怎样的表述方式，散文作为一种最接地气的文体，表达出作者的中心思想依旧是写作的本意。言之有物，有所生发，则是散文最基础的所在。

好散文是动人动情的，是距离我们生活不远的。它们取材于细小的生活，需要作者敏锐地洞察其中有关联的东西，由点及面，共同组成文章的灵魂。

好散文是耐人寻味的，是不需要去额外解释的。它们本身散发着思想的光辉，在平实中彰显一种不寻常，叫人读来有所触动，有所感悟，有所收获。

当今文艺界倡导作家下基层，书写平凡人的故事，便是一种“接地气”的表现。每个写作者不该固步自封，活在自己的小天地里，只追求华丽的辞藻、绚丽的表达，而应该关注新闻，关注眼下生活，打开眼界，打开自己，脚踏实地，这样才能够创作出富有时代气息的鲜活作品，才能够引发更多读者的共鸣和喜爱。

附录 评论

齐雅丽：草送我一绿，花迎我一笑

高俊林：行走人间，为心写作

草送我一绿　花迎我一笑

——段路晨散文品读

齐雅丽

“陕西真是一块文学沃土，既滋养作家又滋养作品”，之前不认识也不知道青年作家段路晨，待有一天读了她送来的两本书《等待花开》和《缘起西大》，才知道写作是这个年轻的女孩子从小就有的梦想，两本书收集了她从小学到大学期间创作并发表的作品。之后，又认真细读了她的几篇散文，我发出了由衷的感慨：陕西这块文化底蕴深厚的土地随时会涌现让人不可小觑的创作人才。这也是我这些年关注陕西作家时发现的一个有趣现象，往往是名不见经传，或之前并未见有什么作品，但突然间会像雨后竹笋般冒出尖来，或一部相当成熟的长篇小说，或几部厚厚的散文集等等，而且，他们多不是作协系统内的专业作家，拥有各自的职业身份，写作之于他们是心中的梦想，是心灵情感的一种表达。这种现象正体现了陕西作家对己高标准严要求，潜心创作的优良品性。段路晨就是这样一个冷不丁冒出来，让我欣喜，让我喜欢的用心灵倾诉的写作者。

俗话说，文如其人。读路晨的作品，可以看到她的心境，体味她的情感和思想。因为没有过多的接触和了解，仅仅一面的印象，所以只有从文中去了解她。通过文字，我看到的是一个热爱生活，拥有梦想，有着坚定信念和思想主见的路晨；一个成熟和单纯、激情和理性、细腻和洒脱并存的路晨。

《等待花开》是她 19 岁前的习作，无论叙事、抒情、写人，甚或歌词、画作，从中可以感受到一个纯情女孩的梦想和天赋。有人说，阳光来自我们的心，只要我们心里有光，就会感应到世界的七彩。读文识人，路晨是一个心中充满阳光的孩子，周围的一切，在她眼中都是喜悦的、多彩的、富有生命活力的，即便普通的花草，在她看来也是“草送我一绿，花迎我一笑”般有了生命，因而她的写作可以说从心中流淌，自然而然，简单而美丽，生活的朴素与语言文字的灵动巧妙结合，我想说她是一个受上天眷顾的富有生命激情和写作天赋的写作者。

《缘起西大》收录了她大学四年期间的创作收获，正如刘炜评老师在《序言》中所说“路晨具有对语言文字的心手敏感，活跃且丰富的想像力、筑建情趣化意义世界的能力。”我想一则因其天分，二则因其积累。俗话说，心系一处人生方能走向纯粹。路晨在高考选择学校和专业时本因优异的成绩可以有更多更高的选择，但她毅然坚持自己的文学梦想，在众人不理解的情况下，毫不犹豫地只报了一所学校一个专业——西北大学中文系。及待进入大学，她更是心无旁骛，向着自己的目标执着前行，向以贾平凹、迟子建为代表的西大作家群顶礼学习。四年的磨砺，天赋加勤奋使她成为这个方阵中的一名新秀，文学陕军中又多了一道亮丽的风景。

读路晨的散文，最明显的感觉是她思想的成熟和文笔的洒脱。具体体现在情感和视角的细腻、抒情和叙事的舒展、语言和叙述的平易以及思路和思想的开阔等等。

首先，她的细腻不仅体现在情感，更体现在人与人、人与物的换位换境思考和同步体验。热爱生活的积极心境和珍爱生命的阳光心态决定了她观察角度的与众不同，无论对人、对事或对景、对物，路晨的感同身受就自然多于他人，这不单单是视角的不同，更是一个优秀写作者所应具有的平常心和平等心的基本素质。如《木塔寨》一文，她写农民工兄弟，写生活，没有琐碎，很从容，很阳光，从对农民工的认识、同情、理解，到写他们身上的优良品质，写他们公交车上的让座，写水果小贩从不短斤少两，写这个小社会的温馨，写他们的朴实厚道等。在心理上，作者与他们没有距离，乃至结尾那种平等的、亲人般的怀念，让人温暖和感动。无论写今人、忆古人、写景对物、叙事感怀，路晨的心境总是能保持人我、物我一体的体验状态，这是很难得的一种境界，因而这种来自内心一体感悟的细腻视角便成了她写作的一个显著特点。

其二，路晨可以说掌握了散文需要铺陈的技巧，文章的舒展流畅可见其写作的功力。文中观点虽层出不穷，但表现上却没有引经据典和搬弄概念术语，而是用生动鲜活的素材来佐证自己的见解。从容的叙事、自然的抒情、朴素的描写，读来大气舒展。以情动人本是散文作品的主要特征之一，她在《踏歌行》一文通过语言描绘将白园的景致和人物乃至写作者的具体感受述诸于笔端，语言的形象美在此文中尤为突出，唯妙唯肖的描写，给人以如临其境，如见其人，如闻其声，形象逼真的美感，从而唤起人们的情感和想象。文中对白居易纯真爱情故事的描写，对人生缥缈的慨叹，由景及物，睹物思人，或回忆、或叙述，如临其境。结尾一段“缥缈的古曲凝噎，无声胜有声。白园古雅的九曲回廊，似乎在诉说着白居易因‘文’升迁得祸的曲折人生，倾吐着依‘歌’悲喜交纵的乐天性格。达则兼济天下，穷则独善其身，孟子所言恰成了白居易终生遵循的信条。兼济之志，包括了儒家仁政、黄老之说、管萧之术和申韩之法；独善之心，则吸取了老庄的知足、齐物、逍遥观念和佛家的解脱思想。廊壁密密麻麻地镶嵌着《琵琶行》的全文石刻及现代文人墨客的吟咏诗作，白居易最终还是以其身体力行实践自云‘根情、苗言、华声、实义’的‘文’流芳百世。”既是情绪的表达，又是点睛之论，然则铺陈有度，抒情与叙事水到渠成。

其三，路晨文中语言的平易和叙述的凝练也给人留下深刻印象。读来如品茶，清新淡雅，赏心悦目。人说，文章充实容易，平易难。路晨的散文传递的信息很多，但却丝毫没有给人零乱之感，反而开合有度，收放自如。语言上朴实无华，不堆砌，不追新，语言既灵动又平实。有人说，散文的整体风貌是滋润人心灵的甘露。在路晨的散文中我们可以看到一种闲适且散淡的生活状态，所谓平平淡淡才是真的笔调。她涉猎的题材很广，但都离生活很近，看似漫不经心，厚实平易，却往往渗透着文化含量、智慧和浓浓的生活趣味。如《周庄的桥》，写景写物，流畅而朴实。“那纵横交织的河道上有着富贵人家自己的码头、自己的船只……唯有这桥，并非如此霸气地独占，是属于大众的。因为桥连同周庄的水、周庄的树早已合为一体了。”语言凝练简洁，平易中超越的观念自然浮现。

此外，路晨散文的另一个显著特点是其思想的独异。一则源于她用心的专注，一则得益于日常广博知识的涉猎积累。她善于观察现实人生，勤于思考生活现象，写出来的文章多有大情怀，而少小情调。如《不奢求被理解》中“黄瓜和西红柿不相信世界上竟有南瓜这样的蔬菜存在，在他们嘲笑着这样的名词时，南瓜在菜地的另一端默默地生长”；《第二的寂寞》写亚圣孟子，文中“民事不可缓也，民为贵，社稷次之，君为轻，乐民之乐者，民亦乐其乐，忧民之忧者，民亦忧其忧，”以及“没有孟子的第二，又何以衬托孔子的至圣，亚圣不意味着贬低，更换来一份清静。”等常常体现作者对世界和人生的体悟。在她笔下流淌着思想与灵魂，如在《看佛》中她写道“同样的佛有不同的造像，由于时间年代、审美理念、技术水准、经济情况的变化而表现出相似却不一的面孔。与纯粹的佛教信徒不同，我们看佛，就像是看自己，看的过程中看到了隐藏在内心的私欲，看到了面对人生祸福变迁的态度。而佛，永远面含慈悲地看着芸芸众生，佛看淡了世间的金钱名利，包容了红尘的恩怨情仇。我想，亲切和善的佛根本不会在意人们合影留下自己美丽的姿态吧？”以及“佛不语，相续乐。信仰是一种节制，一种美好的向往，无论我们宗教信仰是什么，重要的是心中有佛，心中有美，心中有道德的底线准则。也许，身边的每个人都是佛，善待他人就是种修行。知足常乐，静心随缘，我们才能生活得安然快乐。”文字间记录着她理性的思考。

天地有大美，于简单处寻。读路晨的文章，可以感受到她内心的纯净和对生活的热爱，文中的思想似乎超越了她的年龄，笔调的闲适从容也让我刮目，或可说这是她勤奋积累知识积淀后水到渠成的结果，或可说作家的天赋她具备。出现一个好苗子着实让人欣喜，唯期望路晨淡定、坚守，用心灵感悟，用本性写作，前面的路很长，只要心中有阳光，就会照亮前程。

（齐雅丽，陕西省作协党组副书记、专职副主席，陕西文学基金会副理事长，陕西省文艺评论家协会副主席）

行走人间，为“心”写作

——段路晨文学创作印象

高俊林

我认识段路晨是在将近五年前，其时她还是大学校园里的一名学生。大四的第一学期开学伊始，她选修了我担任主讲的一门课程。作为班长的她在递交全班同学的花名册时顺便自报家门，我便记住了这个颇富于诗意化的名字。当时我还在心底里暗暗揣测，“路晨”二字是否即来源于陶渊明《归去来辞》里的其中两句：“问征夫以前路，恨晨光之熹微”，隐含着时不我待、奋力前行的美好寓意。

再后来随着接触渐多，我才知道她是文学院有名的才女，很早就投身于写作。从13岁发表第一篇作品开始，迄今为止，她已经出版了包括《等待花开》、《缘起西大》在内的两部文集，还有其散见于各类报刊杂志的许多文字。文体各异且涉猎多端，既有现代的小说戏剧，也有传统的诗词曲赋，对于一个年轻的小姑娘而言，真可说是成果丰硕了。

我在读路晨文章的时候，除却领略其表现手法的新颖别致与情感内涵的气象万千外，并能够充分地感受到作者的一种内在的自信，那就是相信文学的社会功用，也相信文字本身的魅力，就像她自己在一篇名为《笔尖舞蹈》的创作谈里所写的那样：“文字能够重新架构起一个时空，赋予他人更多的想象空间，或许这就是它的独特力量所在。”

毫无疑问，作为创作者的路晨是敏感的，她心思纤细，关心小猫小狗、小花小草，关爱流浪鳏夫、失学孤儿。她爱看孩子们的眼睛，只因为他们“明澈的双眼没有一丝杂质，纯净透明”（《纯净》）。她喜欢万物复苏的春天，也是缘于“春天有足够多的美好意象引人共鸣，春雨、细雨、花瓣雨，和风、清风、杨柳风，草香、花香、泥土香……”（《春天的美丽》）。对于世间最伟大的博爱，她更是不吝赞美之词，认为“普天之下，唯有博爱的人才能感动周遭”（《学会爱更多的人》）。由于她葆有一颗纯真善良之心，时刻都睁大了好奇灵动的双眼去观察自然，“一片落叶，一弯残月……简单的自然都会让我感念于心”（《只是突然，很想念》）。所以赏蝴蝶兰，采野蘑菇，摘取沾了蝉蜕的秋叶，在她都是寻常之事，可谓随处欣赏风光，感受诗意。

对于人生，作者有自己的深刻领悟：“生命不在于长短，而在于过程。追求与开拓的碰壁和享受，忍耐与挣扎的孤独和拼搏，这些则是生命的全部”（《终极人生》）。这种对于人生的认识，并不停留于肤浅的表面，而是经过个人理性加工以后的深味自得，如作者在《心灵的公主梦》一文里所写的：“世上本没有完美无缺的童话，而缺乏波澜的故事也不会吸引人，但我们记住的却总是那些美好的故事情节。记忆已然过滤掉了丑恶和悲伤，剩下的便是梦想的斑斓。”在《笨鸟先飞》一文里，她对于中国古代典籍里的“朱雀”则表达出了这样的思考：“那鸟雀是怎样化身为‘朱红色’的？阳光的灼晒，烈火的炙烤？是凤凰涅槃般的悲壮吗？”我喜欢这类表达个人人生感悟的诗意化的语句。其文情自然，旨意通达，似信手拈来，而毫无生涩硬造之态。

作者追求优雅适意、富于韵味的生活，那些融融的亲情，甜甜的记忆，淡淡的哀愁，以及青年人对于未来的朦胧憧憬，都被她用机趣横生的文字巨细无遗地记录了下来。有时候甚或只是心灵的一丝悸动，瞬间的性情所至，或者偶然机缘触发下的逸兴遄飞，也会被她及时地捕捉于笔端。虽日常涓滴感兴，终至蔚为大观。这里面既有成长的喜悦，也有伴随着成长而来的烦恼。例如看到在人工河边参加训练的少年运动员，她会生发出这样的感慨：“不知那些孩子们的运动员生涯还会持续多久？多年以后，他们会不会也如我一样，闲暇有空儿坐下来欣赏银光点点的水面，念起从前围着一池春水跑步训练的情景？”（《银光点点》）那种阴晴不定的思绪，苦乐参半的感触，正是初入社会的青年对于无忧无虑的童年告别时特有的表征，也是一个人在面临精神断乳时所必要的阵痛。在另一篇《啬土》里，作者更是明白无误地表达出了这种对于往昔低回不已的惆怅：“幼儿园的墙没了，孩子们可以无拘无束地荡秋千了，每天清早都能听见孩子们荡秋千的嬉笑声和秋千摩擦金属杠子的声音，童趣就体现于此。如今，我想荡秋千却没有勇气进去，竟突然忆起小学时候翻墙进入幼儿园荡秋千的情形。”这些蒸腾着青春热气的鲜活文字，林林总总地记录了作者的所见所闻、所思所感，并将最终像凝结的琥珀一般被永远地定格在一个特定的岁月里，折射出过往的生命印痕。正如她在第二本文集《缘起西大》的题记里所写的，“那些所有令我高兴过、感动过、伤心过的人和事，都已随着青春的风渐渐飘散而去。”

中国古人讲求“读万卷书，行万里路”，路晨在这方面是最好的践行者。她在校读书期间，于保证学业成绩优异的同时，还加入了多个社团，广泛参与各种社会活动。她的作品中，有一部分就是这方面生活的反映：或参加合唱团，带领大家一展歌喉；或行走于田野，调查民俗风情；或下乡做义务的普法宣传员，借此深入了解社会。她视野开阔，思路敏捷，对于社会的观察，深入细密，既有宏观的理论概况，也有具体的现象剖析。例如对所谓“大学生行乞”现象的反思，为流浪的残疾老人献爱心等。在《黑斗篷与白大褂》一文里，她更是讲述了自己参与下乡普法的亲身经历，通过与底层民众的亲密接触，了解社会，理解国民性，也懂得了建设法制中国的任重而道远。

读路晨的文章，能明显感觉到她的文字中透露出倔强、坚硬的意味，那是一种超越了年龄的早熟，即于敏锐捕捉灵感的同时，恰到好处地将客观物象与内心体验杂糅在一起，达成虚实相生而情理兼备的效果，例如《2008雪的记忆》一文里，她对于雪的描述：“那雪极小极小，一粒一粒的，但打到脸上能感到它的力度，这不是雨，带有一种坚硬的力量。”以雪喻人，正是其坚强内心的写照。由于作者富于灵动之思，所以类似这样的奇逸之句随处可见，如《铁观音》一文里，“观音是祥和的，加上了‘铁’字立马显得刚毅起来。”在观察同舍女生所饲养的小虎猫中，她领悟了猫的哲学：“大的生存空间难以拓展，索性安于这个小小的窝。”而在《玉润太极》里，则感念于老师所赠送的美丽玉镯，并从舒润亮洁的美玉中领略了太极拳的内在魅力。至于《射击的哲学》一文，作者由射击而隐喻人生：“只要有着坚定的目标，日复一日去努力，终有机会击中靶心。即使到头来没有中的，至少在靶上留下过痕迹，哪怕仅是一环，也是属于自己的人生。”即使是到寺庙里去看佛像，也会有自己独到的发现：“我们看佛，就像是看自己，看的过程中看到了隐藏在内心的私欲，看到了面对人生祸福变迁的态度”（《看佛》）。像这些地方，都表现了作者深刻的自我反省。这种清淡然而隽永的平常之心，在急功近利、逐新骛奇的今天，就显得更加难能可贵。

当然，若求全责备的话，我觉得，作者早期的部分文笔有略嫌青涩稚嫩的地方，流露出刻意“作文”的痕迹，这与创作者其时年龄尚小、阅历尚浅密切相关。就文气而言，她还可以努力写得再和缓些、从容些，再多一些沉静，而少一些年轻人的峻急之气。当然，这需要生活的磨砺与岁月的积淀。须知，这种稳健的写作态度是一个长期养成的过程，本身就是急不得的。另外，作者在文字的推敲上还可以再精细一些，对于词汇的运用不妨更多些灵活变化。例如她的好几篇散文中都出现了“蛙声，虫鸣，鸡啼……”这样的句子。其实，若从修辞的均衡角度着眼，“蛙声”是定中结构，而“虫鸣”与“鸡啼”都是主谓结构，如果改为“蛙鸣，虫语，鸡啼”似更显得和谐妥帖些。

我的这些意见也算得上是吹毛求疵，路晨毕竟还年轻，对于人生的阅历还有待于进一步的丰富。随着学识的逐渐增长以及思想的不断深化，她的文章必然会表现得更加扎实沉着。我所寄望于她的是，尽可能少沾染一些寻常青年创作者所惯有的那种“横溢”的才气。我见惯了某些青年创作者在写作的时候动辄逞才使气，看起来似乎汪洋恣肆、一泻千里，但其实往往是言不及义、虚应故事，那种所谓的才气是最不可恃的东西。它固然可以短时间内地成就一个人，却也会最终长时期地毁掉一个人。

文学史上这样的教训不少，许多高年耆宿的老作家早年靠着才气写作，却不加强自己思想文化的沉潜与培养，结果写了一辈子也只是给自己早年的才气不断地兑水，一味地简单重复自己。那些原初的淋漓才气因为反复被消费，本该久而弥笃的陈年佳酿现在却变得淡乎寡味甚或酸涩难饮。但我相信，以路晨的沉稳与执着，会很好地避免这一点的，因为她是一个很用心的人，诚如其《缘起西大》后记里所谓：“一个人的生命轨迹无法预知，喜欢的东西并不一定要成为终身职业。……未来的日子里，我愿做一个‘为心’而写作的人。”

“路漫漫其修远兮，吾将上下而求索”，这是前贤的感喟，曾引发了一代又一代后人们的心灵共鸣，也说明了在人生征途中确立理想的重要性。当代诗人流沙河先生则写过一首《理想之歌》，他在其中热情地赞颂道：“理想是灯，照亮夜行的路；理想是路，引你走出黎明。”有了理想的指引，走在路上也就有了热情与动力，不会再为一时的毁誉得失动摇初心；而是耐心坚持，等待着最终出现的璀璨晨光。对于怀抱着“为‘心’写作”之理想的路晨而言，她前面的路还很长，前途正未可限量。且慢慢地走吧，从容地欣赏路两旁的风景。

（高俊林，西北大学文学院副教授，中国现当代文学专业博士）

后记

2017年，是我在西安独立生活的第十个年头。在这个特别的年份，我即将出版自己第一部真正意义上的散文集，也即将再度回归校园学习深造，可谓是双喜临门。十年前，我希望能在27岁嫁为人妻，而现实给予我的，却是持久的独处。

独处中，我有大把的自由，可以将生活过成想要的样子，想到什么就去做，想学什么就去学。十年间，我掌握了更多的技能，大都与生活息息相关，甚至在父母看来都会觉得不可思议。曾经在他们的庇护下失去生活能力的我，居然在陌生的城市将自己料理得很好。的确，很多事情，很多能力，都是逼出来的。

陕西省散文学会会长陈长吟老师的序言写于2016年初，那时我跟他讲过计划出版散文集的事，没想到先生很快就写成了。感激意外之余，我知道，这是前辈对后辈的勉励。接下来的时间里，我为出版这本散文集动用周围的力量打问了诸多出版社与出版商，有石沉大海的、有直接讲明自费出版的、有肯定文字表示同情的、有意向合作中途毁约的，对于散文这个文体究竟是否该坚持下去，我陷入了深深的困惑与迷茫。

从前写作很随性，笔下的事物也多是有感而发，没有那些有意图的构思创作，更没有形成有个人特色的主题体系。20多岁的年纪，我想尝试多种题材，不希望被定义为某一类话题的作家，也希望摆脱所谓美女作家的称号。我希望大家喜欢我是因为文字，而绝非其他外在附属，事实上，我也称不上是美女。

最早将“一路晨光”作为我名字含义的解释出自小学时的班主任，就是这本书《玉梅》中所写的张玉梅老师，我的父母对于这个名字有着更为复杂的解释，而这“一路晨光”化作了启蒙老师给予我的殷殷期许。带着张老师口中的“一路晨光”，我走过了28载春秋。

一路上，我遇到了很多帮助过我的好心人，致使我的每一步成长都伴随着很多人的扶助，他们或是一个友善的微笑、或是几句中肯的话语，或是多年来相伴左右不求回报，又或是总在背后默默关注支持。我把他们每一个人的面孔都深深地藏在心里，并用自己不懈的努力，无愧于他们的认可与扶持。

《一路晨光》精选了我在近年来创作的70篇散文，其中，从出版过的《等待花开》《缘起西大》里选用了有代表性的7篇作品。章节按照文化（踏歌行）、风物（细雨法桐）、记人（厂子弟）、生活（不做花瓶）、青春（28岁危机）、哲理（黑洞思）、艺术谈（画眼观天）七类划分，附录系陕西省作协党组副书记、专职副主席、陕西省文艺评论家协会副主席齐雅丽，西北大学文学院现当代文学副教授、中国现当代文学专业博士高俊林曾为我散文创作写的评论。

我从小热爱文艺，不论书法绘画还是唱歌跳舞，我都喜欢。小学时有诸多兴趣班，很多同学的父母让孩子只能选报一门，我的父母却支持我同时选了国画班和舞蹈班，这两大艺术门类所衍生的一切令我受益终生。

懂得了色彩、空间、构图、笔法、线条，以及旋律、和声、节奏、韵味、姿态之后，让我在享受文字带来快乐的同时可以将生活填补得满满。常常花几天时间绣一件绣品，专注几个小时画一幅水彩画，周末捣鼓一下阳台上种的植物，背上相机外出去拍花开的模样，或者下班回家做一顿色香味俱全的饭菜，兴致来了跟书本学习烤一样点心，对着图纸自行安装网购来的家具；大学期间揣摩合唱指挥方法指挥一场演出，将文字写成歌词等待作曲家的二次创作，偶尔跟视频学一段舞蹈教同事们在单位年会上跳，压力大时打开手机录音软件唱几首歌来自娱自乐……一个人的日子，因为这些爱好，我的生活变得缤纷多彩。

其实，细看每篇散文的标题，便可以看出我的喜好。花草、树木、歌舞、书画——这就是我的生活，也是我真实的本色。

经历过迷茫，思考了方向，迎着晨光，伴着朝阳，带着大家“一路晨光”的祝福，我继续前行的脚步。不去刻意、不去攀比，也不去假装，随心自然、知足常乐，才能收获路途中最美的风景。期待下一个路口我们再会，你一定会看到不一样的那个我。

2017.8.18

图书在版编目（CIP）数据

一路晨光 / 段路晨著. -- 西安 ：西安出版社,
2017.7
ISBN 978-7-5541-2287-7

Ⅰ. ①一… Ⅱ. ①段… Ⅲ. ①散文集－中国－当代
Ⅳ. ①I267

中国版本图书馆CIP数据核字(2017)第187452号

著　　者：段路晨
出版发行：西安出版社
社　　址：西安市长安北路56号
电　　话：029-85253740
邮政编码：710061
网　　址：www.xacbs.com
印　　刷：陕西天丰印务有限公司
开　　本：889mm×1194mm　1/32
印　　张：9
字　　数：150千字
版　　次：2017年9月第1版
　　　　　2017年9月第1次印刷
书　　号：ISBN 978-7-5541-2287-7
定　　价：46.00元